TH1RTEEN R3ASONS WHY
루저의 루저의 루저

루머의 루머의 루머 (원제: th1rteen R3asons Why)
제이 아셰르 지음 | 위문숙 옮김
초판 1쇄 발행일 2009년 2월 27일 | 8쇄 발행일 2019년 3월 21일

펴낸이 조기룡 | 펴낸곳 내인생의책 | 등록번호 제10-2315호
주소 서울시 서초구 나루터로 60 정원빌딩 A동 4층
전화 (02) 335-0449 | 팩스 (02) 6499-1165
전자우편 bookinmylife@naver.com
디자인 DESIGN U°NA | 일러스트 이윤미
ⓒ 2007, 제이 아셰르

Thirteen Reasons Why by Jay Asher
Copyright ⓒ 2007 Jay Asher
All rights reserved.
This Korean edition was published by TheBookinMyLife Publishing Co.
in 2007 by arrangement with Razorbill, a division of Penguin Young Readers Group,
a member of Penguin Group(USA) Inc
through KCC(Korean Copyright Center Inc.), Seoul.

korean translation copyright ⓒ 2007 by TheBookinMyLife PUBLISHING CO.
이 책의 한국어판 저작권은 (주)한국저작권센터(KCC)를 통해 저작권자와의
독점계약으로 도서출판 내인생의책이 소유합니다.
저작권법에 의하여 한국 내에서 보호를 받는 저작물이므로 무단전재와 복제를 금합니다.

ISBN 978-89-91813-28-1 03840

* 책값은 뒤표지에 있습니다.
* 잘못된 책은 구입처에서 바꾸어 드립니다.

루머의 루머의 루머

THIRTEEN REASONS WHY

제이 아셰르 지음 · 위문숙 옮김

내인생의책

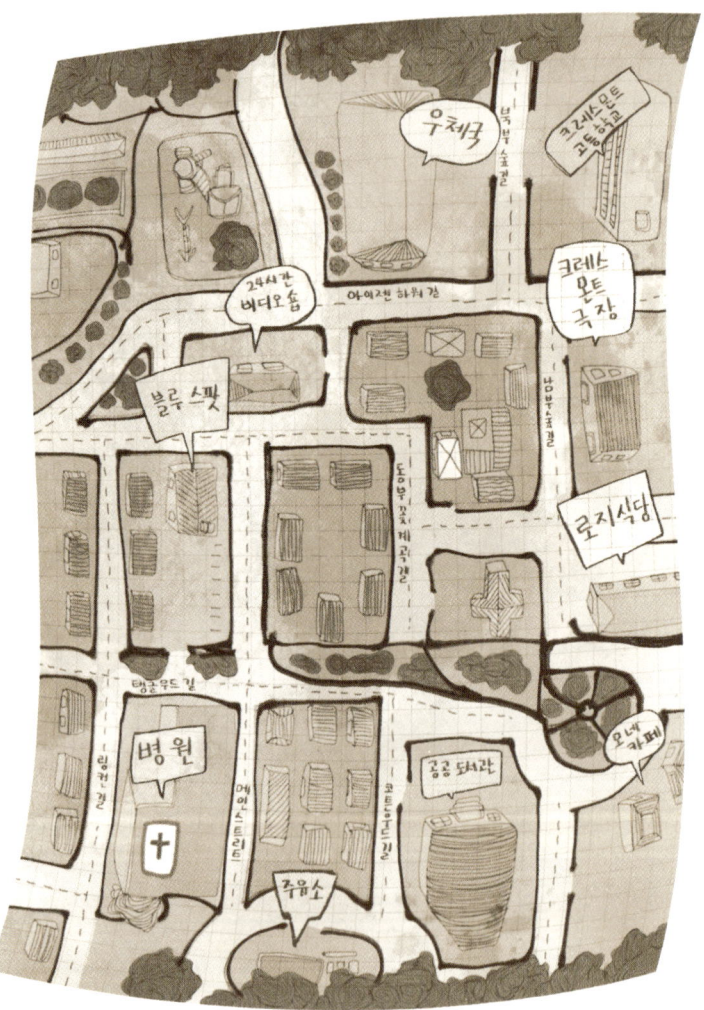

차례

- 어제 학교를 마치고 한 시간 뒤에 11
- 테이프 1 : A면 14
- 테이프 1 : B면 48
- 테이프 2 : A면 69
- 테이프 2 : B면 87
- 테이프 3 : A면 116
- 테이프 3 : B면 145
- 테이프 4 : A면 179
- 테이프 4 : B면 209
- 테이프 5 : A면 232
- 테이프 5 : B면 262
- 테이프 6 : A면 276
- 테이프 6 : B면 300
- 테이프 7 : A면 316
- 테이프 7 : B면 332
- 다음 날 테이프를 부친 뒤에 334
- 한국어판을 내며《작가의말》 341

조앤마리를 위하여

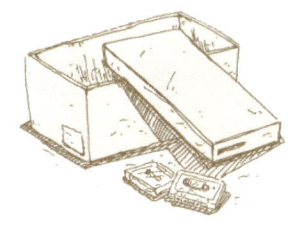

직원이 다시 질문을 던졌다.

"손님? 얼마나 빨리 보내야 하죠?"

나는 손가락 두 개로 왼쪽 눈썹을 박박 문질렀다. 통증이 심해졌다.

"그건 상관없어요."

직원이 소포를 들었다.

우리 집 현관에 놓여 있었던 신발상자.

그러고 나서 스물네 시간이 채 지나지 않았다.

내가 다시 갈색 포장지로 싸고 포장테이프를 붙였다.

처음 받은 그대로. 단 새로운 이름과 주소가 적혀 있다.

해나 베이커 리스트에 올라온 다음 이름.

"*베이커의 12"

나는 중얼거렸다. 이내, 거기까지 생각이 미친 자신이 혐오스럽다.

"뭐라고요?"

나는 고개를 젓는다.

"얼마인가요?"

직원은 상자를 저울대에 올리고 키보드를 눌렀다.

나는 일회용커피를 카운터에 놓으며 계산대 화면으로 눈길을 돌렸다. 지갑에서 지폐 몇 장을 꺼내고 주머니의 동전 몇 개까지 보태어 카운터에 올려놓았다.

직원이 말했다.

"커피 값은 계산 안 됐네요. 1달러 더 내시면 됩니다."

나는 돈을 마저 내고 졸음을 쫓느라 눈을 비볐다. 커피를 한 모금 입에 물었지만, 미지근해서 삼키기가 고역이다. 그러나 어떻게 해서든 정신을 차려야 한다.

하긴 그럴 필요가 없을지도 모른다. 하루를 비몽사몽 보내는 편이 차라리 나을 것 같다. 오늘 하루를 무사히 버티려면.

"내일이면 이 주소지로 도착합니다. 늦어도 모레까지요."

---

* 베이커의 12(baker's dozen)는 13개를 뜻한다. 해나의 성 Baker가 baker(빵장수)와 같은 점을 이용한 언어유희. 1226년 영국의회에서는 빵장수들이 빵의 무게를 속이는 행위를 규제하기 위해 법률을 제정했다. 그래서 영국 빵장수들은 새로 정해진 빵 무게를 지키는 대신 손님들이 빵 한 다스를 주문하면 습관적으로 1개를 더 얹어주기 시작했다.

직원은 이렇게 말하고는 상자를 뒤쪽의 손수레에 넣었다.

내일까지 기다릴 걸 그랬나? 제니가 하루라도 더 평온하게 보내도록.

제니가 그걸 누릴 자격은 눈곱만큼도 없지만.

내일이나 모레쯤 제니는 자기 집 문 앞에서 소포를 발견하겠군. 제니네 부모나 다른 사람들이 먼저 본다면 개 침대에 올려놓겠지. 제니는 가슴이 두근거릴 거야. 나도 그랬으니까. 발신자 없는 소포? 자기 이름을 쓰는 걸 깜박했나? 아님 일부러? 혹시 날 짝사랑하는 사람? 이런 온갖 상상을 하겠지.

"영수증 필요하세요?"

직원이 물었다.

나는 고개를 내저었다.

작은 프린터기가 영수증을 뱉어냈다. 직원은 영수증을 절단면에 대고 찢어서 쓰레기통에 던졌다.

동네에 우체국이라고는 고작 하나다. 이 직원이 리스트에 적힌 나머지 사람들도 상대했을지 궁금하다. 나보다 먼저 소포를 받은 사람들. 그들은 영수증을 고통의 상징으로 여겼을 텐데. 그 영수증을 돌려받았을까? 속옷서랍에 넣어두었나? 메모판에 붙여두었나?

자칫 영수증을 달라고 할 뻔했다. 이렇게 말이다.

"죄송하지만 그걸 가져가도 될까요?" 기념으로.

기념품을 원했다면 테이프를 복사하거나 지도를 간직했겠지. 그러나 그 테이프를 다시는 듣고 싶지 않다. 그녀의 목소리는 머릿속에서 영원히 지워지지 않겠지만. 더구나 주택이며 길거리며 학교가 보이는 한 기억은 생생히 계속 살아있겠지.

테이프는 이제 내 손에서 완전히 벗어났다. 소포는 제 갈 길을 떠났다. 나는 영수증 없이 우체국을 나섰다.

왼쪽 눈썹 깊은 곳이 여전히 아리다. 입 안도 쓰디쓰다. 학교로 가까이 갈수록 나는 점점 가라앉는다.

풀썩 주저앉고 싶다. 바로 지금 길바닥에. 담쟁이덩굴을 따라 기어 올라가면 어떨까. 담쟁이덩굴 너머에는 길이 휘어지면서 학교 주차장 출입구로 이어진다. 잔디밭을 지나면 건물이 눈에 들어오겠지. 현관문을 통과하여 교실복도를 지나면 양쪽으로 늘어선 교실과 사물함이 보일 테고. 그리고 1교시 내내 열려 있는 문으로 들어서는 거야.

학생들 앞에는 포터 선생님의 책상이 떡 버티고 있겠군. 발신자 없는 소포를 마지막으로 받을 선생님. 그리고 해나 베이커가 앉던, 교실 한가운데에 있는 왼쪽 책상.

텅 비어 있는.

어제
학교를 마치고 한 시간 뒤에

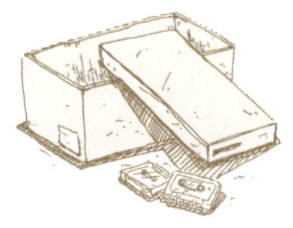

　신발상자 크기의 소포가 현관문에 비스듬히 세워져 있었다. 현관문에는 우편물을 넣을 수 있는 기다란 우편함이 있지만, 비누보다 두꺼운 소포는 바깥에 두어야 한다. 급하게 휘갈긴 포장지의 글씨를 읽어보니, '클레이 젠슨' 앞으로 온 소포다. 나는 소포를 집어 들고 현관 안으로 들어섰다.
　주방으로 들어가 소포를 내려놓았다. 서랍을 잡아당겨 가위를 꺼냈다. 옆면을 따라 포장지를 자르고는 뚜껑을 열었다. 신발상자 안에 발포비닐 랩(부서지기 쉬운 물건의 포장에 쓰이며 기포가 많다-옮긴이)으로 돌돌 말아놓은 물건이 있었다. 펴보았더니 카세트테이프 일곱 개다.
　테이프 상단에 숫자가 적혀 있었다. 매니큐어로 썼나 보다. 첫 번째 테이프 앞뒤로 1번, 2번. 다음에는 3번, 4번 그리고 5번, 6번. 마지막 테이프에는 앞면에만 13번이라고 적혀 있고 뒷면에는 숫자가 없었다.

신발상자에 테이프를 가득 담아 보낸 사람은 누구지? 요새도 누가 카세트테이프를 듣나? 나 역시 어떻게 들어야 할지 잠깐 막막했다.

차고! 작업대에 올려놓은 스테레오가 있지. 아버지는 중고용품을 염가판매하는 야드세일에서 공짜나 다름없는 가격으로 그걸 사왔다. 워낙 낡은 물건이라, 톱밥이 쌓이든, 페인트가 묻든 내버려뒀다. 그나마 다행인 것은 테이프를 듣는 데는 지장이 없다는 것이다.

작업대 앞으로 의자를 끌어 놓고, 가방을 바닥에 내려놓은 다음 앉았다. 카세트의 열림 버튼을 눌렀다. 뚜껑이 열리자 첫 번째 테이프를 꽂았다.

테이프 1 : A면

▶

안녕, 여러분. 해나 베이커야. 카세트테이프 안에서 난 아직 살아 있어.

어이가 없었다.

지켜야 할 약속 때문은 아니야. 앙코르를 요청 받지도 않았고, 부탁 따위는 물론 없었지.

맙소사, 이게 다 뭐야. 해나 베이커는 자살했는데.

다들 마음의 준비를 하시길. 내 인생 이야기를 털어놓을 참이거든. 정확히 말하자면 내 삶이 왜 끝장났는지 밝히려고. 이 테이프를 듣는 너희들이 그 이유에 해당되니까.

뭐라고? 말도 안 돼!

너희들 이야기가 어느 테이프에 담겨 있는지 미리 말하지 않을래. 그래도 너무 조바심내지 마. 이 사랑스럽고 깜찍한 상자를 받았다면, 분명 너희들 이름이 톡 튀어나올 거야…반드시.

죽은 사람이 왜 거짓말을 하겠어?

어머머! 유머처럼 들리네. 죽은 사람이 왜 *누워 있을까?

대답 : 죽은 사람은 설 수 없으니까.

자살하는 순간을 이렇게 경망스럽게 남기다니.

웃기잖아. 안 우스워.

오, 다들 왜 그래? 난 우스운데.

해나는 죽기 전에 테이프를 녹음했다.

왜?

규칙은 아주 간단해. 단 두 가지야. 규칙 하나, 듣는다. 규칙 둘, 전달한다. 너희들에게는 어느 쪽도 쉽진 않겠지.

"뭘 듣고 있니?"

"엄마!"

나는 스테레오를 허둥지둥 더듬으며 버튼을 손닿는 대로 눌렀다.

▶ ◀◀ ▶▶ ‖

"엄마, 깜짝 놀랐잖아요. 별거 아니고. 학교숙제."

어디에나 얼렁뚱땅 써먹는 대답.

---

*동음이의어의 언어유희다. Lie는 '거짓말하다'와 '누워 있다'의 두 가지 뜻이 있다.

늦는다고? 학교숙제가 있어서!

돈이 더 필요해? 학교숙제 때문에!

이번엔 여자애의 테이프. 2주 전에 약 한 줌을 입속에 털어 넣은 여자애.

학교숙제!

"한 번 들어봐도 되니?"

엄마가 물었다.

"내 테이프가 아니에요."

나는 발끝으로 콘크리트 바닥을 문질렀다.

"친구 도와주는 거예요. 역사 수업. 엄청 지루해요."

"역시 우리 아들이야."

엄마는 낡은 헝겊조각을 들어, 그 아래에 있던 줄자를 꺼냈다. 엄마가 내 이마에 입을 맞췄다.

"그만 나갈게."

문소리가 딸각 날 때까지 기다렸다. 손가락을 시작 버튼에 올렸다. 손가락, 손, 팔, 목 등 모든 게 흐물흐물해진 기분이다.

낡은 천을 집어 신발상자를 덮었다. 눈에 띄지 않도록. 상자도, 그 안에 든 테이프 일곱 개도. 다시는 보고 싶지 않았다. 처음에 시작 버튼을 누르는 건 쉬웠다. 누워서 떡 먹기였다. 무얼 듣게 될지 몰랐으니까.

이제는 등에서 식은땀이 줄줄 흘렀다.

볼륨을 낮추고 시작 버튼을 눌렀다.

▶

…하나, 듣는다. 규칙 둘, 전달한다. 너희들에게는 어느 쪽도 쉽진 않겠지.

열세 면을 다 듣고 나면 테이프를 되감아줘. 다 끝났으니까. 상자에 담아서 다음 사람에게 보내면 돼. 행운의 숫자 13번에 해당되는 사람은 테이프를 지옥까지 가져가도 좋아. 나랑 종교가 같다면 그곳에서 만나겠지.

규칙을 어길까 봐 테이프를 복사해두었어. 소포가 끝까지 전달되지 않으면 복사본을 세상에 공개할 거야.

충동적으로 내린 결정이 아니야.

나를 가볍게 보지 마…다시는.

아니야. 그렇게 생각하지 않았는데.

넌 감시당하고 있어.

∥

뱃속이 울렁거리는 게, 금방이라도 토악질할 것 같다. 저만치 바닥에, 플라스틱 통이 거꾸로 놓여 있었다. 급해지면 후다닥 튀어가서 통을 뒤집어야겠다.

　나는 해나 베이커를 잘 몰랐다. 사실, 호기심을 느꼈다. 몇 마디 주고받긴 했으나, 좀 더 가까워지고 싶었다. 지난여름에는 극장에서 함께 아르바이트를 했었다. 얼마 전 파티에서 어울리기도 했다. 그러나 거기까지다. 더구나 나는 그녀를 만만하게 여길 수 없었다. 단 한 번도.

　그러니 테이프들이 여기에 있을 이유가 없다. 나랑 아무 상관없으니까. 분명 실수다.

　아니면 끔찍한 장난이거나.

　바닥에 놓인 쓰레기통을 끌어왔다. 확인을 했지만, 다시 한 번 포장지를 자세히 살펴보았다. 발신자 주소가 어디엔가 있을 텐데. 내가 못 찾았는지도 모르겠다.

　해나 베이커의 자살 테이프가 유포되고 있는 거야? 누군가 복사를 해서, 장난으로 보냈겠지. 내일 학교에 가면 나를 보고 낄낄 웃어대겠군. 능글능글 웃으며 내 눈길을 피할지도 몰라. 그제야 눈치채겠네.

　그럼? 그땐 어쩐다?

　모르겠다.

▶

깜빡 잊을 뻔했네. 내 목록에 이름이 오른 사람들은 지도를 받았을 거야.

포장지를 쓰레기통에 던졌다.

그럼 내 이름도 확실히 리스트에 있다는 소린데.

몇 주 전, 해나가 약을 먹기 전날이었다. 누군가 내 사물함 틈으로 봉투를 집어넣었다. 겉면에는 빨간색 매직펜으로 이렇게 적혀 있었다. '갖고 있도록 해. 곧 필요할 거야.' 접힌 시내지도가 봉투 안에 들어 있었다. 지도에는 열두 개 가량의 빨간 별이 이곳저곳에 표시되어 있었다.

초등학교 다닐 때 이 상업 지도를 이용하여 동서남북 방위를 익혔다. 파란색 알파벳과 숫자가 지도의 가로세로로 조그맣게 늘어서 있고, 한쪽 귀퉁이에는 알파벳과 숫자의 조합이 상점이름 옆에 적혀 있다.

그때는 그냥 지도를 가방에 쑤셔 넣었다. 주변에 이런 지도를 가진 학생이 있는지 찾아봐야겠다 싶었다. 뭔 일인지 알고 싶어서. 그러나 시간이 흐르면서 지도는 교과서와 공책 밑에 깔렸고, 나는 까맣게 잊었다.

지금까지.

우리의 멋진 도시에서 몇 군데를 추천할 테니 한 번 둘러 봐. 군이 강요하진 않겠어. 제대로 알고 싶은 사람만 별을 찾아가도록. 내키지 않으면 지도를 버려도 돼. 어차피 나야 찾아다녔는지 모를 테니까.

먼지가 수북한 스피커를 통해 해나의 목소리를 듣다 보니, 가방의 무게가 고스란히 한쪽 다리로 전해졌다. 가방 밑바닥 어디엔가 구겨진 해나의 지도가 있을 것이다.

어쩜 아닐 수도 있지. 저승에서는 일이 어떻게 돌아가는지 모르지만, 혹시 알아? 내가 지금 네 뒤에 서 있을지.

몸을 숙이며 팔꿈치를 작업대에 기댔다. 얼굴을 감싸던 손으로 축축해진 머리카락을 쓸어 넘겼다.

미안해, 내가 지나쳤어.

준비 됐니, 미스터 폴리?

저스틴 폴리. 3학년. 해나의 첫 키스 상대였다.

내가 이런 걸 왜 듣고 있지?

저스틴, 넌 내 첫 키스 상대였어. 처음으로 손도 꼭 잡았고. 사실, 넌 그저 평범했어. 널 깎아내리려는 의도는 없어, 전혀.

난 너만의 묘한 분위기에 끌려서 너의 여자 친구가 되고 싶었지. 그게 뭐였는지 딱 꼬집어 말할 수는 없지만. 어쨌든 너는 그런 매력이 있었고…뿌리치기 힘들었어.

넌 모를 거야. 2년 전, 내가 신입생이고, 너 2학년일 때 나 네 주변을 기웃거렸어. 6교시의 출석확인 심부름을 맡고 있어서, 네 시간표를 뚜르르 꿰고 있었지. 그때 복사해둔 네 시간표가 지금도 어딘가에 있을 거야. 사람들은 내 소지품에서 그걸 발견하더라도 건성으로 넘기겠지. 신입생의 감정 따위는 별거 아니라며. 과연 그럴까?

나에겐 중요한데. 이야기를 시작하려면 그 시기로 돌아가야 하니까. 모든 이야기가 바로 거기에서 비롯되었거든.

그렇다면 나는 리스트 어디쯤 등장할까? 두 번째? 세 번째? 테이프가 바뀔수록 더 몸서리처지는 이야기들이 나오는 건 아닐까? 해나는 행운의 13번에게 테이프를 갖고 지옥까지 가라고 말했다.

저스틴, 테이프를 듣고 나면 네가 사건마다 얼마나 큰 영향을 끼쳤는지 이해할 거야. 사소하지만 무척 심대한 영향을 미쳤다는 걸. 그야 모든 사건이 하나같이 중요하지만.

배신감. 아주 죽을 맛이지.

다들 날 해코지 할 뜻은 없었을 거야. 뭘 잘못했는지 모르는 경우도 있겠지. 자기가 저지른 일인데도.

난 무슨 짓을 했지, 해나? 짐작도 못 하겠어. 그날 밤, 정말 그날 밤 일 때문이라면, 나 역시 답답하다. 아니면 다른 일이 있었나? 어떤 빌어먹을 사건이 벌어졌는지, 난 정말 모른다고.

첫 번째 빨간 별자리는 C-4야. C 표시에서 아래로 4까지 내려가면 돼. 배틀십 보드게임 하듯 말이야. 이번 테이프를 듣고 나서 찾아가 봐. 그 집에서는 잠깐 지냈어. 고등학교에 들어가기 전이지. 우리 가족이 이 도시에 이사 와서 처음 살았던 집이야.

거기에서 널 봤어, 저스틴. 기억나니? 넌 내 친구 캣과 좋아하는 사이였어. 고등학교 입학은 아직 두 달이 남았는데 내가 아는 아이라곤 옆집의 캣뿐이었어. 캣 이야기로는 네가 일 년 내내 쫓아다녔다고 하더라. 사실 쫓아다녔다기보다 빤히 쳐다보거나 복도에서 어쩌다 부딪친 정도였겠지.

내 말은, 우연이라는 거지, 그렇지 않아?

캣의 말에 따르면 학교댄스파티가 끝날 무렵에 넌 용기를 냈어. 빤히 바라보거나 부딪치는 거 말고 다른 수를 썼거든. 느린 곡에 맞춰서 함께 춤을 추었잖아. 캣은 너랑 키스할 거라고 덧붙였어. 난생 처음 하는 첫 키스. 정말 멋진 일이지!

뭔가 끔찍한 이야기인 것 같다. 진짜로 소름끼치는 이야기. 테이프가 계속 전달된 게 바로 그 때문인가? 공포에 사로잡혀서.

자살의 원인으로 자신의 이름을 들먹이는 테이프를 누가 돌리고 싶을까? 그럴 사람은 아무도 없다. 해나가 리스트에 오른 사람들에게 지시한 게 전부다. 그런데도 다들 지시에 따라 고분고분 테이프를 전달하고 있다. 리스트와 상관없는 사람들에게 퍼지지 않도록 조심하며.

'리스트.' 비밀단체 이름처럼 들린다. 비개방적인 단체. 무슨 이유에서인지 나도 거기에 끼었다.

난 네 얼굴이 궁금했어, 저스틴. 그래서 나랑 캣이 너를 우리 집으로 오라고 전화했어. 우리 집에서 전화한 이유는 캣이 자기 집을…아직은…밝히기 싫다고 했거든. 바로 옆집에 사는데도.

넌 운동 중이었어. 농구인지 야구인지, 암튼 그 때문에 늦도록 오지 않았어. 그래서 한참 기다렸어.

야구.

그해 여름, 우리 신입생들은 너나할 것 없이 고교야구팀에 뽑히기를 간절히 원했다. 저스틴은 2학년인데도 대학대표팀이 눈독을 들일 정도였다. 우리들은 실력을 키우기 위해 여름 내내 저스틴에게 야구를 배웠다. 그 중에 몇몇은 바라는 대로 됐다.

아쉽게도 그러지 못한 경우도 있었지만.

우린 몇 시간이나 수다를 떨며 퇴창(bay window, 벽 밖으로 쑥 내밀도록 물려서 낸 창-옮긴이)에 앉아 있었어. 마침내, 너와 네 친구가 길을 따라 걸어왔어. 안녕, 자크!

자크? 자크 뎀프시? 자크와 해나가 함께 있는 모습을 본 적이 있다. 내가 그녀를 처음 만났던 날 저녁에.

우리 집 앞 두 길은 T를 뒤집어 놓은 형태로 맞닿아 있었어. 넌 가운데 길로 걸어왔어.

∎

잠깐, 잠깐. 정리 좀 하자.

작업대에 말라붙은 주황색 페인트 얼룩을 긁었다. 왜 이따위 걸 듣고 있지? 뭐 때문에 이 고통을 겪어야 하냐고? 테이프를 꺼내어 상자와 함께 몽땅 쓰레기통에 던져버리면 될걸.

마른침을 삼켰다. 눈물이 눈가에 맺혔다.

해나의 목소리니까. 다시는 못 들을 줄 알았던 그리운 목소리이니까. 차마 그걸 내동댕이칠 수는 없다.

그리고 규칙 때문에.

낡은 천으로 덮어놓은 신발상자를 바라보았다. 해나는 테이프를 모두 복사해 두었다고 말했다. 사실이 아니면? 테이프를 안 듣거나 전달 안 해도 그만이다. 상황 끝. 아무 일 없다.

그러나 테이프에 치명적인 내 이야기가 담겨 있다면? 해나의 말이 거짓이 아니라면? 테이프들이 공개될 것이다. 해나의 말대로. 그리고 모든 사람들에게 까발려지겠지.

페인트 얼룩이 딱지처럼 떨어졌다.

해나의 발언이 엄포였는지, 누가 감히 확인할 수 있을까?

▶

너 김가의 배수로를 지나 잔디 위로 한 발을 디뎠어. 아빠가 아침 내내 스프링클러를 틀어놓아서 잔디는 젖어 있었고, 넌 보기 좋게 가랑이를 쫙 벌리며 미끄러져 넘어졌지. 자크는 창가에 있던 캣의 새 친구인 나에게서 눈을 떼지 못하고 너에게 걸려 넘어졌고. 너 위에 철퍼덕 엎어지고 말았어.

넌 얼른 자크를 밀어내며 후다닥 일어섰어. 자크도 따라 일어섰어. 두 사람은 낭패스러운 얼굴로 서로 멀뚱멀뚱 바라보았지. 그다음은? 둘 다 오던 길로 쏜살같이 다시 뛰어갔고, 캣과 나는 창문 앞에서 미친 듯 웃어댔지.

나도 들었다. 캣은 그 일을 재미있다고 생각한 모양이다. 그해 여름, 작별파티에서 나에게 말해주었다.

그 파티에서 난 해나 베이커를 처음 보았다.

순간 정신이 멍해졌다. 그녀는 정말 예뻤다. 이곳으로 이사 왔다는 것도 마음에 쏙 들었다. 그 당시, 나는 이상하게도 여자 앞에만 가면 혀가 배배 꼬였다. 어찌나 꼬이던지 쥐가 날 정도였다. 그러나 해나 앞이라면 고교 신입생 클레이 젠슨으로 새롭게 태어날 수 있을 것 같았다.

캣은 입학하기 전에 떠났고, 난 캣이 남겨 둔 남자애가 좋아졌어. 곧이어 저스틴도 나에게 관심을 나타냈어. 내가 주변을 맴돌았던 게 효과가 있었나 봐?

함께 듣는 수업은 없었지만, 1교시와 4, 5교시는 교실이 가까운 편이었어. 그나마 5교시는 교실이 멀어 얼굴을 보러 가도 허탕 칠 때가 많았지. 1교시와 4교시 수업은 교실이 아주 가까웠어.

캣의 파티에서는 다들 테라스로 모여들었다. 날씨가 꽤 서늘했는데도 말이다. 여름치고는 쌀쌀한 저녁이었다. 물론 나는 재킷을 잊고 가져오지 않았다.

시간이 어느 정도 지나자, 내가 먼저 알은 체를 했어. 그러자 너도 반응을 보였어. 그러던 어느 날, 모른 체하고 네 곁을 지나쳤지. 남자애들은 그런 걸 못 참는다는 걸 알고 있었어. 그 다음 곧장 대화다운 대화가 이어진다는 것도.

사실, 그건 아니었다. 새 옷 입은 모습을 자랑하려고 재킷을 일부러 집에 두고 왔다.

바보짓이었다.

네가 말을 걸었어.

"어이! 알은 척도 안 하네?"

난 혼자 배시시 웃고는 심호흡을 하고 돌아섰어.

"그러면 안 돼?"

"그 동안 꼬박꼬박 알은 척은 했잖아."

나에 대해 왜 안다고 생각하느냐고, 그 이유가 뭐냐고 물었어. 나에 대해서 아는 게 하나도 없으면서 말이야.

캣의 파티에서, 해나 베이커와 처음으로 말을 나눈 때는 신발끈을 다시 묶으려고 허리를 구부리던 참이었다. 대화는 이어지지 못했다. 추위로 손가락이 곱아 신발끈이 잘 묶어지지 않았다.

해나는 친절하게도 대신 묶어주겠다고 했다. 나는 그런 호의를 냉큼 받아들일 인물이 못 되었다. 자크가 둘의 어색한 대화에 끼어들기에 나는 슬그머니 빠져 흐르는 물에 손을 녹였다.

얼마나 쪽팔리던지.

예전에, 어떻게 하면 남자애들이 관심을 보이냐고 엄마에게 물었어. "관심 없는 척 해."라는 짧은 대답이 돌아왔어. 나는 시킨 대로 했지. 그랬더니 효과가 금방 나타나더군. 네가 교실 앞에서 날 기다리느라 서성대고 있는 거야.

몇 주 정도 지났을까? 네가 드디어 전화번호를 물었어. 나야 기대했던 일이지. 또박또박 말하는 연습까지 해두었거든. 침착하게 조금도 버벅거리지 않고. 하루에 수백 번도 더 당하는 일이라, 별일 아니라는 듯.

그래, 예전에도 전화번호를 묻는 남학생들이 있었어. 그런데 고등학교에 들어와서는 네가 처음이었어.

아니. 그건 사실이 아니야. 전화번호를 받아 낸 사람은 네가 처음이야.

전화번호를 알리기 싫어서가 아니야. 그저 조심했을 뿐이야. 새 동네, 새 학교, 새 사람들. 입방아에 자주 오르내리고 싶지 않았어. 첫인상을 지우고 두 번째 기회를 갖는다는 게 얼마나 어려운 일인지 다들 알고 있지?

전에 사람들이 전화번호를 물을 때마다, 나는 마지막 자리는 빼고 정확하게 말해 줬어. 겁이 나서 마지막 자리는 늘 엉뚱한 숫자를 대었지. 그것은 다소 고의적인 행동이었어.

가방을 무릎에 올리고 가장 큰 주머니의 지퍼를 열었다.

네가 번호 적는 모습을 지켜 볼 때는 어찌나 가슴이 두근두근 거리던지. 참으로 다행스럽게도 너는 바짝 얼어 내가 긴장한 줄 모르더구나. 나는 마지막 번호까지 정확하게 알려주고는 웃었어.

그런데 네 손이 어찌나 부들거리는지 실수할까 봐 걱정되었어. 그러면 안 되잖아.

나는 지도를 꺼내어 작업대에 펼쳤다.

네가 적은 숫자를 가리켰어. "그건 7인데."

"7이라고 적었어."

지도의 접힌 부분을 막대자로 폈다.

"아. 제대로 7이라고 알아볼 수 있다면 됐어."

"알아." 네가 더듬거렸다. 그래도 넌 굳이 그 숫자를 빡빡 지우더니 더 떨리는 손으로 7로 고쳐 썼지.

자칫하면 소맷부리로 네 이마의 땀방울을 닦아줄 뻔했어. 우리 엄마가 해주듯 말이야. 다행히도 나는 꾹 참아냈어. 내가 네 땀을 닦아주었다면, 넌 다시는 여자애들에게 전화번호를 물어 볼 수 없었겠지.

나를 부르는 엄마의 목소리가 차고 문틈으로 들렸다. 나는 스테레오 소리를 낮추었고 혹시 몰라서 정지 버튼에 손을 올렸다.

"예?"

집에 도착해보니 넌 이미 전화를 했더라. 두 번이나.

엄마가 말했다.

"널 방해하는 게 아니라, 같이 저녁 먹을까 해서."

엄마는 네가 누구냐고 물었고, 나는 같이 수업 듣는 사이라고 둘러댔어. 숙제 때문에 전화했을 거라고. 엄마 말로는 네 대답도 그랬대.

나는 첫 번째 빨간 별을 쳐다보았다. C-4. 어디인지 안다. 그런데 꼭 가야 하나?

내 귀를 의심했어, 저스틴. 우리 엄마에게 거짓말을 하다니.

그런데 왜 나는 마음이 설레었을까?

나는 대답했다.

"아니요. 친구 집에 가야 해요. 친구 숙제 때문에요."

우린 거짓말이 딱 일치했으니까. 어떤 운명처럼.

엄마가 말했다.

"알았어. 냉장고에 뭐 좀 넣어둘 테니까 나중에 데워 먹어."

엄마가 뭘 함께 듣느냐기에 수학이라고 대답했어. 완전 거짓말은 아니었어. 우리 둘 다 수학을 들으니까. 물론 함께는 아니지. 진도도 다르고.

엄마가 말했어.

"걔도 그러더라."

나는 딸을 왜 못 믿느냐며 투덜대고는 네 전화번호를 받자마자 이층으로 후다닥 올라갔지.

거기로 가야겠다. 첫 번째 별로. 이 테이프의 앞면을 듣고 나서. 가는 길에 토니네 집에 잠깐 들러야지.

토니는 카 스테레오를 업그레이드하지 않아서 카세트테이프를 들을 수 있다. 토니는 차가 고물이라서 음악을 들으려면 그 수밖에 없다고 했다. 토니의 차를 타는 사람은 자기가 들을 음악을 테이프로 각자 준비해야 했다.

"이 포맷은 CD가 안 되거든."

토니는 그렇게 말했다.

저스틴, 너에게 전화를 걸었어. "저스틴? 나 해나야. 수학 문제로 전화했다고 엄마가 그러던데?"

토니의 구형 무스탕은 원래 토니의 형이 타고 다녔다. 토니의 형은 그걸 자기 아버지에게서 물려받았다. 토니 아버지도 토니 할아버지한테서 물려받지 않았을까? 학교에서 토니만큼 자기 차를 애지중지하는 사람은 없다. 차에만 매달리다가 여자애들에게 채인 게 한두 번이 아니었다. 내가 키스해 본 횟수보다 더 잦을 거다.

넌 잠시 어리둥절해하더니, 우리 엄마한테 한 거짓말을 떠올리고는 마치 착한 아이처럼 고분고분 사과를 했어.

토니와 친한 사이는 아니지만 숙제를 한두 번 함께 했기에 집이 어디인지는 알았다. 무엇보다 중요한 것은 토니는 테이프를 들을 수 있는 워크맨을 가지고 있고, 가느다란 헤드폰을 빌려줄 수 있다는 사실이다. 해나의 옛 동네까지 걸어갈 때 들으려고 테이프를 몇 개 챙겼다. 토니네 집에서 한 블록 정도 떨어진 곳이니까.

"그래, 저스틴. 어떤 수학 문제야?" 내가 농담을 했어. 넌 우물쭈물 거렸어.

어쨌든 테이프를 들으려면 다른 데가 좋겠다. 방해받지 않을 곳. 여기에서는 곤란하다. 스피커에서 흘러나오는 목소리가 누구인지는 엄마아빠야 모르겠지만, 나에겐 공간이 필요했다. 숨 쉴 공간.

그래도 오래 머뭇거리진 않았어. 잠시 후, 넌 이렇게 말했어. 기차 A는 너희 집에서 오후 3: 45분에 출발하고, 기차 B는 우리 집에서 10분 뒤에 출발해.

저스틴, 네가 보는 것도 아닌데, 난 손을 번쩍 들었어. 마치 교실인 양 침대 머리맡에서. 난 말했어. "저요, 폴리 선생님, 저요! 답을 알아요."

네가 내 이름을 불렀지. "예, 베이커 양!"

관심 없는 척 굴라는 엄마의 충고 따위는 이미 창문 너머로 갖다버렸어. 나는 기차 두 대가 아이젠하워 공원의 로켓 미끄럼틀 아래에서 만난다고 대답했지.

해나는 저스틴에게 어떤 매력을 느꼈을까? 난 결단코 알 수 없으리라. 하긴 해나 자신도 딱 꼬집어 말할 수 없다고 했다. 저스틴은 평범한 외모인데도, 여자애들이 많이 꼬였다.

키가 큰 축이라서? 아니 어쩌면 저스틴의 비밀스러운 분위기를 여자애들이 좋아했을지도 모른다. 저스틴은 창문 밖을 내다보며 사색에 잠길 때가 많았다.

수화기 저편에서 침묵이 길게 이어졌어, 저스틴. 참기 어려울 정도로 아주 길게. "그럼 기차 두 대가 만나는 시간은?"

"15분 후." 내가 대답했어.

넌 기차가 전속력으로 달린다면 15분도 안 걸릴 거라고 했지.

휴. 천천히 갔어야지, 해나.

너희들이 무슨 생각을 할지 알아. 해나 베이커는 헤프다.

저런. 다들 똑바로 들었니? 이렇게 말했잖아 "해나 베이커는…." 내 입으로는 차마 그 말을 다시 못 하겠네.

해나는 입을 다물었다.

나는 걸상을 작업대 가까이 끌어당겼다. 카세트 안으로 보이는 두 개의 구멍. 뿌연 플라스틱 뚜껑 밑에서 테이프가 넘어가고 있다. 테이프 감기는 소리가 스피커를 통해 들릴락 말락 이어졌다. 잡음.

해나가 생각에 잠겨 있는 건가? 눈을 감고 있나? 울고 있나? 손가락을 정지 버튼에 대고 누르려고 하나? 뭐 하는 거야? 들리지 않아!

틀렸어.

그녀의 목소리는 격앙되어 있었다. 파르르 떨렸다.

해나 베이커는 지금이나 과거나 그런 헤픈 여자인 적이 한 번도 없었어. 그게 핵심 아니니? 너희들은 무슨 소문을 들었니?

난 단지 키스를 원했을 뿐이야. 난 고1씩이나 되는데, 키스 경험이 없었어. 한 번도! 그런데 좋아하는 남자애가 생겼고 걔도 날 좋아했어. 그래서 키스하고 싶었어. 그게 다야. 이실직고해서, 그게 전부야.

그럼, 다른 이야기는 뭐지? 나도 들은 이야기가 있다.

공원에서 그 애와 만나기 며칠 전부터 밤이면 같은 꿈을 꾸었지. 늘 같았어. 처음부터 끝까지. 듣기만 하면 돼. 다 말할 거야.

우선, 이 이야기부터 마치고.

내가 예전에 살던 동네의 공원도 아이젠하워 공원과 비슷했어. 두 군데 다 로켓 놀이터가 있었거든. 같은 회사에서 만들었는지 로켓 모양이 똑같아. 하늘을 가리키는 빨간 코. 로켓 코에서부터 아래로 쇠창살이 촘촘히 이어졌고 초록색 꼬리날개는 땅바닥에서 로켓을 받쳐주었어. 로켓 코와 꼬리날개 사이사이 둥근 판들이 있는데, 사다리 세 개로 연결되었지. 꼭대기 층에는 운전대가 있었어. 중간층에 설치된 미끄럼틀을 타면 바닥으로 내려왔고.

수없이 많은 저녁을 그곳에서 보냈어. 새 학교에 처음 등교할 때까지. 로켓 꼭대기 층으로 올라가서 운전대에 머리를 기대곤 했어. 쇠창살 사이로 저녁바람이 살랑살랑 불어와서 나를 감싸주었어. 나는 지그시 눈을 감고, 고향을 추억했지.

나도 거기에 한 번 올라갔다. 딱 한 번인데, 다섯 살 때였다. 무서워서 내려오지 못하고 악악 목청이 터져라 울어댔다. 아버지는 몸집이 커서 둥근 판에 뚫린 통로를 통과할 수 없었다. 아버지가 소방서에 연락을 했고 여자 소방관이 나를 구하러 올라왔다. 그런 사고가 빈번했는지, 몇 주 전, 시에서는 로켓 미끄럼틀을 철거할 예정이라고 발표했다.

바로 그런 이유로 꿈속의 첫 키스 장소는 로켓이었어. 순수함이 떠오르니까. 내 첫 키스도 그렇게 되길 원했거든. 순수함으로 가득하기를.

그래서 해나가 공원에 빨간 별을 붙이지 않았나보다. 테이프가 끝까지 전달되기 전에 로켓이 없어질 것 같아서.

내가 그 꿈을 꾸기 시작한 순간은 교실 밖에서 네가 기다리던 그 날부터였어. 네가 나를 좋아한다는 걸 눈치 챈 날이었지.

해나는 셔츠를 벗어젖히고 저스틴에게 자기 가슴을 만지도록 했다. 바로 그거였다. 그날 밤, 공원에서 벌어졌던 사건에 대해 난 그렇게 들었다.

그런데 잠깐. 그녀는 왜 하필 공원 한복판에서 그랬을까?

꿈이 시작은 로켓의 꼭대기 층에서 운전대를 붙잡는 장면이야 가짜 로켓인데도 운전대를 왼쪽으로 돌리면 나무들이 뿌리째 왼쪽으로 기울어져. 운전대를 오른쪽으로 돌리면 오른쪽으로 기울어지고.

바로 그때 아래에서 네 목소리가 들리는 거야.

"해나, 해나, 나무랑 장난 그만치고 이리 와."

그래서 나는 운전대를 놓고 둥근 판에 뚫린 통로를 통해 내려와. 그런데 그 아래층에 내려서는 내 발이 갑자기 커지는 거야. 통로에 들어가지 못할 정도로.

발이 크다고? 사실인가? 나는 꿈을 해석하진 못하지만, 혹시 그녀는 저스틴의 발이 클까 봐 걱정을 했나?

나는 창살에 대고 소리쳐.

"내 발이 너무너무 커졌어. 그래도 내려가야 돼?"

너는 큰 목소리로 대답해.

"난 큰 발을 좋아해. 미끄럼틀로 내려와. 내가 잡아 줄게."

나는 미끄럼틀에 앉아 출발해. 그런데 발이 공기저항을 받아 속도가 느려. 미끄럼틀을 타고 한참 만에 내려와 보니, 네 발이 너무너무 작은 거야. 눈에 보이지 않을 정도로.

그랬구나!

너는 미끄럼틀 아래에서 팔을 벌린 채 날 붙잡으려고 기다려. 미끄럼틀 바닥에서 닿았을 때 네 작은 발을 밟지 않으려고 온 신경을 곤두세웠어.

"봐? 우린 천생연분이야."

너는 그 말과 함께 키스하려고 몸을 기울여. 입술이 점차 가까이…가까이…그리고…. 난 잠에서 깨어나.

일주일 내내, 키스를 할 아슬아슬한 순간에 눈이 번쩍 떠졌어. 그런데 드디어 저스틴, 널 만나게 되다니. 바로 그 공원에서. 그 미끄럼틀 아래에서. 그러니 넌 좋든 싫든 나랑 빌어먹을 키스를 해야 할 운명이었어. 젠장.

해나, 파티에서 네가 해주었던 키스. 그때의 키스와 같았다면 저스틴 역시 무척 좋았겠지.

나는 15분 후에 만나자고 했어. 그 정도면 미리 도착할 수 있으니까. 네가 공원에 들어서기 전에 로켓 꼭대기 층에서 기다리고 싶었거든. 꿈속처럼. 그런데 딱 그대로 이뤄졌어. 춤추는 나무와 우스꽝스러운 발만 빼고.

로켓 꼭대기 층에서 보니까 네가 공원 저 끝에서 걸어오더라. 넌 미끄럼틀까지 오는 내내 이리저리 두리번거렸지. 하지만 주변만 살필 뿐, 위를 살피지는 않았어.

내가 운전대를 마구 돌리며 덜컹덜컹 소리를 냈지. 넌 한 걸음 물러서서 올려다보고는 내 이름을 불렀어. 걱정하지 마! 내 꿈과 똑같이 되기를 바라지는 않았지만, 그렇다고 나무가 움직이거나 장난 그만치라는 말을 하는 것까지 똑같기를 기대한 건 아니었어.

"지금 내려갈게." 내가 말했어.

너는 나더러 그냥 기다리라고 했지. 네가 올라오겠다면서.

내가 다시 소리쳤어. "아니야! 미끄럼틀을 타면 돼."

그러자 네가 또 마법이라도 부리듯 내 꿈속의 말을 읊었어.

"내가 잡아줄게."

내 첫 키스보다 훨씬 낫군. 중학교 1학년. 안드레아 윌리엄스와 방과 후 체육관 뒤에서. 점심시간에 안드레아가 내가 앉은 식탁으로 와서 귓속말로 제안했다. 그날 내내 나는 아랫도리가 후끈후끈했다.

딸기 립글로스맛이 나는 3초의 키스가 끝나자 그 애는 돌아서서 달려갔다. 체육관 뒤에서 슬쩍 훔쳐보니, 친구 두 명이 그 애에게 5달러 지폐를 건네고 있었다. 이럴 수가! 내 입술이 10달러짜리 내기였다니.

좋았을까, 불쾌했을까? 불쾌한 쪽으로 결론을 내렸다.

그러나 지금까지도 딸기 립글로스를 좋아한다.

사다리를 타고 미끄럼틀까지 내려오는데, 쿡쿡 웃음이 나왔어. 난 미끄럼틀에 앉았지. 내 가슴이 쭉 내달렸어. 바로 이런 거구나. 중학교 시절, 친구들이 말해주던 첫 키스. 내 첫 키스가 미끄럼틀 아래에서 기다리고 있다니! 내가 꿈꾸던 대로. 이젠 죽 타고 내려가기만 하면 돼.

난 머뭇거리지 않았어.

그때라고, 그렇게 세상이 움직이지는 않았겠지. 하지만 내 기억으로는, 모든 게 슬로우 모션으로 움직였어. 출발. 미끄러짐. 머리카락이 뒤로 흩날리고. 넌 날 잡으려고 팔을 벌렸어. 난 널 향해 팔을 뻗었고.

키스할 생각을 언제 했니, 저스틴? 공원으로 걸어오면서? 아님 내가 네 팔에 미끄러질 때 순간적으로?

어쨌든 좋아. 첫 키스 순간에 내 머릿속에 떠올랐던 생각은? 정답 : 칠리도그(빵 사이에 소시지나 다진 고기를 넣고 매운 칠리소스를 얹은 음식-옮긴이)를 먹었군.

잘하는 짓이다, 저스틴.

미안. 그리 싫지 않았지만, 그게 딱 떠오르더라.

난 딸기 립글로스가 생각나는데.

내 첫 키스는 과연 어떨지 은근히 걱정이 되었어. 예전의 친구들이 워낙 다양한 버전으로 자랑했으니까. 그런데 근사했어. 너는 내 입속으로 혀를 밀어 넣지 않았어. 내 가슴을 움켜쥐지도 않고. 그냥 입술만 닿았을 뿐…키스만 했어.

그게 전부야.

잠깐. 다들 멈춰. 테이프를 되감을 필요 없어. 놓친 게 없으니까 굳이 되돌려 들을 필요가 없잖아. 내가 다시 되풀이해서 말해줄게.

그게…그날…있었던…전부야.

왜? 너희들이 들은 내용에는 다른 게 또 있니?

등골이 오싹했다.

그랬다. 나도 그랬고, 우리 모두 그랬다.

그래, 맞아. 다른 일도 있었지. 저스틴이 내 손을 잡았고, 우리는 그네까지 걸어갔어. 그리고 각자 앉았어. 그리고는 다시 키스를 했어. 좀 전과 똑같이.

그리고? 그 다음엔, 해나? 또 무슨 일이 있었냐고?

그러고는…우린 그 자리를 떠났어. 그는 저쪽으로 갔고, 나는 이쪽으로 갔지.

어머나. 미안해서 어쩌나. 너희들은 좀 더 야한 걸 기대했겠지? 내가 손가락을 슬금슬금 움직여서 저스틴의 지퍼를 더듬는 장면을 듣고 싶었겠지. 더 나아가서….

그래, 뭘 듣고 싶니? 워낙 버전이 많아서, 어떤 게 제일 인기 있는지 모르겠더라. 그래도 가장 인기 없는 게 뭔지 알아.

그건 바로 진실 버전이야.

너희들이 잊지 말아야 할 진실.

저스틴이 학교에서 친구들이랑 어울려 다니던 모습이 눈에 선하게 떠올랐다. 내가 기억하기로는, 해나가 다가오면 모두들 입을 꾹 다물었다. 눈길을 피하며. 그러다 해나가 지나가면 킬킬 웃음을 터뜨렸다.

나는 왜 그걸 기억할까?

나는 해나와 이야기하고 싶었다. 캣의 작별파티 뒤로 계속. 그러나 나는 쑥스러웠다. 너무 두려웠다. 그날, 저스틴과 친구들의 모습을 보며, 내가 해나를 너무 몰랐다는 생각이 들었다.

얼마 뒤에 해나가 로켓 미끄럼틀에서 거기를 만지게 했다는 소문도 나돌았다. 해나는 새파란 신입생이었지만, 그녀는, 내가 아는 그녀의 이미지를 압도할 만한 무시무시한 루머를 달고 있었다.

해나는 나에게 버거워보였다. 경험이 풍부한 아이라, 나 같은 건 코웃음 칠 게 분명했다.

고마워, 저스틴. 진심이야. 첫 키스는 정말 판타스틱했어. 우리는 한 달 정도 만났지만, 데이트 장소랑 키스는 너무 근사했어. 너도 마찬가지고.

그러다가 넌 여기저기에 허풍을 떨기 시작했어.

일주일이 지나도록 난 전혀 몰랐어. 그러나 루머가 늘 그렇듯, 결국 내 귀까지 흘러 들어왔지. 다들 알겠지만, 넌 아이들에게 내 소문에 대해 아무런 해명을 하지 않았어.

알아. 네가 어떤 심정인지. 이 이야기를 밝히면서 나도 같은 기분이니까. 키스 한 번? 고작 키스에 대한 소문 때문에 네가 이 고생을 해야 되냐고?

아니. 소중히 간직하고 싶었던 첫 키스의 추억은 소문으로 더럽혀졌어. 사람들은 헛소문을 진실로 알고 날 깔보았어. 이윽고 추문이 눈덩이처럼 서서히 불어났지.

루머, 키스에 대한 것은 루머의 시작일 뿐이었어.

더 궁금하다면 테이프를 뒤집어 봐.

정지 버튼을 누르려고 손을 내밀었다.

저스틴, 넌 계속 들어야 해. 네 이름이 또 튀어나올 테니까.

그녀의 목소리가 남아 있을까 봐 손가락을 버튼에 올린 채 스피커에 귀를 기울였다. 테이프가 감기는 소리. 희미하게 회전축에서 울리는 삐걱 소리.

그러나 그녀의 목소리는 더는 들리지 않았다. 이야기는 끝난 것이다.

■

토니네 집으로 갔다. 무스탕이 집 앞에 주차되어 있었다. 보닛을 열어둔 채, 토니와 토니의 아버지가 엔진을 살피고 있었다. 토니가 자그마한 손전등을 비추고 아저씨는 엔진 깊숙한 곳을 렌치로 바싹 조이고 있었다.

내가 물었다.

"고장이야? 아니면 재미로?"

토니는 나를 흘낏 보다가 손전등을 떨어뜨렸다.

"빌어먹을."

아저씨가 몸을 일으켜 기름 묻은 손을 셔츠에 쓱쓱 닦으며 말했다.

"당연하지. 차 고치는 게 얼마나 재미있는데"

아저씨는 토니를 바라보며 윙크했다.

"특히나 머리가 복잡할 땐 최고지."

토니는 찌푸린 얼굴로 손전등을 찾아냈다.

"아버지, 클레이 아시죠?"

아저씨가 대답했다.

"그럼, 물론이지. 반갑다."

아저씨는 굳이 악수를 청하지는 않았다. 셔츠가 기름범벅이라 그 편이 오히려 고마웠다.

다만 아저씨는 날 기억하지 못하면서 알은 체를 하고 있었다.

"아, 이제 생각나네. 우리 집에서 저녁 같이 먹은 적 있지? 입만 열면 '죄송하지만,' 과 '감사합니다.' 가 튀어나왔지."

난 그냥 웃었다.

"얘 엄마가 널 본받으라며 우리를 일주일 동안 아주 들들 볶더구나."

딱히 할 말이 없었다. 부모님들은 날 좋아한다.

나 대신 토니가 나섰다.

"예, 맞아요."

토니는 허드레 수건으로 손을 닦았다.

"근데 뭔 일 있냐, 클레이?"

토니의 말이 머릿속에서 메아리쳤다.

무슨 일이야? 뭔 일이야? 어, 네가 물으니, 대답해줄게. 오늘,

테이프가 가득 든 소포를 받았어. 자살한 여자애가 보냈더라. 내가 그 일이랑 관련된 게 틀림없어. 정확한 것은 모르지만. 그래서 들어볼까 하는데, 네 워크맨이 필요하지 뭐냐.

"아무 일도 아냐."

내가 말했다.

아저씨가 차에 들어가 시동을 걸어주겠냐고 했다.

"열쇠는 꽂혀 있다."

나는 가방을 조수석에 던져놓고는 운전석에 앉았다.

아저씨가 소리 질렀다.

"잠깐, 잠깐! 토니, 여기 좀 비춰봐라."

토니는 차 옆에 서 있었다. 시선은 날 향한 채. 눈길이 마주치자 서로 엉겨 붙었다. 나는 고개를 돌리지 않았다. 토니가 알고 있나? 테이프에 대해 알고 있나?

아저씨가 재촉했다.

"토니야, 불."

토니는 시선을 거두었고 몸을 숙이며 손전등을 비쳤다. 계기판과 보닛을 사이에 두고 토니의 눈길은 나와 엔진 사이를 연신 오갔다.

토니도 테이프에 등장하나? 내 앞에 토니 이야기가 나오는 건가? 내게 소포 보낸 사람이 혹시 토니일까?

제기랄, 돌아버리겠군. 설마, 모르겠지. 어쩌면 내가 자꾸 죄책감을 느껴 흘끔거리는지도 몰라.

아저씨의 시동 신호를 기다리며 차 안을 훑어보았다. 뒷좌석 바닥에 워크맨이 보였다. 헤드폰 줄이 카세트에 돌돌 감겨 있다. 그런데 무슨 핑계를 대지? 어디에 필요하다고 하나?

아저씨가 말했다.

"토니, 렌치를 잡아라. 내가 전등을 들 테니. 불빛이 심하게 흔들리잖아."

두 사람은 손전등과 렌치를 바꿔들었고, 그 순간 나는 워크맨을 집어 들었다. 눈 깜짝할 사이에. 생각하지도 않고. 가방 앞 주머니가 열려 있기에 워크맨을 넣고 지퍼를 스르륵 닫았다.

아저씨가 소리쳤다.

"됐다, 클레이. 시동을 켜 봐."

키를 돌리자 엔진이 부르릉 걸렸다.

계기판 너머로 아저씨의 웃는 모습이 보였다. 뿌듯해하는 표정이다.

엔진을 내려다보며 아저씨가 말했다.

"제대로만 만져주면 소리가 좋아진단 말이야. 이젠 꺼라, 클레이."

토니는 보닛을 내려 닫았다.

"먼저 들어가세요."

아저씨는 머리를 끄덕이고는 철제 공구함과 기름 헝겊들을 챙겨 차고로 향했다.

　나는 가방을 팔 한쪽에 끼우며 차에서 나왔다.

　토니가 말했다.

　"고맙다. 너 아니면 여기에서 밤 샐 판이었어."

　나는 가방을 추스르고 똑바로 뗐다.

　"집에서 나오는 길이야. 엄마가 자꾸 신경 쓰이게 만들어."

　토니는 차고를 물끄러미 보았다.

　"나도 마찬가지 신세다. 숙제가 많은데, 아버지는 차를 꼭 고쳐야 한다지 뭐냐."

　머리 위의 가로등에 불이 들어왔다.

　"클레이, 왜 왔냐?"

　가방에 들어 있는 워크맨의 무게가 고스란히 느껴졌다.

　"지나가는데 네가 보여서. 얼굴 한 번 보려고."

　토니가 물끄러미 바라보기에, 나는 토니의 차로 시선을 돌려 피했다.

　"로지에 들를까 하는데. 태워줄까?"

　"조금만 걸으면 돼."

　토니는 양손을 주머니에 찔렀다.

　"어디 가는데?"

　제발, 리스트에 토니가 없기를. 그런데 만약 있으면? 이미 테이프를 듣고, 내 속마음을 빤히 읽고 있다면? 내가 어디 가는지 안다면? 상상하기도 싫지만, 테이프를 받기 전이라면? 나중에 토니가 받는다면?

토니는 이 상황이 떠오르겠지. 내가 둘러대던 모습이. 그리고 경고나 암시 한 마디 던지지 않은 것도.

"아무 데도 안 가."

나도 양손을 주머니에 넣었다.

"내일 보자."

토니는 대꾸를 하지 않았다. 내가 돌아서는 걸 빤히 쳐다볼 뿐. 당장이라도 토니가 소리칠 것 같다.

"야! 내 워크맨 어디 있냐?"

그러나 아니었다. 난 무사히 빠져나왔다.

첫 번째 모퉁이에서 오른쪽으로 돈 다음에 죽 걸어 나갔다. 차의 엔진음이 뒤에서 들리더니 무스탕의 바퀴가 구르기 시작했다. 토니는 속력을 내더니 내 뒤로 길을 건넌 뒤에 곧장 내달렸다.

나는 가방을 벗어들고 보도에 털썩 주저앉았다. 워크맨을 꺼냈다. 줄을 풀어 노란색 헤드폰을 머리에 쓰고는 콩알만큼 작은 스피커를 귀에 댔다. 가방 안에는 테이프가 네 개 더 있었다. 오늘 밤, 이 중에서 한두 개는 더 들을 수 있겠지. 나머지는 집에 두고 왔다.

가장 작은 가방 주머니를 열어 첫 번째 테이프를 꺼냈다. B면으로 돌려서 카세트에 밀어 넣고는 플라스틱 덮개를 닫았다.

테이프 1 : B 면

▶

돌아온 걸 환영해. 파트 투에 참여해줘서 고마워.

워크맨을 재킷 주머니에 넣고 소리를 높였다.

이걸 듣고 있다면 다음 중 하나에 해당하겠군.

A. 넌 저스틴이야. 네 짧은 이야기를 듣고 나서, 이번에 누가 나오는지 확인 중.

또는 B. 넌 나머지 중 하나야. 자기 차례인지 귀를 쫑긋 세우는.

자⋯.

진땀이 솟아 두피를 타고 흐른다.

알렉스 스탠달! 이번엔 네 차례야.

관자놀이까지 흘러내린 땀방울을 닦아냈다.

알렉스, 내가 왜 테이프에 나왔지 하고 무척 황당해할 거야. 넌 친절을 베풀었을 뿐인데. 그치? 1학년 최고의 엉덩이로 날 뽑아줬잖아. 그런데 이런 식으로 앙갚음을 할 수 있냐고 펄쩍 뛰겠지.

잘 들어.

갓돌에 앉아 차도를 바라보았다. 풀잎 몇 가닥이 발꿈치 쪽의 시멘트 틈으로 뾰족이 고개를 내밀고 있었다. 해가 지붕과 가로수 아래로 뉘엿뉘엿 질 참인데 가로등에는 벌써 불이 들어와 환히 밝히고 있었다.

알렉스, 내가 골이 텅텅 비었니? 쪼끄만 팬티나 잔뜩 그러모은 바보 계집애 주제에, 호들갑떠는 걸로 보여? 그렇다면 더 들을 필요 없지. 나야 테이프를 복사해 두었다고 겁을 주긴 했어. 그렇지만 내 엉덩이에 대해 내린 네 결론에 대해 관심을 갖고 있는 사람들이 그렇게 많을 줄 누가 알았겠니?

사람들은 이제 저녁식사를 마쳤겠다. 식기세척기를 돌리거나. 학생들은 숙제를 하겠군.

오늘 밤이 그들에게는 여느 밤이나 다름없겠지.

그런데 흥미를 느낄 만한 사람들이 없진 않을 거야. 이 테이프가 퍼져나가면 귀를 쫑긋 세울 사람들 말이야.

어때, 이야기를 시작해볼까?

몸을 웅크려 양쪽 다리를 끌어안고 이마를 무릎에 붙였다.

네 리스트가 등장하던 날, 난 2교시 수업 중이었어. 스트럼 여선생님은 화끈한 주말을 보냈나 봐. 수업준비라곤 전혀 해오지 않았지.

선생님은 지루하기로 악명 높은 다큐멘터리 자료를 보여주었어. 뭐였는지 기억도 안 나. 해설자의 영국식 억양이 강했다는 것 빼고는. 나는 책상에 붙어 있던 테이프 조각을 긁었어. 졸지 않으려고 말이야. 해설자의 목소리는 멀리서 그저 앵앵거렸지.

그런데, 해설자의 목소리 속에 문득…속삭임이 들렸어.

내가 고개를 들자 속삭임이 뚝 멎었어. 나에게 쏠리던 시선은 흩어졌고, 종이 한 장이 앞뒤로 오갔어. 드디어 내 뒷자리인 지미 롱의 책상에 이르렀어. 지미가 몸을 앞으로 기울이자 책상이 삐걱거렸어.

그날 아침에 그 수업을 들었으면 알 거야. 지미는 내 의자 아래쪽을 힐끔댔어. 그가 속삭이던 말이 떠올라. "그럴 만하네."

무릎을 꽉 움켜쥐었다. 개새끼, 지미.

누군가 소곤거렸어. "저 바보, 멍청이."

몸을 돌린 나는 소곤거릴 기분이 아니었어. "그럴 만하다니?"

지미는 여자애의 관심을 끌었다는 것만으로도 우쭐했나 봐. 능글능글 웃으며, 책상 위에 놓인 종이에 슬쩍 눈길을 주더군. "벼엉신!"이라는 속삭임이 다시 들렸어. 교실 곳곳에서 그런 욕이 터져 나온 걸 보면, 나만 빼고 저들끼리 즐길 셈이었나 봐.

역사 시간에 그 리스트를 나도 봤는데, 잘 모르는 이름들도 꽤 있었다. 마주친 적이 없는 전학생이나 이름도 잘 모르는 여학생들이었다. 그러나 해나는 내가 아는 이름이었다. 보는 순간 웃음이 풋하고 터졌다. 그녀는 한순간에 유명인사가 되었다.

이제야 비로소 알겠다. 그녀의 루머는 저스틴 폴리의 허풍에서 비롯되었다는 걸.

고개를 숙이자 거꾸로 적힌 제목이 눈에 들어왔어. 1학년 - 누가 짱인가 / 누가 꽝인가?

지미는 똑바로 앉느라 소리를 내며 책상을 끌었고 스트럼 선생님이 다가왔어. 하지만 나는 내 이름을 찾아내야 했어. 내가 왜 리스트에 올랐는지는 중요하지 않았어. 내 이름이 어느 쪽에 올라 있는지도 관심이 없었어.

사람들이 똑같은 시선으로 널 바라본다고 상상해 봐. 속이 울렁거릴 거야. 스트럼 선생님이 통로를 걸어와서 그 리스트를 잡아채기 전에 내 이름을 찾아냈어. 눈이 확 뒤집혔어.

내 이름이 어디에 있었을까? 어디라고? 맞았어!

바로 그날, 얼마 뒤에 해나가 복도를 지나갔다. 나는 고개를 돌려 해나의 뒷모습을 눈으로 쫓았다. 그러고는 바로 인정했다. 과연 그 카테고리에 오를 만했다.

스트럼 선생님은 종이를 뺏었고, 나는 교실 앞쪽으로 몸을 돌렸어. 몇 분 뒤에, 용기를 내어 교실 저쪽으로 눈길을 돌렸지. 짐작대로 제시카 데비스는 오줌이라도 지린 듯한 표정이었어.

왜냐고? 내 이름 바로 옆에 제시카의 이름이 있었거든. 나와 반대되는 칸에, 그녀의 이름이 버젓이 적혀 있었거든. 제시카는 모스 부호를 보내듯 연필로 공책을 두들겼지. 얼굴이 발갛게 달아오른 채.

그때 들었던 생각? 모스 부호를 몰라서 정말 다행이네.

제시카는 나보다 훨씬 예뻐. 나와 제시카를 두고 신체부위별로 비교를 해 봐. 머리부터 발끝까지 제시카가 우선순위를 차지할 거야.

그건 아니야, 해나. 머리부터 발끝까지.

1학년 최악의 엉덩이가 거짓이란 건 다 알아. 너는 그게 진실을 왜곡한다고 생각지 않았겠지. 제시카가 그 리스트에 왜 올랐는지 아무도 그 이유를 모를 거야.

너와…나와…제시카, 이 세 사람을 빼고는 어느 누구도.

내가 짐작하지도 못한 일들이 있었나 보구나.

날 제대로 뽑았다고 생각하는 사람들도 있겠지. 나는 그렇게 생각지 않아. 분명히 밝히지만, 내 엉덩이는 결정적인 요인이 아니었어. 결정적인 요인은…복수였지.

차도의 배수로에서 풀포기를 뽑아들고는 일어섰다. 걸어가면서 손가락으로 비비자 풀잎이 바스러지며 바닥으로 떨어졌다.

알렉스, 이 테이프에서 네 동기는 중요하지 않아. 물론 밝힐 예정이지만. 그러나 말도 되지 않는 이 황당한 리스트에 내가 오른 걸 본 뒤, 사람들의 태도가 어떻게 바뀌었는지 알려주고 싶어. 이 테이프는 바로….

해나의 말이 끊겼다. 나는 재킷 안으로 손을 넣어서 소리를 높였다. 해나는 부스럭거렸다. 종이를 반듯하게 펴는 소리.

됐어. 앞으로 테이프에 들어갈 이름과 사건을 죽 살펴보았어. 퍼뜩 떠오르는 것. 내 이름이 그 리스트에 없었더라면, 이 종이에 적힌 사건들도 벌어지지 않았을 거라는 생각이 들어. 분명해.

넌 제시카 반대편에 쓸 이름이 필요했어. 저스틴의 귀여운 아가씨가 된 뒤로 모두들 나를 이상한 여자로 봤으니까. 내 이름이 딱! 이었겠지, 그치? 다들 삐딱한 시선으로 날 보았으니까.

눈덩이는 계속 구르는 중이야. 고마워, 저스틴.

알렉스의 리스트는 장난이었다. 물론 저질스러웠다. 그러나 해나에게 이런 영향을 끼치리라고는 짐작 못 했을 거다. 이건 너무 심하다.

그럼 난 뭐지? 난 무슨 짓을 했는데? 해나는 내가 어떤 상처를 주었다고 말할까? 나는 전혀 감이 잡히지 않는다. 그 이야기를 들은 사람들은 나를 어떻게 생각할까? 이미 몇몇은, 최소한 두 명은 내가 리스트에 오른 이유를 알고 있다. 그들은 이제 날 다르게 볼까?

아니. 그러지 않을 거다. 거기에 내 이름이 끼었을 리가 만무하니까. 내 이름이 나올 리 없다.

난 잘못한 게 없다!

다시 한 번 강조하건데, 이 테이프는 네가 왜 그랬는지 파헤치려는 게 아니야. 네가 한 짓의 결과를 밝히려는 것뿐이야. 더 정확히 말해서 나에게 미친 영향. 너로서는 의도하지도 않았고, 예상하지도 않았던.

뭐야, 어떻게 그럴 수가.

|｜

첫 번째 빨간 별. 해나의 옛집. 저기다.

말도 안 돼!

예전에 한 번 찾아갔던 곳이다. 파티에 갔다 온 뒤에. 한 연로한 부부가 사는 곳. 한 달쯤 전 어느 밤이었다. 몇 블록 떨어진 곳에서, 그 집 노인은 운전 중에 부인과 통화를 하다가 다른 차와 부딪쳤다.

나는 눈을 감으며 그 기억을 떨쳐버리려고 머리를 흔들었다. 보고 싶지 않았다. 그러나 자꾸 떠올랐다. 그 노인은 히스테리를 부렸다. 비명.

"난 전화해야 돼! 할망구와 통화하게 해줘!"

자동차가 충돌하면서 노인의 휴대폰은 어디론가 사라져버렸다. 내 휴대폰으로 노부인에게 연락을 했으나 계속 신호음만 울렸다. 노부인은 겁이 나서 전화를 받지 못했다. 노인의 전화번호가 휴대폰에 다시 뜨기만을 기다렸던 것이다

노인은 부인의 약한 심장을 걱정했다. 할아버지가 무사하다

는 걸 할머니에게 알려줘야만 했다.

나는 전화로 경찰에 연락을 했다. 할아버지에게는 할머니와 연락을 취하는 중이라고 말했다. 그러나 막무가내였다. 자기가 괜찮다는 걸 할머니가 당장 알아야한다는 거다. 할아버지 집은 멀지 않았다.

사람들이 차츰 모여들었다. 몇몇은 상대편 차에 탄 사람을 돌보았다. 우리 학교 학생이었다. 3학년. 할아버지보다 상태가 훨씬 심각했다. 나는 사람들에게 앰뷸런스가 도착할 때까지 할아버지를 돌봐달라고 소리쳤다. 그러고는 할머니를 진정시키기 위해 할아버지 집으로 달려갔다. 그러나 해나가 살았던 집으로 달려가는 줄은 그때에는 몰랐다.

이 집.

그러나 이번에는 걸어갔다. 동부 꽃계곡으로 향하는 도로를 따라 저스틴과 자크처럼 걷고 있었다. 해나가 말했듯이 거꾸로 뒤집어진 T 모양으로 두 길이 맞닿아 있었다.

밤이라서 창문 커튼은 닫혀 있었다. 입학 직전 여름에 해나는 캣과 거기에 서 있었다. 두 사람은 지금 내가 있는 곳을 내다보았다. 그러다 남자애 둘이 걸어오는 걸 보았다. 길을 걷던 남자애들은 젖은 잔디로 걸음을 옮기다가 콰당! 넘어졌다.

나는 차도의 배수로까지 걸어간 다음에 발가락에 힘을 주고 갓돌 위에 섰다. 잔디에 올라 가만히 서 있었다. 침착하고 안정적인 걸음. 미끄러지지 않았다. 머릿속으로 이런 의문이 떠올랐다. 저스틴과 자크가 해나네 현관문까지 넘어지지 않고 걸어왔다면 해나는 몇 달 뒤에 저스틴 대신 자크를 좋아했을까? 저스틴은 그 망신을 씻고 싶었을까? 루머는 애초에 생기지 않았을 수도 있었다.

그럼, 해나는 자살하지 않았겠지?

▶

네 리스트 때문에 트라우마가 생긴 건 아니었어. 난 살아남았어. 장난이란 걸 알았으니까. 종이쪽지를 들고 복도에 삼삼오오 모여 있던 아이들 역시 장난으로 여겼지. 신나고 웃기는데다 화끈한 장난.

그런데, 1학년 최고의 엉덩이로 뽑히면 어떤 일이 일어날까? 잘 알아둬, 알렉스. 너야 알래야 알 수 없을 테니까. 사람들, 특히 어떤 사람들에게는 몸 특정부위를 제외하면 아무것도 아닌 게 되는 거야.

예를 들어 설명하는 게 좋겠다고? 좋아. 네 지도의 B-3. 블루스팟(BlueSpot, 몽고반점이라는 뜻-옮긴이) 가게.

이 근처다.

왜 그런 이름이 붙었는지는 모르겠어. 아무튼 예전에 살던 집과 한 블록 떨어져 있었지. 달콤한 게 생각나면 거기로 갔어. 그래 맞아, 거의 날마다 들렀다고 해야 해.

블루스팟은 언제나 어두침침했다. 그래서 이제껏 가게 안까지 들어가 보지 않았다.

갈 때마다 열에 아홉은 비어 있었어. 계산대 앞에 있는 남자와 나, 둘뿐이었어.

사람들이 블루스팟을 알기나 할까? 양쪽 가게 사이에 조그맣게 끼어 있거든. 더구나 여기에 이사 온 이후로 양쪽 가게는 늘 닫혀 있었지. 밖에서 보면 블루스팟은 담배나 술을 광고하는 작은 게시판으로 보여. 그럼 안쪽은? 별반 다르지 않아.

해나네 옛집 앞의 인도를 따라 걸었다. 약간 오르막길인 진입로를 따라 곧장 올라가면 비바람에 허름해진 목재 차고 문이 나왔다.

카운터 앞에 달아놓은 철사선반에는 고급 초콜릿과 사탕이 놓여 있어. 나에게는 정말 최고였지. 문을 열고 들어가면 카운터의 아저씨는 금전등록기를 차르르 챙 열었어. 아저씨는 내가 아직 초코바를 고르지 않았어도, 빈손으로 가게를 나갈 리 없다는 걸 누구보다 잘 알았거든.

아저씨를 보고 누군가는 월넛(walut, 호두-옮긴이)이 자꾸 떠오른다고 했어. 맞아, 정말 그래! 담배를 많이 펴서 그런지 얼굴 피부가 쪼글쪼글하거든. 월리라는 이름 때문에 그렇게 말하는 건 아니야.

해나는 이사 온 뒤로 파란 자전거를 타고 학교를 다녔다. 지금도 눈에 선하다. 바로 여기겠지. 등에 가방을 메고 진입로를 미끄러지듯 내려오는 해나. 앞바퀴를 꺾으며 보도로 올라와서 페달을 밟으며 나를 스쳐간다. 자전거를 타고 길게 뻗은 인도를 내달리며 가로수와 주차된 차와 집 들을 지나겠지. 나는 그 자리에 서서 그녀의 모습이 사라지는 걸 지켜본다.

다시 한 번 그럴 수만 있다면.

나는 몸을 천천히 돌리고 발걸음을 옮겼다.

거의 매일 블루스팟에 들렀지만 윌리 아저씨는 입 한 번 열지 않았어. "어서 오세요!"나 "예!"는 물론이고 반갑게 "아!" 하는 소리도 못 들었어. 아저씨의 목소리를 들은 단 한 번은 바로 네 덕분이야, 알렉스.

얼마나 소중한 친구니?

알렉스! 맞다. 어제 누군가 복도에서 알렉스를 밀었다. 알렉스를 내 쪽으로 떠밀었다. 누구 짓일까?

그 날도 여느 때처럼, 안으로 들어서자 문에 달린 종이 딸랑거렸어. 차르르 챙! 금전등록기도 열렸지. 나는 카운터의 철사선반에서 초코바를 집었어. 그 초코바가 뭐였는지, 기억이 안 나 말은 못 하겠어.

나는 알렉스가 넘어지지 않도록 붙잡았다. 괜찮으냐고 물어 봤지만 알렉스는 꿀 먹은 벙어리마냥 가방만 집어 들고 복도를 빠져나갔다. 내가 알렉스의 성질을 건드린 적이 있나 싶어 기억을 더듬었다. 그러나 어떤 것도 생각나지 않았다.

내가 가방에서 돈을 꺼내는 동안, 누가 들어왔어. 누구인지 기억이 나지만, 흔히 부닥치는 아이들 중 한 사람이니, 굳이 이름을 밝힐 필요는 없겠지.

모르겠다. 어쩌면 그 이름을 밝히는 게 나을지도. 그래 네 이야기를 하는 한, 알렉스! 그 자식의 추행, 그 추잡스럽고 혐오스러운 짓은 바로 네 짓의 여파니까.

게다가 애는 어차피 다른 테이프에 등장하니까.

어쩐지 불안하다. 알렉스의 리스트 때문에 그 가게에서 도대체 무슨 일이 일어난 것일까?

아니다, 난 알고 싶지 않다. 알렉스를 보고 싶지 않다. 내일은 안 되고. 그 다음 날도 안 된다. 알렉스나 저스틴도 보고 싶지 않다. 뚱땡이 개새끼 지미도. 미치겠다. 이 일에 관여되지 않는 놈은 있기는 한 걸까?

걔가 블루스팟의 문을 벌컥 열었어.

"어이, 월리 씨!"

거들먹거리는 말투가 얼마나 자연스럽던지. 월리 아저씨를 아랫사람처럼 함부로 대하는 태도가 몸에 배었더군.

그 자식이 능청을 떨었어.

"어, 해나, 안녕? 네가 있는 줄 몰랐네."

나는 카운터 앞에 서 있었어. 문을 열면 곧장 내가 보이거든. 근데 그딴 헛소리를 나불대는 거야.

나는 억지로 웃어보이고 나서 돈을 꺼내 월리 아저씨의 주름진 손 위에 올려놓았어. 월리 아저씨는 그 자식에게 아무런 반응도 보이지 않았어. 웃음은커녕 입 꼬리도 올리지 않았어. 눈길도 주지 않았고. 그는 여느 때와 똑같이 나를 대했어.

한참 걷다가 모퉁이를 돌자 집들이 시야에서 사라졌다. 블루 스팟으로 가는 중이다.

모퉁이를 경계로 이렇게 풍광이 달라질 수 있다니. 뒤쪽 집들은 크거나 화려하지 않다. 신 중산층 지역이다. 그런데 집이 한두 채 모여 주택지를 형성하더니 지난 몇 년 사이에 시내와 완전히 분리되었다.

"어이 월리 씨, 이거 알아?"

그의 숨결이 내 어깨 너머로 느껴졌어.

나는 가방을 카운터에 올려 지퍼를 닫았어. 월리 아저씨의 눈이 카운터의 모서리를 지나 그 아래쪽의 내 허리로 쏠렸고, 그제야 나는 무슨 일이 벌어지는지 알았어.

그 자식이 내 엉덩이를 찰싹 때리며 움켜잡았어. 그러고는 말했지. "1학년 최고의 엉덩짝이야, 월리 씨. 지금 이 가게에 왕림하셨단 말씀이야!"

그런 짓을 하는 놈을 본 적이 있었다. 빈정거리고, 건들거렸다.

아팠냐고? 아니야. 사실 그게 중요한 건 아니잖아? 문제는 그 자식에게 그럴 권리가 있냐는 거야. 그야 말하나 마나지.

여자애라면 다 그렇듯이 나 역시 재빨리 그 자식의 손을 때렸어. 바로 그때 아저씨가 무겁고 진득한 아저씨의 껍질을 깨고 나타났어. 소리를 냈거든. 아저씨의 입은 다물어져 있었지만, 재빨리 입을 달싹거린 것에 불과했지만, 그 작은 소리가 나를 깜짝 놀라게 했어. 그리고 그게 아저씨의 마음 깊숙한 곳에서 터져 나온 분노라는 것도 알 수 있었어.

저기다. 블루스팟의 네온사인.

||

이 구역에는 문을 연 가게가 두 곳뿐이다. 블루스팟과 길 건너 24시 비디오 가게. 블루스팟은 저번에 지나갈 때와 다름없이 여전히 칙칙하다. 담배와 술 광고조차도 변함없다. 벽지처럼 창문에 붙어 있었다.

문을 열자 종이 딸랑거렸다. 해나가 초콜릿이나 사탕을 사러 올 때마다 들었던 종소리. 손을 떼지 않고 한쪽 문 끝을 잡았다가 살짝 놓자, 종이 딸랑딸랑 흔들리는 게 보였다.

"뭐 드릴까요?"

돌아보지 않아도 윌리 아저씨가 아닌 걸 알겠다.

내가 왜 실망하지? 그를 보러 온 것도 아닌데.

점원이 좀 더 큰 목소리로 다시 물었다.

"뭐 드려요?"

카운터 쪽으로 고개를 돌릴 수 없었다. 아직은 못 하겠다. 해나가 거기에 서 있던 모습이 떠오를까 봐.

가게 뒤편 유리문 안에 냉장음료가 있다. 목은 전혀 마르지 않았지만 걸음을 옮겼다. 유리문을 열어 잡히는 대로 꺼내고 보니 오렌지 소다였다. 가게 앞쪽으로 와서 지갑을 꺼냈다.

카운터에 걸어놓은 철사선반에는 초코바가 잔뜩 놓여 있었다. 해나가 좋아했던 것이다.

왼쪽 눈이 파르르 떨렸다.

"이것만 계산할까요?"

나는 카운터에 소다를 놓고는 눈을 비볐다. 눈두덩 깊숙한 곳에서 지끈거렸다. 눈썹 안쪽. 바늘로 콕콕 쑤시는 듯 고통스럽다.

"뒤에도 있어요."

점원이 말했다. 내가 초콜릿을 찾는 줄 아나 보다.

초코바인 버터핑거를 집어서 음료수 옆에 놓았다. 카운터에 몇 달러를 올리고는 점원 쪽으로 쓱 밀었다.

차르르 챙!

점원이 잔돈을 꺼내는 동안, 금전등록기에 붙어 있는 월리 씨라는 플라스틱 명찰에 눈이 갔다.

"이 분이 아직 여기 있나요?"

"월리 아저씨요?"

점원이 코로 길게 숨을 내쉬었다.

"낮 근무예요."

밖으로 나오자 종이 딸랑거렸다.

▶

나는 가방을 둘러메며 "갈게요."라고 말했을 거야. 그 자식 앞을 돌아 나올 때는 눈길을 피했어.

문 쪽으로 막 다가서는데 그놈이 내 손목을 잡고는 돌려세웠어.

내 이름을 불렀을 때 그 눈을 보았는데, 웃음기라곤 조금도 없었어.

내가 손목을 잡아 당겼지만 그 자식은 더 단단히 잡았어.

길 건너 24시 비디오의 네온사인은 제멋대로 깜박거렸다.

해나가 말하는 놈이 누구인지 알 만했다. 여자애 손목을 붙잡는 장면만 몇 번이나 목격했다. 그때마다 멱살을 움켜쥐며 여자애를 놔주라고 말하고 싶었다.

그렇지만 늘 못 본 척 했다.

나로서는 어쩔 수가 없었다.

그는 손목을 놓는가 싶더니 이번에는 내 어깨에 손을 올렸어.

"장난 좀 친 거야, 해나. 워워! 릴랙스!"

좋아. 한 번 따져보자. 블루스팟에서 집으로 오면서 난 생각에 잠겼어. 그날 무슨 초코바를 샀는지 기억하지 못할 정도로 깊이.

나는 블루스팟 앞의 갓돌에 앉았다. 오렌지 소다는 옆에 두고 버터핑거는 한쪽 무릎에 올려놓았다. 지금은 먹고 싶지 않았다. 그 어떤 달콤한 것도.

왜 이걸 샀을까? 해나가 선반에 놓인 사탕이나 초콜릿을 샀기 때문에? 그게 무슨 상관인데? 첫 번째 빨간 별에 갔다. 그리고 두 번째도. 해나가 시킨 대로 따르거나 전부 가 볼 필요는 없다.

우선 말부터, 그 다음에 행동을.

첫 번째 문장. "장난 좀 친 거야, 해나."

해석 : 네 엉덩짝은 장난감이야. 사람들은 자신의 엉덩짝에 일어나는 일에 대해 최종 결정권을 가지고 있어. 그러나 너는 아닌 것 같아. 최소한 그냥 "장난 좀 칠 때는."

초코바를 톡톡 건들자 시소처럼 무릎에서 흔들렸다.

두 번째 문장. "워워! 릴랙스!"

해석 : 이 봐, 해나. 네 허락 없이 한 번 만져봤어. 그게 정 불쾌했다면, 네가 만지고 싶은 곳을 만지면 되잖아.

이번에는 그 자식의 짓거리에 대해 따져볼까?

첫 번째 행동 : 내 엉덩짝을 움켜쥐다.

분석 : 그 전에는 그 자식이 내 엉덩이를 움켜 쥔 적이 없었어. 그런데 갑자기 왜 그랬을까? 내 바지가 눈길을 끌 만한 건 아니었

어. 꽉 끼지도 않았고. 오히려 헐렁한 편이었어. 그 자식은 내 골반에 슬쩍 닿았을 뿐이라고 우기겠지. 그러나 그 자식은 내 골반에 손을 대지 않고 내 엉덩짝을 주물렀어.

이제야 이해가 된다. 해나가 말하려는 뜻을. 가슴 한가운데가 서늘해졌다.

최고의 입술. 알렉스 리스트에 나온 또 다른 카테고리.

알렉스, 네 리스트에서 내 엉덩이를 만지라고 부추겼냐고? 물론 아니지. 그러나 그 리스트는 그 자식에게 좋은 핑곗거리를 제공한 거라고 말하는 거야. 딱 필요한 핑곗거리.

리스트를 보기 전까지는 안젤라 로메로의 입술에 관심 두지 않았다. 그러나 그 이후로 나는 로메로의 입술에 마음을 뺏겼다. 로메로가 수업시간에 발표를 하면 말소리는 한마디도 귀에 들어오지 않았다. 달싹거리는 입술만 눈에 들어왔다. '슬리퍼리 슬로우프(slippery slope)' 같은 단어를 발음할 때면 순간순간 보이는 입술 안의 빨간 혓바닥에 완전히 매혹 당했다.

두 번째 행동 : 내 손목을 잡아당기고 어깨에 손을 올렸다.

이 행동을 굳이 분석하진 않겠어. 그보다, 내가 분했던 이유를 말할게. 전에도 내 엉덩이를 슬쩍 만진 아이들은 있었어. 그럴 수도 있어. 그러나 이번에는 내 이름이 리스트에 오른 게 화근이었어. 내가 화를 내면 그 자식이 사과를 했을까? 아니지. 오히려 더 당당하게 나왔을걸. 가장 예의를 갖춘다는 게, 날 달래는 듯 긴장을 풀라는 위로성 말이야. 그런 다음 어깨에 손을 올렸지. 마치 자신이 신사답게 위로한다는 뜻으로 터치를 한 거야.

충고 한 마디. 여자애를 슬쩍 만졌는데, 장난으로도, 걔가 널 밀어내면…당장…그만 둬. 손을 떼란 말이야. 어디에서건. 딱 멈춰. 걔는 네 손길이 혐오스러울 뿐이야.

안젤라의 다른 신체부위는 입술만큼 매력적이지 않았다. 실망스러울 정도는 아니지만 마음이 끌리지는 않았다.

지난여름, 친구네 집에서, 안젤라가 병 돌리기 게임(병을 돌려서 병이 가리키는 사람과 키스를 한다-옮긴이)을 못해봤다는 이야기가 나오자마자, 다 함께 게임을 했다. 나는 몇 번이고 더 해야 한다고 벅벅 우겼다. 내가 돌린 병이 안젤라를 향하거나 안젤라가 돌린 병이 나를 가리킬 때까지. 마침내 기회가 오자, 어떻게 하면 길고 정확한 입맞춤을 할까 궁리하면서 입술을 갖다 댔다.

이 세상에는 소심하고 예민한 사람들이 있어, 알렉스. 어쩌면 나도 그런 사람들 중의 한 사람이야. 그러나 네가 장난삼아 리스트에 올린 사람들이 어떤 취급을 당할지 예상했어야 했고, 책임을 져야 해.

나중에, 안젤라와 나는 뒤쪽 베란다에서 시간을 보내게 되었다. 나는 입술이 부르트도록 키스만 했다.

그게 다 리스트 탓이다.

엄밀히 따지면, 이건 공평한 짓이 아니야. 너야 나에게 장난 칠

67

의도가 없었으니까. 그치? 내 이름은 짱 자리에 있었어. 넌 제시카의 이름을 꽝 자리에 적었지. 제시카를 골려줄 생각으로. 그러나 그 순간 눈덩이는 속도를 내기 시작했어.

제시카, 내 소중한 친구…. 다음에는 네 차례야.

■

나는 워크맨을 열어서 첫 번째 테이프를 꺼냈다.

가방의 가장 작은 주머니에서 다음 테이프를 찾아냈다. 구석에 푸른색 숫자 3이 적혀 있는 테이프를 넣고 뚜껑을 닫았다.

테이프 2 : A면

▶

해나의 목소리가 들리지 않고 잠시 정적이 흘렀다.

한 걸음씩. 그렇게 우리는 이걸 마치는 거야. 한 걸음 그리고 또 한 걸음.

길 건너 건물 뒤로 해가 지고 있었다. 거리의 가로등 불빛이 모두 켜졌다. 무릎에 올려놓은 버터핑거와 옆에 놓인 소다를 들고 일어섰다.

우린 이미 테이프 하나를 앞뒤로 다 끝냈어. 앞으로도 함께 해 줘. 이야기가 더 끔찍해질지, 나아질지는 네 마음먹기에 달렸어.

빈 기름통에 파란색 스프레이를 뿌려 만든 쓰레기통은 블루 스팟의 문 옆에 있다. 포장지도 벗기지 않은 버터핑거를 그 안에 던졌다. 딱딱한 걸 위장 속으로 집어넣을 자신이 없었다.

발걸음을 뗐다.

나는 1학년 초에는 외톨이가 아니었어. 해나 베이커의 히트곡

모음에 등장하는 전학생 2명이 있었거든. 알렉스 스탠달과 제시카 데비스. 친한 친구가 되지는 못했지만, 입학하고 몇 주 동안 사이좋게 지냈어.

오렌지 소다의 뚜껑을 열었다. 병에서 피식 소리가 났고 한 모금을 마셨다.

여름방학을 한 주 남겨놓고 여선생님이 집으로 전화를 걸어 왔어. 학교에서 만날 수 있냐며. 전학 온 신입생의 오리엔테이션이라는 거야.

기억날지 모르지만, 상담교사인 앤틸리 선생님은 성이 A부터 G에 이르는 학생들을 담당했어. 그 해 말에 다른 학교로 옮기셨지.

나중에는 그 선생님 대신 포터 선생님이 그 일을 맡았다. 원래는 임시로 잠깐 맡을 예정이었지만 여태껏 그 일을 하고 있다. 영어 교사이자 상담교사인 셈이다.

그건 무척 불행한 일이었어, 나중에 밝혀지겠지만. 나중에 다른 테이프에 등장하거든.

이마에 식은땀이 났다. 포터 선생님? 이 테이프와 무슨 관련이 있나?

주위의 사물들이 기우뚱하더니 빙글 돌았다. 나는 앙상한 가로수를 붙잡았다.

전학생끼리 만나는 자리란 걸 알았더라면 안 갔어. 내 말은 학생들끼리 서로 공통점이 없으면 어떻게 하냐는 거야? 나는 공통점이 없다고 생각하는데 다른 학생이 있다고 하면? 반대로, 나는 친구가 되고 싶은데 다른 학생이 싫다면?

얼마든지 민망한 상황이 벌어질 수 있잖아.

매끄러운 나무줄기에 이마를 대고 호흡을 가다듬었다.

그런데 제시카 데비스는 나랑 친해지기 싫었나 봐.

우리는 앤틀리 선생님이 우리에게 심리학 용어나 한 다발 널어놓을 줄 알았어. 모범생이란 무엇이고, 어떻게 행동해야 하는지. 이 도시에서 가장 우수하고 총명한 학생들이 모인 이 학교가 어떤지. 하고자 한다면 누구에게나 똑같이 성공할 기회가 있다는.

그 대신에 선생님은 우리를 짝 지어주었어.

나는 눈을 감았다. 떠올리기도 싫지만 기억은 너무나 선명했다. 해나의 무단결석에 대한 소문이 학교 전체로 퍼질 즈음에, 포터 선생님이 수업을 하다 말고 물었다. 복도 이곳저곳에서 왜 해나의 이름이 들리느냐고. 선생님은 다소 예민해보였다. 얼핏 아픈 사람처럼 보일 만큼. 선생님은 짐작을 하면서도 누군가 확실히 밝혀주길 원한 것 같았다.

그때 여학생이 소곤거렸다.

"걔 집 앞에서 구급차가 바삐 떠나는 걸 누가 봤대요."

앤틸리 선생님의 호출 이유를 듣고 나자, 제시카와 나는 서로 멀뚱멀뚱 바라보았어. 제시카는 할 말이라도 있는 듯 입술을 달싹거렸어. 그러나 날 눈앞에 두고 무슨 말을 하겠어? 어이없고, 당황스럽고, 찝찝한 기분.

제시카의 생각을 헤아릴 수 있었어. 나도 그랬으니까.

난 앤틸리 선생님의 말을 절대로 잊지 못할 거야. 단 두 마디였거든. "싫음…말고."

그날 일을 자세하게 기억해내려고 두 눈을 질끈 감았다.

포터 선생님의 얼굴은 고통스러운 표정이었나? 아니면 공포스러운 표정? 선생님은 그냥 서서 해나의 빈 책상을 바라보았다. 뚫어지게!

아무도 더는 말하지 않았고, 대신 우리는 서로를 쳐다보았다.

그런 다음 선생님은 나갔다. 포터 선생님은 그 뒤로 일주일 동안 학교에 나타나지 않았다.

왜? 선생님도 알았을까? 선생님이 한 어떤 일 때문이라는 걸 알고 있었나?

그날의 대화를 기억나는 대로 옮겨볼게.

나 : 선생님, 죄송한데요. 왜 우리를 여기에 불렀어요.

제시카 : 저도요. 괜히 온 것 같아요. 그러니까, 힐러리가 저랑 공통점도 있고, 좋은 학생이란 건 알겠는데요….

나 : 난 해나야.

제시카 : 내가 힐러리라고 했니? 미안해.

나 : 괜찮아. 우리가 환상의 바퀴벌레 한 쌍이 되려면 이름 정도는 기억해야 할 것 같아서.

우리 셋은 웃음을 터뜨렸어. 제시카와 나는 키득거리다가 까르르 배꼽을 잡고 말았지. 선생님은 씁쓸한 미소였으나, 어쨌든 웃었어. 선생님은 전에는 친구들의 짝짓기를 한 번도 한 적이 없다고 했는데, 아마도 두 번 다시 그런 짓을 하지는 않겠지.

결과적으로 어떻게 됐을까? 면담을 끝낸 제시카와 나는 함께 어울리게 됐어.

엔틸리 선생님은 정말 대단해. 정말 엄청나게 대단하지 않아?

우리는 교정 밖으로 나갔어. 처음에는 대화가 어색하게 오갔지만, 그래도 부모님이 아닌 또래와 이야기해서 그런지 금세 우리는 아주 즐겁게 이야기를 나눌 수 있었어.

시내버스가 내 앞으로 다가왔다. 회색과 파란색 줄무늬.

우리 집 골목이 보였지만 모른 척 했어. 이야기를 끝내기 싫었거든. 그러나 아직 데면데면한 사이라 우리 집으로 데려가긴 어색했어. 그래서 계속 수다를 떨며 시내까지 갔어.

나중에 들으니 제시카 역시 마찬가지였어. 헤어지기 아쉬워서 자기 동네를 지나쳤대.

우리가 어디로 갔을까? E-7을 찾으면 돼. 모네의 정원, 카페 앤드 커피하우스.

버스의 문이 치이익 열렸다.

둘 다 커피를 마시진 않지만, 수다를 떨기에는 딱 안성맞춤이었어.

뿌연 창문으로 비어 있는 자리들이 보였다.

우린 핫 초콜릿을 주문했어. 제시카는 애들처럼 유치하게 핫 초콜릿을 시킨다고 했지. 그래도 나는 원래 핫 초콜릿을 좋아했어.

시내버스를 타 본 적이 없었다. 그럴 필요가 없었으니까. 그러나 날이 어둡고 추웠다.

‖

심야버스는 무료다. 나는 올라탔다. 운전사 옆을 지나갔지만, 여자운전사는 날 쳐다보지 않았다.

나는 추위를 막으려고, 재킷단추를 채우며 버스통로를 따라 걸어갔다. 필요 이상으로 단추를 꼼꼼히 채웠다. 모르는 승객의 시선을 받고 싶지 않았다. 내가 어떻게 보일지 짐작이 간다. 혼란과 죄의식으로 막다른 골목으로 몰린 표정.

자리를 골랐다. 앞뒤로 서너 자리 정도 비어 있는 곳으로. 푸른색 비닐의자의 한복판이 찢어져서 노란색 속이 삐져나왔다. 나는 창가에 앉았다.

유리는 차가웠으나, 머리를 기대자 편안했다.

▶

그날 오후에 무슨 이야기를 나누었는지 솔직히 기억나지 않아. 제시카, 넌 어때? 눈을 감으면 모든 일이 몽타주처럼 넘어가. 즐겁게 웃고, 컵을 쏟지 않으려고 애쓰고, 손짓을 하며 이야기를 나누었지.

나는 눈을 감았다. 유리창이 달아오른 얼굴의 반쪽을 식혀 주었다. 이 버스가 어디로 가든 상관없었다. 괜찮다면 몇 시간이라도 타고 싶었다. 가만히 앉아 테이프를 들을 수만 있다면. 그러다 나도 모르게 스르륵 잠들지도 모르지만.

갑자기 네가 탁자 위로 몸을 숙였어.

"쟤가 널 쳐다보는 것 같아."

네가 누굴 지목하는지 알았어. 나 역시 눈에 띄어 힐끔힐끔 지켜봤으니까. 그런데 나는 아니었어.

"내가 아니고 널 훔쳐보잖아."

지상 최대의 담력 대회가 있다면 제시카가 우승했다는 소리를 듣게 될 거야.

"실례."

낯선 사람에게 말을 걸듯 제시카가 알렉스에게 말했어.

"우리 중 누구를 보는 거니?"

그로부터 몇 달 뒤, 해나와 저스틴 폴리가 헤어진 뒤, 루머에 시동이 걸렸다. 이어서 알렉스의 리스트가 짠! 등장했다. 누가 짱인가/누가 꽝인가? 그러나 모네에서 만남이 어떤 결과를 가져올지 아무도 짐작 못 했겠지.

워크맨을 정지시키고 대화를 모두 되감고 싶었다. 과거를 되감아서 그들에게 경고할 수만 있다면. 아니면 서로 못 만나도록 가로막거나.

그러나 불가능하다. 과거를 어느 누구도 다시 되돌릴 수 없다.

알렉스는 얼굴을 붉혔어. 얼굴로 온 몸의 피가 다 쏠린 것처럼 새빨개졌어. 알렉스가 입을 열어 아니라고 하자 제시카가 닦아세웠어.

"뻥치지 마. 우리 둘 중에 하나를 분명히 봤잖아."

싸늘한 유리창 밖으로 도심지의 가로등과 네온 불빛이 스쳐갔다. 대부분의 가게들은 저녁이라서 문을 닫았다. 식당과 술집만 여전히 영업 중이다.

제시카를 알고 있다는 게 자랑스러웠어. 제시카처럼 활발하고 숨김없고 직설적인 애는 정말 난생 처음이었어.

우리를 서로 소개해 준 앤틸리 선생님이 다 고맙더라니까.

알렉스가 멈칫거리자, 제시카가 탁자에 손을 척 올려놓았어.

"있지, 네가 흘끔거리는 거 다 봤거든. 우리 둘은 이 도시에 온 지 얼마 안 되었고. 그래서 네가 우리 둘 중에 누구를 빤히 쳐다봤는지 알아야겠어. 이대로는 못 넘어가."

알렉스가 더듬거렸어.

"난 …듣기만 했어…그게 나도 여기에 온 지 얼마 안 되서."

제시카와 내 입에서는 "어!" 소리만 나왔어. 이번에는 우리 얼굴이 붉어질 차례였지. 가엾은 알렉스는 우리 대화에 끼고 싶었던 거야. 우린 알렉스를 받아줬어. 적어도 한 시간 이상 이야기 했나 봐. 세 사람은 학교 첫날에 복도에서 말을 나눌 상대를 못 찾아 혼자서 어슬렁거릴 필요가 없게 되어 기뻤어. 외롭게 점심을 먹지 않아도 되고, 홀로 헤매지 않아도 되고.

아무래도 상관은 없지만, 어디로 가는 버스일까? 다른 도시로 가나? 아니면 시내만 계속 빙빙 돌아다니나?

타기 전에 물어볼걸.

그날 오후, 모네에서 우리 셋은 안도의 한숨을 쉬었어. 학교에 간 첫날을 두려워하며 잠든 밤이 얼마나 많았나? 셀 수도 없어. 그러나 모네 이후로는? 그럴 필요가 없었지. 난 마음이 놓였어.

미리 말했지만, 제시카나 알렉스를 친구로 여긴 적은 없어. 그냥 아는 사이일 뿐이야. 그 이상은 아니었어.

걔들도 마찬가지였어. 우리가 나누는 이야기는 주로 이런 이야기였어. 각자 옛 친구들을 떠올리며 거기에 얽힌 사연을 미주알고주알 떠들었지. 새로운 학교에서 어떻게 새로운 친구를 사귈지 함께 고민하기도 하고.

그래도 처음 몇 주 동안, 그러니까 각자의 개성이 확연히 드러나기 전까지 모네의 정원은 안전한 천국이었어. 셋 중 누구라도 시험 준비나 친구 문제 등 힘든 일이 있으면 모네로 모였어. 정원 뒤편, 오른쪽 끄트머리 자리.

누가 시작했는지 기억나진 않지만, 잔뜩 지친 사람이 탁자 한가운데 손을 올리고는 말했지. "올리 올리 옥슨 프리(숨바꼭질 할 때 술래가 숨은 사람을 향해 못 찾겠다고 선언하는 말-옮긴이)." 나머지 두 사람은 상체를 앞으로 기울였어. 그러고는 한손으로 차를 홀짝 홀짝 마시며 귀를 쫑긋 세웠어. 제시카와 나는 늘 핫 초콜릿을 마셨어. 알렉스는 메뉴판에 나온 걸 차례대로 맛보는 식이었어.

모네에 가보았는데, 어쩐지 버스가 그쪽으로 가는 것 같다.

그래, 좀 닭살 돋을 거야. 이 이야기에 구역질이 났다면 미안해. 내 생각에도 낯간지럽네. 어쨌든 모네는 우리들에겐 공허함을 채워주는 곳이었어. 우리 모두에게.

걱정하지 마! 우리 사이는 오래가지 않았으니까.

통로 쪽 의자로 자리를 옮겼다가, 움직이는 버스에서 몸을 일으켰다.

먼저 알렉스가 떨어져나갔어. 복도에서 마주치면 알은 척했지만, 그게 끝이었어.

적어도 나한테는.

등 받침을 하나씩 붙잡으며, 달리는 버스의 앞자리로 갔다.

그런 다음 제시카와 나에게도 변화의 바람이 일었고 옛날의 것은 순식간에 빛이 바랬어. 그저 수다나 떨 뿐, 속 깊은 대화로 이어지지 않았지.

"다음은 어디에 서요?"

내가 물었다.

말이 입 밖으로 튀어나온 것 같은데, 해나 목소리와 엔진소리에 묻히다보니 속삭임처럼 느껴졌다.

운전사가 룸미러로 나를 살펴보았다.

얼마 뒤, 제시카는 모네에 완전히 발길을 끊었어. 나는 미련이 남아서 몇 번 더 모네를 찾았지만 결국 그만뒀어.

언제냐면….

"다들 잠든 것 같으니." 운전사가 말했다. 난 운전사의 말을 알아듣기 위해서 운전사의 입술을 지켜보았다. "네가 내리고 싶은 곳에 내려줄게."

제시카 이야기에서 가장 맘에 드는 건, 모든 일이 한 곳에서 일어났다는 거야. 한 번이라도 별을 찾아가는 수고를 덜어 주잖아.

버스가 모네를 지나갔다.

"여기가 좋겠는데요."

내가 말했다.

그래, 제시카를 처음 만난 곳은 앤틸리 선생님의 교실이었고, 어울린 곳은 모네였어.

나는 발에 힘을 주었고 차는 속도를 늦추며 인도로 다가섰다.

알렉스를 만난 곳도 모네였지. 그리고 일이 벌어진 곳도…바로 거기였어.

문이 치이익 열렸다.

어느 날, 학교 복도에서 제시카가 다가왔어.

"이야기 좀 해."

제시카는 장소도 이유도 말하지 않았지만, 난 모네라는 걸 알았고…이유도 대강 짐작했어.

나는 버스에서 내려 배수로를 딛고 갓돌로 올라섰다. 헤드폰을 똑바로 고쳐 쓴 다음에 반 블록 쯤 다시 돌아갔다.

그곳에 갔더니, 제시카가 의자에 몸을 파묻고 있었어. 오래 기다린 것처럼. 어쩜 정말 그랬는지도 모르지. 내가 마지막 수업을 빼먹고 오길 바랐었나 봐.

나는 앉아서 손을 탁자 위로 내밀며 말했어.

"올리 올리 옥슨 프리?"

제시카는 탁자 위에 종이 한 장을 탁 올려놓았어. 그러고는 종이를 돌려 내 쪽으로 밀었어. 내가 읽을 수 있도록. 굳이 돌릴 필요는 없었는데. 지미의 책상에 놓인 종이도 거꾸로 읽었으니까. 누가 짱인가/누가 꽝인가?

어느 쪽에 누구의 이름이 적혀 있는지, 알렉스의 판단이었지만, 이미 알고 있었어. 결국, 리스트의 내 상대가 맞은편에 앉아 있는 셈이었지. 다름 아닌 우리의 안전한 천국에. 나와…제시카와…알렉스에게는 똑같이 천국이었던 그곳에 우린 마주 앉았어.

"누가 이런 엉터리 설문지에 신경이나 써? 별것 아니잖아."

내가 말했어.

마른침을 억지로 삼켰다. 그 리스트를 보고나서 별 생각 없이 앞쪽으로 전달했다. 그때는 그냥 재미있었다.

"해나, 네 이름과 내 이름이 나란히 있어서 이러는 게 아니야."

대화가 어디로 흐를지 짐작이 갔어. 이야기를 그쪽으로 끌어가고 싶지 않았어.

지금이라면? 난 어떻게 할까?

보이는 것마다 모두 주워서 죄다 쓰레기통에 버릴 테지.

"너와 날 비교한 게 아니야, 제시카. 널 약 올리려고 날 뽑은 거야. 너도 잘 알잖아. 알렉스의 속셈은 날 내세워 널 곯리려는 거야."

제시카는 눈을 감고는 속삭이듯 날 불렀어.

"해나."

기억나니, 제시카? 난 또렷한데.

눈도 마주치지 않고 그렇게 부른 건 설명이나 몸짓이 필요 없어서겠지. 이미 결론을 굳혔기에 상대방의 행동이나 말을 살필 필요가 없다고나 할까.

"해나, 소문을 들었어."

네가 말했어.

"사실이 아니야."

내가 짧게 말했어. 머리끝이 쭈뼛 서는 기분이었어. 이 동네로 이사 오면서 이젠 소문에 휩싸이지 않기를, 참으로 바보같이 바랐어. 이사 왔으니까 험담이나 입방아에서 벗어났다고 생각했지. 영원히….

"그건 헛소문이야."

내가 다시 힘주어 말했어.

다시, 네가 내 이름을 입에 올렸어.

"해나."

그래, 나도 그 소문을 알아. 그렇지만 맹세하건데 학교 밖에서 알렉스를 만난 적이 한 번도 없어. 넌 내 말은 귀담아들으려고 하지 않았어.

하긴 내 말을 왜 믿겠어? 예전의 소문과 딱 맞아 떨어지는 이야기가 더 구미에 당길 테지. 그치, 저스틴? 왜 아니겠어?

제시카는 알렉스와 해나에 관해 떠도는 수많은 소문을 들었던 거겠지. 그 소문들 중에 사실인 건 하나도 없지만.

제시카로서는 모네에서 알고 지낸 해나보다는 행실이 불량한 해나가 마음에 들었겠지. 받아들이기도, 이해하기도.

제시카는 소문이 차라리 사실이길 바랐을 거야.

탈의실에서 남자애들이 알렉스랑 음담패설을 주고받는 걸 본 기억이 난다. "팻 어 케이크, 팻 어 케이크, 베이커 맨(pat a cake, pat a cake, baker's man은 '케이크 만들어주세요, 빵집 아저씨' 라는 내용의 유명한 동요다. 케이크가 여성의 몸이라는 뜻이 있는데다, 팻은 쓰다듬다는 뜻도 있고, 해나의 성인 베이커가 나오기 때문에 해나와 알렉스의 관계를 빗대어 놀린 것이다-옮긴이)."

그러자 누군가 알렉스에게 물었다. "팻 댓 머핀(pat that muffin, 머핀에는 여성의 젖가슴이라는 뜻도 있다-옮긴이), 베이커 맨?" 그 속뜻을 누구나 알았다.

한바탕 낄낄 대던 상황이 지나가고 알렉스와 나만 남게 되었다. 질투의 감정이 슬그머니 고개를 내밀더니 나를 휘감았다. 캣의 작별파티 이후로 해나를 마음속에서 지울 수 없었다. 좀 전의 이야기가 사실인지 두려웠다. 설사 사실이라 하더라도 듣고 싶지 않았다.

신발 끈을 묶던 알렉스는 나에게 눈길도 주지 않고 소문을 부인했다.

"네 말처럼 사실이 아니야."

내가 말했어.

"그래, 좋아, 제시카. 학년 초에 몇 주 동안 친하게 지내줘서 고마워. 진심이야. 얼토당토않은 리스트 때문에 모든 게 엉망진창 꼬였지만, 그래도 리스트는 알렉스가 만들었잖아."

나는 너희 두 사람의 관계를 알고 있다고 말했어. 모네에 처음 간 날, 우리 둘 중 한 사람을 쳐다보던 알렉스. 그건 내가 아니었잖아. 그래서 질투가 나긴 했어.

어떻게든 네 오해를 풀어주고 싶었어. 나 때문에 두 사람이 깨졌다고 욕을 한다면 얼마든지 들어주겠어. 그러나…그건…사실이…아니야!

나는 모네에 도착했다.

남자애 둘이 바깥벽에 기대어 서 있었다. 한 명은 담배를 피우고 다른 애는 재킷 안으로 몸을 웅숭그리고 있었다.

그러나 제시카는 얼마든지 비난을 감수하겠다,까지만 들었지. 의자에서 벌떡 일어나더니 나를 쩨려보다가 팔을 휘둘렀거든.

말해줘, 제시카. 어쩔 셈이었어? 주먹으로 치려고 했니, 아니면 할퀴려고 했니? 두 가지를 합쳐놓은 느낌이었어. 주먹으로 칠지 할퀼지 결정을 못 했니?

그때 뭐라고 욕했지? 중요한 건 아니지만 정확히 기록하고 싶어. 난 손으로 막고 고개를 숙였지. 하지만 넌 쳤어. 그래서 네 말을 놓쳤거든.

내 눈썹 위의 작은 흉터를 너도 봤을 거야. 제시카의 손톱자국…내가 뿌리쳤던 손톱.

몇 주 전에 그 흉터를 봤다. 파티에서. 예쁜 얼굴의 자그마한 흔적. 아주 귀엽다고 말해주었다.

그런데 몇 분 지나서, 해나가 불같이 화를 냈다.

못 보았다고? 나는 매일 아침 등교할 준비를 하면서 보게 돼.

흉터가 인사를 하거든. "안녕, 해나."

그리고 밤에 자려고 할 때도 인사를 건네. "잘 자, 해나."

모네의 무거운 나무유리문을 밀었다. 따뜻함이 밀려오며 나를 감쌌다. 갑작스럽게 찬 공기를 몰고 온 나에게 사람들의 시선이 쏟아졌다. 나는 안으로 들어가서 내 뒤에 있는 문을 닫았다.

그 상처는 단순히 긁힌 상처가 아니었어. 복부를 강타한 주먹이었고, 얼굴에 날아 온 귀싸대기였어. 등에 꽂힌 칼이었지. 왜냐하면 넌 진실보다는 꾸며낸 소문을 믿기로 택했으니까.

내 친구, 제시카. 내 장례식에 네가 얼굴을 드러낼지 몹시 궁금해. 혹시 왔다면 네가 새긴 상처를 알아보겠니?

다른 사람들은 어때? 각자가 내게 남긴 상처들을 발견했니?

못 하겠지. 아니, 불가능해.

그러지 못했어.

왜냐하면 그 상처들은 눈으로 보이는 게 아니니까.

왜냐면, 장례식을 치르지 않았으니까, 해나.

테이프 2 : B면

해나를 추억하는 의미라면 핫 초콜릿을 시켜야 한다. 모네에서는 핫 초콜릿 위에 조그마한 마시멜로우를 띄워준다. 다른 커피숍과 달리 거기에서는 그렇게 한다.

그러나 종업원이 묻자, 커피라고 대답했다. 나는 돈이 없었다.

핫 초콜릿은 일 달러를 더 내야만 한다.

여자애는 내게 빈 머그잔을 쭉 밀어주며 셀프바를 가리켰다. 나는 하프 앤드 하프(우유와 크림의 혼합물-옮긴이)를 머그 밑바닥을 겨우 다 덮을 정도로만 조금 부었다. 나머지는 헤어리 체스트 블렌드 커피로 채웠다. 상표 이름이 어쩐지 카페인이 많이 들어있을 것 같았기 때문이다. 테이프를 끝내려면 밤을 새야 할지 모른다.

아무래도 테이프를 다 들어야 할 것 같고, 오늘 밤에 끝내는 게 좋을 것 같았다.

그런데 꼭 그럴 필요가 있나? 하룻밤에? 내 이야기를 찾은 다음, 그걸 듣고, 그런 다음에 내 뒤에 받을 사람이 누구인지 찾고 난 후에 다시 들어도 된다.

"뭘 듣니?"

카운터에 있던 여자애다. 내 곁에 서서 하프 앤드 하프, 저지 방우유와 두유가 담긴 스테인레스 통들을 기울였다. 가득 담겼는지 확인하고 있었다. 목에 새긴 검은 줄무늬 문신이 옷깃 밖으로 드러났다가 짧게 친 머리숱 속으로 사라졌다.

나는 목에 걸린 노란색 헤드폰을 흘낏 내려다봤다.

"그냥 테이프야."

"카세트테이프?"

여자애는 두유가 담긴 통을 집어 들었다.

"재밌네. 나도 아는 가수니?"

나는 아니라고 고개를 젓고는 각설탕 세 조각을 커피에 떨어뜨렸다.

여자애는 두유 통을 팔에 안고는 다른 손을 내밀었다.

"우리 같은 학교 다녔는데, 2년 전에. 너 클레이지?"

나는 잔을 내려놓고 손을 내밀었다. 손바닥이 따뜻하고 부드럽다.

"수업도 하나 같이 들었잖아. 별로 말을 나누지는 않았지."

여자애가 말했다.

낯이 좀 익은 듯도 했다. 머리모양이 달라졌나 보다.

"날 알아볼 리 없지. 고등학교 다니면서 난 많이 변했거든."

그녀는 두껍게 화장한 눈을 크게 떴다.

"감사할 일이지."

나는 나무막대를 머그잔에 넣고 저었다.

"무슨 수업을 같이 들었더라?"

"목공예."

아무래도 기억이 나지 않았다.

여자애가 덧붙였다.

"그 수업에서 얻은 거라곤 나무쪼가리뿐이었어. 아! 피아노 의자를 만들었구나. 피아노는 없지만 의자는 갖고 있지. 넌 뭐 만들었는데?"

나는 커피를 저었다.

"양념 선반."

우유크림이 섞이면서 커피가 연한 갈색으로 변했고 커피 알갱이 몇 개가 물 위로 떠올랐다.

"넌 항상 모범생이었어. 학교에서는 누구나 그렇게 인정했지. 조용한 편이었지만, 다 좋았어. 사람들은 나를 수다스럽다고 생각했지."

손님이 카운터 앞에서 목청을 가다듬었다. 우리는 그 사람을 바라보았다. 그는 술 메뉴에서 눈길을 떼지 않았다. 여자애가 다시 나를 쳐다봤고 우린 다시 악수를 나누었다.

"그래, 다음에 기회 있으면 또 이야기하자."

여자애는 카운터로 돌아갔다.

그게 나다. 범생이 클레이.

여자애는 이 테이프를 듣고 나서도 나를 그렇게 생각할까?

나는 모네 뒤편, 테라스로 통하는 닫힌 문 쪽으로 갔다. 빈 곳이 없을 정도로 꽉꽉 들어찬 탁자 사이를 지나갔다. 탁자들마다 사람들이 가득했다. 사람들이 다리를 뻗거나 의자를 뒤로 젖혀 지나가기 힘들더니, 결국 커피를 조금 흘리고 말았다.

뜨거운 커피가 손가락에 튀었다. 커피는 손가락 관절을 타고 내려오다가 바닥으로 떨어졌다. 신발코로 문지르자 자국이 없어졌다. 오늘 이른 아침에, 신발가게 앞에 떨어진 종이가 떠올랐다.

해나가 자살한 뒤, 그러니까 신발상자에 담긴 테이프가 도착하기 전이었다. 나는 나도 모르게 해나 부모님의 신발가게로 향하고 있는 나 자신을 발견하곤 했다. 바로 그 가게 때문에 해나네 식구는 이 도시로 이사를 왔다. 삼십 년간 운영해오던 예전 주인은 가게를 팔고 은퇴했고, 그 자리에 해나의 부모님이 새로 들어왔다.

내가 거기를 왜 자주 들렀는지는 나도 모르겠다. 어쩌면 나는 그녀와 닿을 곳을 찾고 있었는지 모른다. 그곳은 학교 밖에서, 그녀와 접촉할 수 있는, 내가 아는 유일한 장소였다. 어떻게 물어야 할지도 모르는 질문의 답을 찾고 싶어서. 그녀의 삶에 대해. 그밖의 모든 것에 대해.

그 모든 걸 설명하는 테이프가 이 세상에 존재하고 있는 줄은 꿈에도 몰랐다.

그녀가 자살한 다음 날이, 처음으로 신발가게의 문 앞에 서 있는 나를 발견한 날이었다. 불은 꺼져 있었다. 종이 한 장이 진열장 유리에 붙어 있었다. '문을 곧 여겠습니다.' 가 수성펜으로 쓰여 있었다.

급하게 쓴 모양이다. 받침을 빠뜨렸다.

집배원이 유리문에 쪽지를 붙여놓았다. '내일 다시 방문' 항목에 표시를 해놓았다.

며칠 뒤에 다시 가보았더니, 쪽지 몇 장이 더 붙어 있었다.

오늘도 학교에서 돌아오다가 한 번 더 가게에 들렀다. 쪽지에 적힌 날짜와 내용을 일일이 확인하고 있는데, 가장 오래된 쪽지가 내 신발 옆에 떨어졌다. 그 쪽지를 집어 들고 유리문을 살펴 가장 최근의 쪽지를 찾아보았다. 그리고 최근의 쪽지를 들추어 오래된 쪽지가 아래로 가게 붙여 놓았다.

해나의 부모님들은 곧 돌아올 것이다. 그들은 틀림없이 해나의 장례식을 치르러 고향에 갔을 것이다. 해나가 예전에 살던 마을로. 나이가 많거나 암에 걸린 경우와 달리, 자살을 대비하는 가족은 없다. 해나의 부모님 역시 가게 정리도 하지 못하고 정신

없이 떠났을 것이다.

커피를 다시 쏟을까 봐 조심조심 하면서, 모네의 테라스 문을 열었다.

정원 주변에 내려앉은 은은한 불빛 때문에 분위기가 아늑했다. 맨 끄트머리 해나의 자리를 비롯하여 탁자마다 사람들로 빼곡했다. 야구 모자를 쓴 아이들 셋이 그 자리를 차지하고 있었다. 셋은 말없이 교과서와 공책 위로 몸을 수그리고 있었다.

나는 다시 안으로 들어가서 창가의 작은 탁자에 앉았다. 정원이 내다보였으나 해나의 탁자는 담장넝쿨이 우거진 벽돌기둥에 가려져 보이지 않았다.

숨을 깊이 들이마셨다.

이야기가 하나씩 하나씩 흘러나올 때마다 내 이름이 아니라서 안심이 되었다. 하지만 이어서 그녀가 아직 내 이름을 입에 올리지 않았다는 두려움이 밀려들었다. 무슨 이야기를 할지 두려웠고, 언제 내 이름이 튀어나올지 긴장이 되었다.

내 차례가 다가오고 있었다. 나는 안다. 그래서 끝내고 싶었다.

나는 네게 무슨 짓을 했니, 해나?

▶

그녀의 말이 흘러나오길 기다리며 창밖을 응시했다. 여기보다 밖은 훨씬 어두웠다. 시선을 모으자, 유리창에 내 모습이 비쳤다.

나는 눈길을 피했다.

탁자에 놓인 워크맨을 처다봤다. 아무 소리도 나지 않았다. 시작 버튼은 눌러져 있는데, 테이프가 제대로 들어가지 않았나 보다.

그래서 정지 버튼을 눌렀다.

■

다시 시작 버튼을 눌렀다.

▶

아무 소리가 없다.

엄지로 볼륨을 높였다. 헤드폰을 통해 테이프 돌아가는 소리가 크게 들렸다. 다시 소리를 낮췄다. 그리고 기다렸다.

쉬! 도서관에서 떠들고 있다면.

그녀의 목소리는 속삭였다.

쉬! 영화관이나 교회에서는.

귀를 기울였다.

주변에서 누가 주의를 주지 않아도…쥐 죽은 듯 조용히. 혼자 있더라도 조용히 있어. 바로 지금, 나처럼.

쉬!

모네는 사람들 말소리로 시끌시끌했다. 그러나 알아들을 수 있는 건 해나의 말소리뿐이었다. 다른 소리들은 잔잔하게 들리는 배경음처럼 깔렸고 날카로운 웃음소리만 간간히 끼어들었다.

넌 조용히, 숨소리마저 조용히 내야 해. 피핑톰(관음증 환자. 11세기 고디바 부인이 영주의 무거운 세금에 대한 반대시위를 하기 위해 알몸으로 코벤트리 시내에서 말을 달릴 때 다른 주민들은 창문을 닫고 보지 않았는데, 재단사 톰만 창을 열고 보아 매를 맞고 장님이 되었다는 이야기가 유명해 관음증 환자를 피핑톰으로 부른다-옮긴이)이 된 것처럼. 사람들이 들으면 안 되잖아.

숨을 내쉬었다. 내가 아니다. 아직은 아니다.

혹시 그녀가…혹시 내가…알아냈다면?

눈치 챘니, 타일러 다운? 내가 알아냈어.

난 의자에 몸을 젖히고 눈을 감았다.

넌 참 안됐다, 타일러. 이 테이프에 등장한 다른 사람들은 다들 안도의 한숨을 쉴 거야. 그들은 기껏 거짓말쟁이거나 머저리거나 다른 사람에게 욕설을 퍼붓는 강박신경증 환자에 불과하니까. 그런데 네 이야기는, 타일러…솔직히 역겹잖아

그제야 커피를 한 모금 마셨다.

피핑톰? 타일러? 전혀 몰랐다.

그런데 이렇게 말하는 나 역시 역겨워. 왜냐고? 너에게 다가가기 때문이지, 타일러. 나도 다른 사람의 침실을 창문 틈으로 엿보는 흥분을 맛보려고 해. 누가 몰래 보는 줄 모르는 사람들을 훔쳐보기. 그가 하는 짓을 두 눈으로 똑똑히 보려고.

넌 내가 뭐 할 때 지켜보고 싶었니, 타일러? 실망했니? 아님 좋아 죽겠니?

좋아, 손 들어봐. 내가 어디 있는지 아는 사람?

나는 커피를 내려놓고 몸을 앞으로 기울였다. 그리고는 녹음하고 있을 해나를 상상해보았다.

어디에 있지?

내가 지금 어디에 서 있는지 알겠어?

그 순간, 나는 답을 알아챘고 고개를 내저었다. 타일러가 안쓰러웠다.

"타일러의 창문 앞." 이라고 말했다면 정답이야. 네 지도의 A-4.

타일러는 지금 집에 없어. 부모님만 집에 계시지. 제발 그분들이 나오지 않기를 바랄 뿐이야. 다행히도 창문 아래에 키가 크고 잎이 무성한 관목들이 있어. 내 방 창가처럼. 그래서 마음이 놓여.

넌 지금 기분이 어때, 타일러?

타일러가 이 테이프를 발송할 때 어떤 기분이었을지, 도저히 상상이 안 된다. 자기 치부를 제 입으로 세상에 까발리는 꼴이니.

오늘 밤엔 학교연감 부원들끼리 모임이 있다지? 그 모임은 피자를 쌓아놓고 가십거리를 찾잖아. 즐겁게 놀다가 밤이 되어서야 집으로 돌아오겠군. 피핑톰 초보자인 나로서는 무척 다행스러운 일이야.

고마워, 타일러. 덕분에 훔쳐보는 게, 아주 식은 죽 먹기야.

타일러도 여기 모네에 앉아서 이걸 들었을까? 식은땀이 폭풍우처럼 몰아치는데 애써 침착한 표정을 지어보이며? 아니면 침대에서 누워, 놀라 툭 튀어나온 눈으로 창밖을 두리번두리번 살피며?

네가 오기 전에 슬쩍 들여다봐야겠어. 복도에 불이 켜 있어서 잘 보이거든. 그래, 역시 기대한 대로 정확하게 보여. 카메라 장비가 지천에 깔렸네, 깔렸어.

넌 대단한 수집가야, 타일러. 어떤 상황에서든 쓸 수 있는 만능 렌즈까지.

야간기능도 갖추고 있었다. 타일러는 그 렌즈로 주 전체 대회에서 상을 탔다. 유머 분야에서 일등을 차지한 것이다. 밤에 산책하는 노인과 개의 사진이었다. 개가 멈춰 서서 나무에 오줌을 싸는데, 타일러가 그 장면을 찍었다. 야간기능 때문에 개의 가랑이 사이에서 초록색 광선이 발사되는 것처럼 보였다.

알아, 잘 알고 있어, 네가 무슨 말할지 알아 "연감에 사용하기 위해서야, 해나. 난 학생들의 일상을 찍는 일을 맡았잖아." 네 부모님도 그런 줄 알고 현찰을 퍼부었겠지. 과연 그런 용도로만 사용한 거니? 모든 학생들의 캔디드 샷에만?

아, 그래. 모든 학생들의 캔디드 샷.

여기에 오기 전에 사전에서 "캔디드 샷"라는 단어를 찾아봤지. 여러 가지 뜻이 있지만 그 중에서 가장 적합한 설명을 발견했어. 내가 외워왔으니 들어봐. 사진을 찍히는 상대방이 자신이 피사체가 된다는 것을 인지하지 못하고 있을 때 사진을 찍는 기법을 말한다.

자, 말해 봐. 타일러. 그날 밤에 네가 창문 밖에 서 있을 때 난 너를 의식하지 않았니? 내가 포즈를 취하지 않고 자연스럽게….

잠깐, 저 소리 들었니?

나는 허리를 똑바로 펴고 탁자에 팔꿈치를 기댔다.

차가 다가오고 있어.

나는 양손을 오므려 귀에 갖다 댔다.

타일러, 너야? 분명히 이쪽으로 오고 있어. 헤드라이트가 보여.

나에게도 들렸다. 해나의 목소리 저편으로. 엔진소리.

내 심장도 틀림없이 너라고 생각하나 봐. 어떡해, 미친 듯이 두근거려. 차가 진입로에 나타났어.

해나의 목소리 너머로 타이어가 포장도로를 굴렀다. 공회전하는 엔진.

너구나, 타일러, 너야. 엔진을 끄지 않아서 이야기를 계속해도 되겠어. 그런데 몹시 흥분돼. 전율이 온 몸을 싹싹 휩쓸고 지나가.

타일러가 이걸 들으면서 얼마나 공포에 질렸을까. 더구나 자기 혼자만 듣는 게 아니었으니.

좋아, 다들 준비 됐지? 차 문…그리고….

쉬!

한참 동안 멈춤. 그녀의 숨소리가 차분했다.

문소리가 쾅 닫히는 소리. 키를 돌리는 소리. 발 소리. 다른 문이 딸그락 거리는 소리.

좋아, 타일러. 지금 생중계야. 넌 집으로 들어가서 문을 닫았어. 엄마 아빠에게 일을 잘 마무리했으며 이번 연감이야말로 최고라고 떠벌이겠지. 아니면 피자가 충분하지 못해서 주방으로 직행했던지.

기다리는 동안에 이 일의 자초지종을 다시 이야기해볼까? 내가 일의 순서를 잘못 말하면, 테일러, 네가 이 테이프에 나오는 사람들을 일일이 찾아가, 내가 널 알아채기 전, 언제부터 훔쳐보기 시작했는지 말해줘.

그렇게 해줄 거지? 다른 사람들도 그래 줄래? 너희들은 내 이야기의 틈새를 메워 줄 거지? 내 이야기에는 내가 답을 구할 수 없는 너무나 많은 의문점들이 남아 있어.

답을 구할 수 없었다고? 난 무슨 질문이든 대답해주었을 텐데, 해나. 그런데 넌 묻지 않았어.

말하자면, 넌 얼마나 오랫동안 스토킹한 거니, 타일러? 그 주에,

우리 부모님이 집을 비운 걸 어떻게 알아냈어?

물어보는 대신에, 넌 그날 밤 파티에서 느닷없이 나에게 소리를 질러댔지.

좋아, 고백할 게 있어. 우리 엄마 아빠는 당신들께서 어디 멀리 가면 나에게 데이트를 하러 밖에 나가지 못하게 했어. 그건 우리 집 규율이야. 엄마 아빠는 말씀은 안 하셨지만, 내가 데이트에 정신이 팔려서 남자애라도 집으로 들이지 않을까 늘 노심초사했어.

앞에서 말했지만, 너희가 들었던 나에 관한 소문은 사실이 아니야. 믿어줘. 그렇다고 내가 구디 투 슈즈(Goody Two-shoes : 1765년에 출간된 익명의 작품. 신데렐라의 다른 판본이라고 할 수 있다. 구디 투 슈즈는 지나치게 착한 사람을 뜻하는데, 부정적인 의미로 사용한다-옮긴이)였다고 우기는 것은 아니야. 부모님이 집에 안 계셔도 종종 놀러 나갔거든. 그러나 내가 정해놓은 시각에는 반드시 돌아왔어. 타일러, 이 이야기가 시작되는 밤, 그날 집 앞에서도, 남자애와 같이 있었어. 내가 열쇠를 꺼내 문을 여는 동안 남자애는 곁에 서 있었지. 그러나 남자애는 바로 갔어.

고개 들기가 무서웠다. 그렇지만 모네에 있는 사람들이 나를 보고 있는지 궁금했다. 내 행동을 보고, 내가 듣는 게 음악이 아니란 걸 다들 눈치 채고 있을까?

아니, 그럴 리가 없다. 어느 누가 할 일 없이 그러고 있겠어? 내가 뭘 듣든 무슨 상관이겠냐고?

타일러의 방은 불이 여전히 꺼져 있어. 부모님에게 이야기 할 게 남았거나, 배가 고픈 모양이지. 괜찮아. 천천히 해, 타일러. 네 이야기나 좀 더 할 테니.

넌 내가 그 아이를 집에 들이길 기대했니? 아니면 그게 네 눈을 질투에 멀게 했니?

난 커피를 나무막대로 저었다.

아무튼, 집으로 들어갔어. 혼자서! 세수를 하고 이를 닦았지. 방으로 들어서는 순간…찰칵.

사진을 찍을 때 그런 소리가 난다는 것은 누구나 다 알고 있어. 어떤 디지털 카메라는 정식 카메라의 느낌을 주기 위해 그런 기능을 탑재하기도 하지. 난 항상 창문을 5센티미터쯤 열어둬. 환기를 위해서. 그래서 누군가 밖에서 얼쩡거린다는 걸 금세 알 수 있어.

하지만 잘못 들었다고 생각했어. 부모님이 휴가 떠난 첫 날이라서, 덜컥 겁이 났거든. 환청을 들었나봐, 라고 말했어. 집 안에 혼자 있으면 그런 환청이 들릴 수 있다고 스스로 다독였지.

그렇다고 창문 앞에서 옷을 갈아입을 정도로 멍청하진 않아. 그래서 침대에 앉았어. 찰칵.

덜떨어진 놈, 타일러. 중학교 때, 사람들은 네가 정신적으로 문제가 있다고 했어. 그런데 그건 아니었어. 넌 머저리, 저능아야.

어쩜 찰칵 소리가 아닐지도 몰라, 난 중얼거렸어. 삐걱거리는 것뿐이라고. 내 침대는 나무판이라서 소리가 났거든. 그렇게 믿고 싶었어. 침대가 삐걱거렸다고.

난 이불을 뒤집어쓰고 옷을 벗었어. 그러고는 잠옷을 입었어. 아주 천천히. 혹시라도 밖에서 다시 사진을 찍을까 봐. 결국, 피핑 톰이 무엇에 열광하는지 알아내지 못했어.

앗, 잠깐. 사진 찍는 소리가 다시 들린다면 그놈이 있다는 증거잖아. 그럼 내가 경찰에 전화해서….

솔직히 말해 경찰에게 뭐라고 해야 할지 몰랐어. 부모님은 집에 안 계시고. 난 혼자고….

그냥 무시하는 게 최선이라고 생각했어. 그 사람이 밖에 있더라도 내가 전화를 하는 걸 보고 들어와서 무슨 짓을 할지 너무 두려웠어.

어리석었다고? 맞아. 그런 게 말이 되냐고? 그때는…그랬어.

경찰에 전화를 했어야지, 해나. 그랬더라면 눈덩이가 속력을 내며 구르는 걸 막을 수 있었을 텐데. 네가 말했던 눈덩이.

우리 모두를 덮친 눈덩이.

타일러는 어쩜 그리 쉽게 내 방을 들여다보게 되었을까? 너희들은 그걸 묻고 싶지? 안이 훤히 보일 정도로 블라인드를 열고 잤냐고?

좋은 질문이야. 피해자를 향한 비난. 약자를 향한 비난. 쉽지?

그러나 조심하지 않았던 건 아니야.

블라인드는 딱 적당히 열려 있었어. 하늘이 맑은 밤이면, 베개에 머리를 두고 별을 바라보며 잠들 수 있고, 폭풍이 불어 닥치는 밤이면 구름 위로 번쩍이는 번개가 보일 만큼만.

나 역시 밖을 보면서 잠이 든다. 그러나 이층이라서 누가 들여다볼까 봐 걱정하진 않는다.

우리 아빠는 내가 조금이라도 창을 열어둔 걸 보면, 언제나 인도로 나가 거리에서 나를 훔쳐보는 사람이 없는지 확인하곤 하셨어. 그래서 아무도 그렇게 할 수 없었어. 그런 다음 아빠는 다시 뜰을 지나 창문 앞까지 살피고 다녔어. 아빠의 말로는 키가 아주 큰 사람이 까치발로 서지 않는 한, 나는 투명인간이라는 거야.

넌 얼마나 그런 자세로 서 있었니, 타일러? 무척 힘들었겠다. 나를 훔쳐보기 위해 다리에 알통이 서는 불편을 감수했다니, 최소한 네가 뭔가 얻은 게, 수확이 있어야 할 텐데. 걱정이다.

타일러는 뭔가를 얻어냈다. 원하던 건 아니겠지만. 바로, 이 테이프를.

블라인드 사이로 훔쳐보는 놈이 타일러인 줄 알았더라면, 블라인드 밑으로 숨어들어가 그의 얼굴과 딱 마주친 다음, 당장 밖으로 달려나가 뜨거운 맛을 보여줬을 거야.

이제 이야기는 가장 재미있는 부분으로….

잠깐! 여기까지만. 그건 잠시 후에.

반도 마시지 않은 커피를 탁자 저쪽으로 밀어냈다.

타일러의 창문에 대해 설명해줄게. 블라인드가 아래까지 쳐 있지만 안이 보여. 대나무로 만든 블라인드, 진짜 대나무인지는 모르겠어, 칸칸이 벌어져 있거든. 타일러처럼 까치발로 선다면 웬만큼 보이겠어.

좋아, 타일러가 불을 켜고…문을 닫았어.

타일러는…침대에 앉았어. 신발을 확 벗고…이제는 양말을.

나는 신음했다. 남세스러운 짓 하지 마, 타일러. 네 방이니까 하고 싶은 대로 해도 되겠지. 그렇지만 정신 나간 짓을 해서는 안 돼.

경고해줄까? 숨을 기회를 주는 거지. 이불 아래에서 옷을 벗도록. 창문을 똑똑 두드려 볼까 아니면 벽을 손으로 치거나 발로 찰까. 이제부터 그의 일거수일투족을 관찰할 거니까.

해나의 목소리는 점점 커졌다. 들키면 어쩌려고?

그러려고 여기에 온 거 아니겠어? 복수?

그래. 복수가 짜릿하긴 하지. 교묘하게 한 방 먹이고 나면 참 뿌듯할 거야. 그런데 타일러의 창문 밖에 서 있는데도 하나도 뿌듯하지 않은 까닭은 뭘까? 난 이미 마음을 먹었으니까.

그럼 왜? 뭐 하러 왔지?

내가 말했나? 날 위해 여기 오지 않았어. 이 테이프를 전달해도 기껏 리스트에 오른 사람들만 이야기를 듣겠지. 그렇다면 내가 여기에 온 이유는 과연 뭘까?

말해줘. 해나, 제발. 나는 왜 이 저질 테이프를 듣고 있지? 왜 나야?

엿보러 온 게 아니야, 타일러. 진정해. 네까짓 것, 무슨 짓을 해도 관심 없어. 지금도 널 보고 있는 게 아니야. 벽에 기댄 채 길거리를 보고 있어. 인도 양쪽에 심어져 있는 가로수 가지들은 손가락 끝이 서로 마주하는 것처럼 닿아 있어. 시적이지 않니? 평소 좋아하던 동시 운율에 맞춰 이런 길을 노래하기도 했지. 교회가 있어. 뾰족탑이 있어. 활짝 열린…어쩌고저쩌고.

내 시를 읽어 본 사람도 있을 거야. 그건 나중에, 시간 내서 따로 이야기하자.

그것도 내가 아니군. 난 해나가 시를 쓰는지도 몰랐다.

지금은 타일러가 주인공이니까. 난 아직도 타일러네 근처에 있어. 어둡고 텅 빈 거리에. 그 얼간이는 내가 여기에 온 줄 몰라, 아직은. 그가 잠들기 전에 마무리 지어야지. 타일러가 내 창문가로 찾아 온 다음 날, 학교에서 나는 어쩌다 앞에 앉은 여자애에게 그 일을 털어놓았어. 그 여자애는 남의 말도 잘 들어주고 마음이 따뜻하다고 알려졌거든. 누군가 날 걱정해주길 바랐어. 내 두려운 심정을 이해해 줄 사람이 필요했던 거야.

그런데 그 애는 알고 보니 전혀 딴판이었어. 그 아이가 꼬인 아이라는 걸 절대 상상할 수 없었을 거야.

"피핑톰? 정말이야?"

그녀가 물었어.

"그런 것 같아."

내가 대답했어.

"어떤 건지 늘 궁금했어. 피핑톰이 보고 있다는 건…어쩜…정말 섹시해."

확실히 이상한 애군. 그런데 누굴까?

하긴 나랑 무슨 상관이람?

여자애는 싱긋 웃으며 눈썹을 치켜세웠어.

"그 자가 다시 올까?"

솔직히, 그런 생각은 아예 못 했어. 그래서 난 순간 얼어버렸어.

"오면 어떡해?"

내가 물었어.

"그럼 나한테 꼭 알려줘."

여자애는 몸을 돌렸고 대화는 끝이 나버렸어.

그 여자애랑 친했던 건 아니야. 같이 듣는 선택과목도 많았고, 수업시간에도 사이는 좋았어. 함께 다니자는 말도 오갔지만 그러지는 못했어.

내 생각에 지금이야말로 절호의 기회였어.

나는 여자애의 어깨를 툭툭 치면서 부모님이 집을 비웠다는 말을 했어. 우리 집에 와서 피핑톰을 잡으면 어떨까?

학교가 파한 뒤에, 여자애가 필요한 걸 챙기러 그 애 집에 갈 때

난 따라갔어. 그러고는 함께 우리 집으로 갔지. 평일 저녁인데, 늦게 들어가야 했기에, 여자애는 부모님에게 학교 숙제 때문이라고 둘러댔어.

역시나, 누구나 써먹는 핑곗거리, 숙제.

우리는 어두워지길 기다리며 식탁에서 숙제를 했어. 집 앞에 주차된 여자애의 자동차는 미끼나 다름없었어.

여자애 둘. 호기심을 자극하지 않니?

나는 몸을 뒤틀며 자세를 바꿨다.

우리는 방으로 들어가 침대 위에서 책상다리 자세로 마주보며, 온갖 상상력을 동원해 이야기를 지어냈어. 피핑톰을 잡으려면 당연히 소곤소곤 거려야겠지. 우리는 그 소리를 기다렸어…찰칵.

그녀의 입이 딱 벌어졌어. 그리고 동그래진 눈. 그렇게 환희에 찰 줄이야.

여자애는 나에게 계속 이야기하라고 속삭였어.

"못 들은 것처럼 행동해. 그냥 자연스럽게."

나는 고개를 끄덕였어.

여자애는 손으로 입을 가리며 즉흥적인 반응을 보였어.

"어머머, 어쩜! 그 남자애한테 어딜 만지도록 했어?"

우리는 몇 분 정도 음담패설을 늘어놓았지. 느닷없이 눈치를 채게 하는 박장대소가 터져나올까 봐 조마조마하면서. 그러나 찰칵 소리는 멈췄고 더는 할 이야기도 없어지게 되었어.

"내가 뭐 할 건지 알아? 살이 흐물흐물 해지는 등 마사지."

그녀가 말했어.

"앙큼한 거."

내가 소근거렸어.

그녀가 나에게 윙크를 하고는 무릎을 꿇고 엎드려 고양이처럼 손을 침대 앞으로 쭉 뻗었어. 찰칵.

넌 그 사진들을 불태우거나 깨끗이 삭제하는 게 좋을 거야, 타일러. 혹시라도, 네 고의가 아니더라도, 사진이 떠돌아다니면, 너에게 무슨 일이 벌어질지 진심으로 걱정된다.

나는 그녀의 등 위에서 다리를 벌리고 섰어. 찰칵.

그녀의 머리카락을 옆으로 치우고. 찰칵.

어깨를 문질러 주었지. 찰칵, 찰칵.

창문 쪽을 바라보고 있던 여자애는 고개를 돌리고는 속삭였어.

"사진 찍는 소리가 안 들린다는 건 무슨 의미인지 알지?"

난 모른다고 했어.

"저 자식이 딴 짓을 하고 있다는 뜻이야." 찰칵.

"좋았어." 찰칵.

나는 어깨를 계속 마사지해주었지. 내 솜씨가 꽤 맘에 들었나 봐. 그녀는 말을 멈추고는 입술 끝을 당기며 웃었으니까. 곧이어 그녀는 새로운 계획을 소곤거렸어. 변태행위 하는 장면을 목격할 수 있는 방법.

나는 반대했어. 누구 하나가 화장실에 다녀오겠다고 핑계를 대고는 조용히 방을 나가서 경찰에 전화하자고 말했지. 그걸로 모든 게 끝날 테니까.

그러나 일은 그렇게 되지 않았어.

"싫어. 내 눈으로 꼭 저 자식의 상판대기를 봐야겠어. 우리 학교에 다니는 놈일 수도 있잖아."

여자애가 말했어.

"우리 학교 학생이면?"

내가 물었어.

그녀는 생각이 있다며 내 다리 밑에서 빠져나왔어. 여자애가 셋을 세면 내가 창문으로 달려가기로 했지. 하지만 피핑톰은 눈치를 채고 떠난 것 같았어. 그녀가 몸을 일으킨 뒤로는 한동안 찰칵 소리가 들리지 않는 거야.

"바디 로션을 써야겠어."

그녀가 말했어. 찰칵.

다시 카메라 소리가 들리자 머리꼭지가 확 돌아버리겠더라고.

좋아, 끝까지 해보겠다는 거지.

"맨 위쪽 서랍을 찾아 봐."

나는 창문 가까이에 있는 서랍을 가리켰고 그녀는 고개를 끄덕였어.

겨드랑이 아래로 셔츠가 축축해졌어. 난 불편해서 자세를 바꿨다. 하지만 듣는 걸 멈출 수 없었다.

여자애는 서랍을 당겨서 안을 쳐다보다가 입을 가렸어.

뭐지? 내 서랍에는 그녀가 놀랄 만한 물건은 없는데. 내 방 어디에도 그런 건 없었으니까.

"네가 이런 걸 쓸 줄은. 우리 이걸…써보자."

그녀가 감미롭고 낭랑한 목소리로 말했어.

"음, 그래."

내가 대꾸했어.

여자애는 서랍 속을 헤집으며 이리저리 뒤적이더니 다시 입을 가렸어.

"해나, 몇 개나 갖고 있는 거야? 넌 정말 변태야." 찰칵. 찰칵.

아주 영리해, 나는 생각했어.

"직접 세어 봐."

그러자 그녀가 그렇게 했어.

"어디, 그럼. 하나…둘…."

나는 발 하나를 침대 밑으로 내려놓았어.

"…셋."

나는 창문으로 펄쩍 뛰어가 블라인드 줄을 잡아당겼어. 블라인드가 위로 싹 올라갔어. 얼굴을 보려고 했지만 넌 아주 재빨랐어.

여자애 역시 네 얼굴을 못 봤어, 타일러.

"어머나, 세상에! 저 빌어먹을 괴물이 자기 물건을 팬티 속에 집어녕잖아."

타일러, 어디에도 너 같은 놈은 꼭 하나씩 있지. 그래도 참 안됐어. 이런 꼴을 당해도 싸지만, 안됐다.

누구지? 키와 머리색은 봤지만 얼굴은 못 봤어.

그런데 네 입으로 시인하더라. 다음 날, 학교에서 아이들에게 똑같은 질문들을 해댔어. 지난밤에 어디에 있었니? 몇 명은 자기 집이나 친구 집에 있었다고 대답했어. 또 어떤 애들은 영화관에. 니가 무슨 상관이냐는 타박도 돌아왔지. 그러나 타일러, 너는 잔뜩 경계하며 흥미로운 대답을 내놨지.

"뭐라고, 나? 아무 데도 없었는데."

그 대답을 하면서 무슨 이유인지 눈가가 씰룩거렸고 이마엔 땀이 배어났어.

벼엉신, 타일러.

그때가 처음이었다고 치자. 다시는 우리 집에 얼씬거리지도 않았고. 그렇지만 네 존재감은 사라지지 않았어, 타일러.

네가 다녀간 이후로, 밤이면 뭐라도 보일까 봐 블라인드를 단단히 쳤어. 별은 사라졌고 번개는 구경도 못 했지. 밤이 되면 불을 끄고 잠드는 게 고작이었어.

타일러, 날 그냥 내버려둘 수는 없었니? 내 집. 내 방. 그곳만은 안전한 장소로 남아 있어야 했는데. 바깥세상으로부터 안전한 곳. 네가 그걸 빼앗아 갔어.

물론…전부는 아니었지.

해나의 목소리가 떨렸다.

그러나 남은 것을 앗아간 거야.

해나가 말을 멈췄다. 침묵이 이어지는 동안 나는 눈에 잔뜩 힘만 주었을 뿐, 아무것도 보고 있지 않다는 걸 깨달았다. 눈길은 탁자 끝에 있는 머그잔에 머물렀지만, 보는 게 아니었다.

주변을 둘러보고 싶었으나 겁이 나서 그럴 수 없었다. 날 바라보고 있겠지. 내 얼굴에 드러난 고통의 의미를 파악하려고. 구닥다리 테이프를 처량하게 듣고 있는 녀석이 누굴까 궁금해 하며.

너도 네 삶의 안전함이 중요해, 타일러? 사생활은 어때? 나와 달리 너에게는 대수롭지 않을 수도 있겠지. 하지만 내 사생활의 가치는 네가 결정할 일이 아니야.

내 시선은 창문으로 향하다가 창문에 비친 내 모습을 지나 불빛이 어렴풋이 비추는 야외 테라스에서 멈추었다. 담장넝쿨이 둘러싼 기둥 너머, 그녀의 탁자에 누가 앉아 있는지 알 수 없었.

한때, 해나에게 안전한 장소였던 탁자.

네 이야기에 등장하는 정체불명의 여자 애는 과연 누굴까, 타일러? 내가 등을 주물러주자 매혹적인 웃음을 흘렸지. 널 잡아낼 수 있도록 도와주던 여자애. 말해 줄까 말까?

그 여자애에게 달렸어. 그 애는 나에게 또 무슨 짓을 했을까?

답을 알고 싶으면…세 번째 테이프를 넣어 봐.

내 차례라고 생각했는데, 해나. 난 이제 끝내고 싶어.

아, 테일러. 다시 네 창문 앞이야. 네 이야기를 끝내느라 저만치 떨어져 있었어. 그런데 네 방 불빛이 꺼지더라. 그래서 다시 왔어.

한동안 말이 없다. 바스락거리는 나뭇잎.

똑똑, 타일러.

나도 들었다. 그녀가 창문을 두들겼다. 두 번.

신경 쓰지 마. 누군지 곧 알게 될 거야.

나는 헤드폰을 벗고 노란 줄로 워크맨을 단단히 감았다. 그러고는 재킷 주머니에 넣었다.

실내 저쪽, 모네의 선반에는 낡은 책들이 잔뜩 꽂혀 있었다. 주로 도서관에서 폐기한 책들. 카우보이가 활약하는 서부소설, 신세대 소설, 공상과학소설.

사람들로 빽빽한 탁자 사이를 조심조심 돌아 거기로 갔다.

거대한 백과사전 옆에 사전이 있는데, 책등이 떨어진 상태였다. 책등의 종이 부분에 누군가 검정색 잉크로 굵게 사전이라고 써놓았다. 그리고 선반 한쪽에는 색깔이 다른 노트가 다섯 권쯤 쌓여 있었다. 연감과 흡사한 크기로, 안쪽은 원래 백지였다. 잡문노트인 셈이다. 해마다 새로운 잡문노트가 추가되었고, 거기에다 각자 마음대로 휘갈겨 썼다. 특별한 사건을 남기거나, 형편없는 시를 끼적거려 놓았다. 아름다운 풍경이나 그로테스크한 그림을 그려놓기도 했으며 욕설을 줄줄이 적기도 했다.

책등에는 연도가 적힌 덕트 테이프(duct tape : 배수관 수리 등에 쓰이는 아주 강한 접착력을 보이는 테이프-옮긴이)를 각각 붙여놓았다. 내가 1학년이던 해의 잡문노트를 꺼냈다. 해나가 모네에서 많은 시간을 보냈다면 뭔가를 적어 놓았을 것이다. 시 같은 것. 깜짝 놀랄 만한 솜씨를 지녔는지도 모르지. 그림에 소질이 있거나. 이 추악한 테이프와 상관없는 걸 찾는 중이다. 지금 나로서는 그게 간절하다. 또 다른 모습의 해나를 보고 싶다.

대부분의 사람들은 낙서에 날짜를 기입해 놓았다. 나는 펄럭펄럭 넘겼다. 9월로. 찾았다!

페이지 사이에 집게손가락을 끼운 채 자리로 돌아갔다. 미지근한 커피를 한 모금 삼키며 노트를 다시 폈다. 책 윗부분에 빨간색으로 적어놓은 걸 읽었다. 누구나 올리 올리 옥슨 프리가 필요하다.

세 개의 이니셜로 서명을 해두었다. J.D. A.S. H.B.

제시카 데비스. 알렉스 스탠달. 해나 베이커.

이니셜 아래쪽 책갈피에 누군가 사진을 뒷면으로 꽂아두었다. 그걸 빼서 뒤집은 다음에 똑바로 세웠다.

해나다.

아, 그녀의 웃음은 정말 사랑스럽다. 치렁치렁 늘어뜨린 머리카락. 한쪽 팔로 다른 학생의 허리를 감싸고 있었다. 코트니 크림슨. 뒤로 학생들이 보였다. 모두 병이나 캔, 플라스틱 컵을 들고 있었다. 파티는 어두웠고 코트니 크림슨은 행복한 표정이 아니었다. 그렇다고 화가 난 것도 아니었다.

어쩐지 불안해 보였다.

왜?

테이프 3 : A 면

▶

코트니 크림슨. 참 예쁜 이름이지. 그래, 얼굴도 예뻐. 고운 머릿결. 아름다운 미소. 비단결 같은 피부.

게다가 끝내주게 상냥해. 다들 인정하는 바야.

잡문노트에 있던 사진을 바라보았다. 어느 파티에서인지, 해나의 팔이 코트니의 허리를 감싸고 있었다. 해나는 행복했다. 코트니는 신경이 날카로워보였다. 그런데 이유를 모르겠다.

그래, 코트니, 넌 학교에서 누구와 마주치든 늘 상냥해. 방과 후에 네 차로 걸어갈 때까지 만면에 웃음을 잃지 않아.

나는 커피를 조금씩 삼켰다. 이젠 차갑다.

넌 학교에서 최고로 인기 있는 여학생이야. 그리고…기가 막힐 정도로…마음씨가 착하지, 맞나?

천만의 말씀!

나는 커피를 훌쩍 들이켜서 잔을 비웠다.

맞아. 다들 코트니는 늘 항상 상냥하다고 알고 있어. 그럼 이런 질문이 재깍 나와야지. 그게 다 쇼냐?

머그잔을 리필하러 셀프바로 가져갔다.

나는 쇼라고 생각해. 왜 그렇게 생각하는지 말해볼게.

모두들 잘 들어. 타일러가 너희들에게 사진을 보여줄지도 몰라. 내가 코트니의 등을 마사지 하는 사진.

하프 앤드 하프 통이 내 손에서 미끄러져 카운터에 찰캉 부딪쳤다. 바닥에 떨어지기 전에 붙잡고는 흘깃 돌아보았다. 금전등록기 앞에서 여자애가 고개를 젖히고 까르르 웃었다.

해나의 방에 있었던 여자애가 코트니였다고?

해나는 오랫동안 침묵에 휩싸여 있었다. 자기의 말이 제대로 인식되었는지 확인하려는 듯.

사진을 볼 수 있었다면 행운일 거야. 입이 떡 벌어질 정도로 섹시할 테니까. 사진들마다 포즈가 장난이 아니거든.

포즈. 코트니 이야기를 요약할 때 이보다 더 어울리는 단어는 없을 거야. 누군가 지켜본다 싶으면 금세 가식 모드로 돌변하거든. 활짝 핀 미소를 머금지. 상냥한 심성이 우아하게 빛나도록.

잡문노트에 있던 코트니 사진과 완전 딴판으로.

물론 학교에서야 사람들이 늘 지켜보니까 언제나 포즈를 취할 이유가 있지.

커피포트의 꼭지를 누르자 커피가 주르륵 떨어진다.

코트니, 너에게 악의가 있는 건 아니야. 테이프에 네 이야기를 담은 이유가 있어. 네가 다른 사람들에게 어떤 영향을 끼쳤는지 말해주려고. 콕 집어 말하자면, 나에게 미친 영향을 말하려는 거야.

순수하고 상냥한 코트니는 이제 옛날이야기가 되겠군. 이 테이프에 코트니의 이야기가 나오는 건 그녀를 총으로 쏴 죽이는 거나 다름없는데.

소름이 내 등에 쫙 끼쳤다. '그녀를 죽이다.' 내 뇌리에서 박박 지워야 할 문장.

코트니 크림슨. 완벽한 이름이야. 외모 역시 착하기 그지없고. 그야말로 완벽한 수준이야.

커피에 크림과 설탕을 섞고 탁자로 돌아왔다.

그래서 네가 더욱 대단해보여. 네가 여우짓을 하더라도 너는 여전히 쥐락펴락할 수 있는 친구들과 남자친구들도 많아. 그런데도 넌 상냥하게 사람들을 대하니 어느 누가 널 좋아하지 않겠어? 아무도 널 싫어하지 않아.

분명히 말해두는데, 널 미워하지 않아, 코트니. 어떻게 널 싫어할 수 있겠니? 한동안은 너랑 친구가 되었다고 생각했는데.

기억나지 않는다. 두 사람이 어울리는 걸 본 적이 없었다.

넌 날 꼬리표처럼 달고 다녔던 거야. 크림슨이 얼마나 상냥한지 보여주는 꼬리표. 3학년 연감의 인기상은 따 놓은 당상이지.

네가 나에게 그렇게 한 뒤에 깨달았어. 그제야 주변 사람에게 네가 어떻게 하는지 눈에 들어오더구나.

코트니, 네 덕에 내 인생의 비망록을 만들었어.

맘에 드니? 내 비망록.

내가 편집했어.

나는 무릎에 가방을 올리고 가장 큰 주머니의 지퍼를 열었다.

타일러가 우리 모두의 캔디드 샷을 찍은 다음 날도, 여느 때와 다름없이 시작되었어. 1교시 종이 울렸고, 코트니는 늘 그렇듯 몇 초 늦게 후다닥 뛰어왔어. 별일 아니었지. 딜라드 선생님 역시 도착 전이었으니까.

평소와 마찬가지로.

나는 해나의 지도를 꺼내어 작은 탁자 위에 펼쳤다.

너는 앞에 앉은 아이와 수다를 끝냈어. 내가 네 어깨를 톡톡 쳤어. 서로 눈이 마주친 순간 그만 웃음을 터뜨렸지. 우린 고작 두세 마디 간단히 이야기를 나누었어. 누가 무슨 말을 했는지 기억나진 않아. 같은 생각이었으니까.

"정말 기막혀."

"그러게."

"도대체 왜?"

"누가 상상이나 했겠니?"

"너무 웃겨."

딜라드 선생님이 들어왔고 너는 자세를 바꿨어. 수업이 끝나자 넌 곧장 자리를 떴어.

지도에서 타일러의 집에 붙은 빨간 별을 찾았다. 이렇게 해나의 이야기를 따라 움직이다보니 묘한 기분이 들었다. 한편으로 집착하는 것 같고, 도착적으로 변하는 것 같았다. 또 다른 한편으로는 이런 집착에서 벗어나고 싶었다.

2교시 수업하러 복도로 나가면서 언뜻 떠올랐어. 잠깐. 코트니는 잘 가라는 인사도 안 했구나.

나는 해나의 부탁을 들어주는 거다. 집착이 아니다. 존중이다. 그녀의 마지막 청을 따르는 것뿐이다.

다른 때는 네가 작별 인사를 했던가? 아니, 별로 그런 편이 아니었어. 그러나 바로 지난밤, 얼굴을 마주했던 사이였기에 뭔가 고의라는 느낌이 들었어. 같은 경험을 나눈 지 고작 24시간도 지나지 않았는데, 눈인사도 안 하고 그냥 가다니.

A-4. 타일러의 집에 붙은 빨간 별.

나중에, 분명히 한 번은 그렇게 한 것 같아. 우리는 복도에서 만나면 인사를 나누었고, 수업 후 잘 가라는 인사를 했어. 하지만 그 이상도 그 이하도 아니었어.

파티가 열리던 날까지.

네가 날 다시 필요했던 날에서야 비로소.

‖

정신을 차리려면 잠시 쉬어야 했다. 더는 테이프를 들을 수 없었다.

헤드폰을 벗어서 목에 걸었다. 목공예 수업을 함께 들었던 여자애는 커다란 플라스틱 통을 들고 다니며 빈자리의 머그잔과 접시를 모았다. 여자애가 내 옆자리를 치울 때 나는 어두운 창문으로 눈길을 돌렸다. 유리창에 비친 여자애는 나에게 몇 번 시선을 던졌으나 난 돌아보지 않았다.

여자애가 보이지 않자, 나는 커피를 홀짝거리며 머릿속을 깨끗이 지우려고 안간힘을 썼다.

십오 분 뒤에 버스가 모네의 문 앞을 지나가면서 내 기다림은 막을 내렸다. 나는 지도를 움켜쥐고 가방을 어깨에 둘러맨 채 문밖으로 뛰쳐나갔다.

버스가 저 멀리 모퉁이에 섰다. 나는 보도를 따라 달려가서 버스에 올랐다. 가운데 좌석이 비어 있었다.

기사는 룸미러로 나를 보았다.

"시간보다 빨리 도착했어요. 여기에서 몇 분 정차합니다."

나는 고개를 끄덕이며 헤드폰을 귀에 대고 창밖을 멀거니 바라보았다.

▶

성대하고 시끌벅적했던 파티는 나중에 말할게.

그건가? 거기에 내가 등장하나?

이번에는 코트니가 나를 데리고 간 파티야.

나는 학교에 있었어. 가방을 메고 1교시 수업 교실로 향하는데 네가 내 팔을 잡았어.

"해나, 잠깐만. 요즘 어때?"

네 미소, 하얀 이를 드러내고⋯흠 잡을 데가 없어.

난 이랬을 거야. "잘 지내." 아니면, "좋아, 넌?"

사실, 궁금하진 않았어. 어쩌다 복잡한 복도에서 시선이라도 마주치면 너는 눈길을 피했으니까. 너에 대해 마음을 접었어. 다른 아이들도 학교복도에서 이런 기분을 느껴 봤을까?

넌 그날 밤에 있을 파티에 대해 물었어.

나는 대화 상대를 구하러 다니는 게 성가시다고 대답했어. 지루한 대화에서 나를 빼낼 줄 사람 찾기도 지겹고.

"같이 가면 되잖아."

네가 말했어. 그러고는 고개를 살짝 기울이며 상그레 웃어보였지. 내 착각일지 모르지만 넌 한쪽 눈을 찡긋했어.

맞아, 코트니라면 그랬을 거야. 아무도 붙어우 코트니의 애교를 뿌리칠 수 없을걸. 걔는 모든 사람들에게 꼬리를 살랑살랑

치지.

"왜? 왜 우리가 같이 가야 해?"

내가 물었어. 내 말이 너무 의외였나 봐. 네가 누구니? 모든 사람들이 너와 함께 파티에 가고 싶어 환장하잖아. 너와 함께 파티에 입장하는 것만으로도 모두가 으쓱해하잖아. 누구나! 남자 여자 할 것 없이. 너라면 우리 모두가 우러러보는 존재잖아.

우러러본다? 아니면 우러러보았다? 나는 이미 생각이 바뀌었는데.

불행하게도 네가 이미지를 지키기 위해 얼마나 애를 쓰는지 다들 모를 거야.

넌 내 질문을 반복했어.

"왜 우리가 파티에 함께 가야 하냐고? 해나, 그래야 친해지지."

그동안 무시하다가 갑자기 왜 친해지고 싶은지 물었어. 넌 무시한 적이 없다고 딱 잡아뗐지. 내 오해라고. 그러니 이번 파티에서 서로 친해질 수 있는 기회라며 설득했어.

난 기분이 말끔하진 않았어. 하지만 네가 누구니? 모두들 너랑 같이 파티에 가고 싶어 안달하는 아이잖아.

그래도 넌 알았어, 해나. 넌 알고 있었어. 그런데도 갔어. 왜?

"잘됐다! 너 운전하지?"

네가 물었어.

가슴이 철렁 내려앉았어. 그러나 그 생각을 지우며, 미심쩍은 기분을 애써 억눌렀어.

"맞아, 코트니. 몇 시?"

내가 말했어.

넌 공책을 펴서 종이를 찢었어. 파란색으로 조그맣게 주소, 시간과 네 이니셜을 썼지. C.C. 그리고 종이를 내밀며 말했어.

"끝내주게 재미있을 거야!"

너는 그 말만 남기고 네 물건을 챙겨서 떠났지.

버스 문은 스르르 닫혔고 보도에서 천천히 멀어졌다.

이거 알아, 코트니? 넌 작별인사도 없이 교실 밖으로 나갔어.

함께 파티에 가려던 이유를 난 이렇게 합리화했어. 내가 너한테 무시당해서 화난 걸 알았구나. 적어도 내가 상처받았다는 걸 눈치챈 거야. 명성에 오점이라도 남길까 봐 염려되었나? 어떻게든 이 상황을 바로잡으려는 속셈이겠지.

지도 D-4, 코트니의 집.

지도를 다시 폈다.

보도 가까이 차를 대자, 너희 집 현관문이 열렸어. 넌 발걸음도 우아하게, 길을 따라 내려왔어. 네 엄마는 현관문을 닫기 전에 내 차 안을 이리저리 둘러보더라.

걱정 마세요, 아주머니. 난 속으로 말했어. 여기에 남자애는 없어요. 술도 없고요. 환각제도 없어요. 난잡한 일도 없고요.

왜 해나의 지도가 가리키는 곳을 찾아다녀야 한다는 강박관

념에 시달리지? 그럴 필요는 없는데. 나는 테이프를 하나하나, 처음부터 끝까지 놓치지 않고 듣잖아. 그거면 충분하지 않아?

그런데도 그렇게 하지 못했다.

넌 차 문을 열고 들어와서 안전벨트를 맸어.

"데려다줘서 고마워."

네가 말했어.

그녀가 원해서 지도의 장소를 찾아가는 게 아니다. 확실하게 이해하고 싶은 마음에 갈 뿐이다. 뭐든, 나는 그녀에게 무슨 일이 있었는지 알고 싶었다.

데려다줘서? 날 초대한 이유가 수상하긴 했으나, 고맙다는 인사를 들으려고 한 것은 아니야.

D-4. 타일러의 집에서 고작 몇 블록 떨어졌다.

내 오해라고 믿고 싶었어. 코트니, 정말이야. 널 데려다주는 게 아니라 함께 파티에 가는 거라고 생각하고 싶었어. 널 데려다주는 거랑 분명 다르잖아.

그때, 난 파티가 어떻게 흘러갈지 대강 짐작이 갔어. 그럼 파티의 끝은? 글쎄, 뜻밖의 일이 기다리고 있었지. 아주 희한한.

버스 좌석의 뒤판마다 플렉시 유리가 나사로 고정되어 있고, 안에는 시내버스의 노선도가 들어 있었다. 이 버스는 코트니 집 앞을 지나 우회전하여 타일러 집에서 한 블록 못 미치는 곳에 정차한다.

두 블록 이상 떨어진 곳에 차를 세웠어. 더는 차로 다가갈 수 없었어. 내 차는 엔진을 꺼도 스테레오에서 음악이 나와. 자동차 문을 열어야만 비로소 그치지. 그런데 그날 밤에는 차문을 열었는데도 음악이 쿵쾅쿵쾅 멈추지 않았어. 알고 보니, 저 멀리서 들려오는 노래였어.

"어머나, 파티에서 튼 음악이 여기서도 들리네."

네가 말했어.

우린 파티장소에서 두 블록 이상 떨어져 있었어. 그 정도로 소리가 요란했어. 경찰에게 제발 출동해서 제지해달라고 사정하는 듯 했지.

그게 내가 파티에 자주 가지 않는 이유다. 나는 어쩌면 졸업생 대표로 뽑혀 고별연설을 할 수도 있다. 그러나 한 번이라도 실수하면 모든 일이 수포로 돌아간다.

우리는 학생들의 행렬을 따라 파티로 향했어. 짝짓기를 하러 강물을 거슬러 오르는 연어 떼처럼.

도착해보니, 미식축구선수 두 명이 유니폼 차림으로, 걔들은 어디에서나 그런 복장이지, 입구 양쪽에 서서 맥주 값을 받고 있었어. 나도 돈을 꺼내려고 주머니에 손을 넣었지.

시끄러운 음악소리 너머로 네가 소리쳤어.

"내지 마."

우리가 입구에 이르자 축구선수들 중 한 명이 말했어.

"컵 하나에 2달러."

그런데 걔가 네가 누군지 알아봤어.

"이야, 코트니. 그냥 받아."

걔는 빨간 플라스틱 컵을 건넸지.

2달러? 고작? 여자애들에게는 대우가 다르군.

넌 나를 향해 고개를 까닥거렸어. 걔는 씩 웃으며 내게도 컵을 주었지. 내가 컵을 잡았지만 걔는 컵에서 손을 떼지 않았어. 교대할 사람이 곧 오니까 함께 놀자고 말했지. 나는 웃었어. 그런데 네가 내 팔을 잡고 문 안으로 들어갔어.

"안 돼. 내 말 들어."

네가 말했어.

나는 이유를 물었지만 넌 사람들을 살펴보느라, 내 말을 듣지 못했어.

코트니와 미식축구선수들이 어울렸다는 이야기는 들은 바가 없었다. 맞아, 야구선수들. 많이 들었다. 그럼 미식축구선수는? 한 명도 없었다.

잠깐 떨어져 있자고 네가 말했어. 그 말을 듣는 순간 난 무슨 생각을 했을까, 코트니?

이건 생각보다 훨씬 심한 과속이네.

넌 만날 사람들이 있다며 잠시 후에 보자고 했어. 나도 그럴 참이었다고 거짓말했어.

넌 나더러 혼자 떠나지 말라고 신신당부했지. "날 집까지 태워 줘야 해. 잊지 마."

내가 어떻게 잊겠어, 코트니?

버스는 코트니네 동네로 들어섰다. 서너 집 건너 하나씩 매매 안내판이 세워진 곳. 코트니네 집을 지날 때, 현관문에 빨간 별이 그려져 있지 않을까, 슬쩍 기대했다. 그러나 현관은 어둠에 묻혀 있었다. 현관등도 없었다. 창문 안에도 불빛 하나 없었다.

넌 나를 향해 싱긋 웃었어. 드디어, 마법의 주문처럼 한마디 했어. "잘 가." 잘 가라는 말에 네 진심이 담긴 듯했어.

"내릴 곳을 놓쳤니, 클레이?"

등을 따라 한기가 느껴졌다.

목소리. 여자애의 목소리. 그러나 헤드폰에서 들린 게 아니다.

||

누군가 내 이름을 불렀다. 어디지?

통로 건너편 기다란 창문이 거울 노릇을 했다. 내 뒤에 앉은 여자애의 모습이 비쳤다. 또래인 것 같았다. 아는 사람인가? 돌아서서 뒤를 보았다.

스카이 밀러. 중학교 2학년 때의 풋사랑. 스카이에는 슬쩍 웃었다. 아니 비웃음인지도 모른다. 내가 화들짝 놀란 걸 보고.

스키에는 지금도 예쁘다. 그러나 생각과 행동이 따로따로 노는 것 같다. 특히 지난 이삼 년간. 옷 역시 늘 우중충하고 헐렁거렸다. 옷으로 자신의 몸을 칭칭 감아두겠다는 듯. 오늘밤 역시 큼지막한 잿빛 스웨터에다 별반 다르지 않은 바지 차림이다.

나는 귀에서 헤드폰을 뗐다. "안녕, 스키에."

"집 앞에서 못 내렸니?" 스키에가 물었다. 나에게 이처럼 길게 말한 건 정말 오랜만이다. 그동안 누구와도 좀처럼 말을 하지 않던 스키에다. "운전사에게 말해."

나는 고개를 내저었다. 아니, 우리 집에 가는 게 아니야.

버스가 교차로에서 왼쪽으로 돌더니 보도 곁으로 차를 댔다. 문이 열리고 운전사가 소리를 질렀다. "내리실 분?"

버스 앞에 달린 룸미러에서 운전사와 눈이 마주쳤다. 나는 스키에에게 고개를 돌렸다. "넌 어디 가는데?"

비웃음이 돌아왔다. 그 애가 날 빤히 쳐다보았다. 상대가 불편함을 느낄 만한 시선이었다. 효과는 확실했다.

"아무 데도 안 가." 스키에가 마침내 대꾸를 했다.

스키에가 왜 저러지? 중학교 2학년부터 지금까지 도대체 무슨 일이 있었나? 왜 왕따인 척하지? 뭐가 변했나? 아무도 모른다. 언제부터인가 아이들과 어울리는 걸 그만 두었다.

그러나 이 정류장에서 난 내려야 했다. 빨간 별 두 개의 중간 지점이니까. 타일러 집과 코트니 집.

아니, 스키에와 이야기를 나누어도 된다. 정확히 말하자면, 스키에가 대화를 나누도록 애쓸 수도 있다. 보나마나 일방적인 대화겠지만.

"내일 보자." 그 애가 말했다.

그래 됐다. 대화는 끝났다. 마음 한구석으로 안도감이 밀려왔다.

"다음에 봐." 내가 대답했다.

가방을 걸치고 버스 앞으로 갔다. 운전사에게 고맙다고 인사하며 바깥의 찬 공기 속으로 뛰어들었다. 등 뒤로 문이 닫혔다. 버스는 떠났다. 눈을 감은 채, 창문에 머리를 기댄 스키에의 모습이 스쳐갔다.

가방을 양쪽 어깨에 메고 끈을 조였다. 다시 혼자다. 걸음을 옮겼다. 타일러의 집으로.

그런데 정확히 어디지? 이 길이라는 것만 알고 있다. 해나가 주소까지 알려준 건 아니니까.

타일러의 방에 불이 켜 있다면 대나무 덧문을 볼 수 있겠지.

집을 지나칠 때, 이리저리 기웃거리지 않았다. 덧문만 찾아보았다.

운이 좋을 수도 있지. 타일러네 마당에 표지판이 있는 거야.

'피핑톰-들어오세요.'

썰렁한 농담을 혼자 던지고는 히죽 웃었다.

버튼을 누르면 해나의 목소리가 튀어나오는 판에 웃음이라니! 그래도 기분이 다소 나아졌다. 몇 달 만에 처음으로 이렇게 웃어보는 것 같다. 고작 몇 시간 전에 웃었는데도.

집 두 채를 지나는 순간, 내 눈에 그것이 들어왔다.

나는 웃음을 그쳤다.

방의 창문이 켜 있고 대나무 덧문이 내려와 있었다. 은색 덕트 테이프가 깨진 창문에 거미줄처럼 덕지덕지 붙어 있었다.

돌멩이로? 누군가 타일러네 창문으로 돌멩이를 던졌나?

알고 있는 누군가가? 리스트에 오른 사람이?

다가갈수록 그녀의 모습을 생생히 그릴 수 있었다. 창가에서 녹음기에 대고 속삭이는 해나. 가만가만 소곤거려서 여기까지 들리지도 않을 목소리. 그러나 결국, 그 목소리는 내 귀로 전달되었다.

사각형 울타리가 타일러네 앞뜰과 옆집을 가르고 있다. 나는 거기로 걸어가서 몸을 감추었다. 타일러가 지켜보고 있을 테니까. 바깥을. 갑자기 창문이 활짝 열리고 누군가가 튀어나올 것 같았다.

"뭐 하나 던지고 싶냐?"

등골이 오싹했다. 한 대 갈기고는 튈 셈으로 휙 돌아섰다.

"잠깐, 나야."

같은 학교의 마커스 쿨리.

나는 무릎에 손을 짚고 몸을 숙였다. 피곤이 밀려왔다. "여기서 뭐하냐?" 내가 물었다.

마커스는 주먹 크기의 돌멩이를 내 눈앞에 내밀었다. "받아."

나는 마커스를 올려다보았다. "왜?"

"분이 풀리니까, 클레이. 진짜야."

나는 창문을 올려다보았다. 덕트 테이프. 시선을 깔고는 눈을 감았다. 고개를 내저었다. "마커스. 너도 테이프에 나오는구나."

마커스는 대답하지 않았다. 피차 다 아는 사실이니까. 내가 고개를 들었을 때, 웃음을 참느라 애쓰는 그의 눈이 보였다. 부끄러워하는 기색은 없었다.

타일러네 창문에 고갯짓을 했다. "네가 저랬냐?"

마커스는 돌멩이를 내 손에 내려 놓았다. "안 하겠다는 놈은 너 하나야, 클레이."

심장이 쿵쾅거렸다. 마커스가 앞에 서 있거나, 타일러가 저 안에 있어서가 아니다. 무거운 돌멩이가 내 손에 있어서도 아니다. 방금 들은 말 때문이다.

"네가 세 번째로 나타난 놈이야. 나까지 포함해서." 마커스가 말했다. 마커스를 포함하여 리스트에 오른 사람 중 누가 타일러한테 돌멩이를 던질 수 있는지 따져보았다. 그러나 없었다. 말도 안 되는 짓이다.

우리 모두 리스트에 올랐다. 우리 모두 다! 우린 자살사건에 일말의 책임이 있는 사람들이다. 타일러가 나머지 사람들과 다른 게 뭐지?

나는 손에 든 돌멩이를 응시했다. "넌 왜 여기 있냐?" 내가 물었다.

마커스는 어깨 너머 아래쪽을 가리키며 고갯짓을 했다. "저 아래가 우리 집이야. 불이 환하게 켜진 곳. 타일러 집에 누가 오는지 지켜보았지."

타일러가 자기 부모님에게 어떻게 둘러댔을까? 한두 번으로 끝날 일이 아니니 창문을 바꿀 필요가 없다고 했을까? 그때 부모님은 뭐라고 추궁했을까? 그걸 어떻게 아냐고 물었겠지? 무슨 이유냐고 묻기는 했을까?

"처음엔 알렉스야." 마커스가 말했다. 마커스는 조금도 쭈뼛대는 기색 없이 술술 늘어놓았다. "우리 집에 놀러왔거든. 다짜고짜 타일러 집을 가르쳐달라는 거야. 둘이 친한 것도 아니라서 의아했지. 알렉스가 하도 졸라대기에 이상하게 생각했지."

"그럼, 네가 알렉스에게 돌멩이를 던지라고 시킨 거야?"

"아니, 알렉스의 생각이야. 난 그런 테이프가 있는 줄은 꿈에도 몰랐으니까."

나는 돌멩이를 위로 휙 던졌다가 다른 손으로 받으며 무게를 가늠해보았다. 설사 전에 돌멩이를 맞지 않고 금이 안 갔더라도 이 정도의 돌멩이라면 창문을 산산조각 내고도 남는다. 마커스가 나에게 이 돌멩이를 골라 준 이유는? 마커스는 테이프를 끝까지 들었겠지. 그런데 내가 창문을 끝장내길 원한다. 왜?

나는 돌멩이를 던져 다시 다른 손으로 받았다. 마커스의 어깨 너머로 마커스 집의 현관 불빛이 보였다. 마커스 방 창문이 어디인지 물어보고 싶었다. 그 창문으로 이 돌멩이를 던질 거라고 귀띔해주는 거다. 여동생이 겁에 질리지 않도록 자기 창문을 정확하게 지적하라고 다그치면서. 젠장.

나는 돌멩이를 단단히 움켜쥐었다. 아주 세게. 그래봤자 목소리는 흔들렸다.

"넌 개새끼야, 마커스."

"뭐?"

"너도 테이프에 나오잖아. 그치?" 내가 다그쳤다.

"네놈도 똑같아, 클레이."

분노를 억누르고 눈물을 참느라 내 목소리가 떨렸다.

"우리랑 그 자식이랑 뭐가 다른데?"

"그 새끼는 피핑톰이야. 더러운 변태라고. 해나의 창문을 들여다봤잖아. 왜 그 새끼 창문을 깨면 안 되는데?"

"그러는 넌? 넌 무슨 짓을 했냐?"

잠시 마커스가 나를 쏘아봤다. 그러고는 눈을 깜박였다.

"아무 짓도 안 했어. 그냥 별일 아니야. 이 테이프에 나올 정도는 아니라고. 해나가 자살 핑곗거리로 삼았을 뿐이야."

나는 돌멩이를 보도에 떨어뜨렸다. 차라리 그 자리에서 돌멩이로 그 자식 얼굴을 쳐버릴걸.

"썩 꺼져, 빌어먹을." 내가 그 자식에게 윽박질렀다.

"우리 동네야, 클레이."

난 손아귀에 힘을 주며 주먹을 쥐었다. 돌멩이를 내려다보는 순간, 다시 주워들고 싶은 마음이 간절했다.

그러나 돌아서서 걸었다. 빠르게. 타일러네 집 앞길을 성큼성큼 걸으며 창문으로 눈길도 돌리지 않았다. 아무것도 생각하기 싫다. 목에 걸고 있던 헤드폰을 다시 귀에 갖다대었다. 주머니에 손을 넣어서 플레이 버튼을 눌렀다.

▶

잘 가라는 인사말에 내가 낙심했을까, 코트니?

충격 받지는 않았어. 염려했던 일이 사실로 드러나면 실망은 크지 않거든.

계속 걷는 거야, 클레이.

이용당했다는 느낌? 딱 그거였어.

코트니는 날 이용해서 자신의 이미지를 번쩍번쩍 잘 닦으려고 했어. 이렇게 말할 수 있을까? 실패했다고.

그날 파티에서 나에게는 여러 가지가 처음이었어. 난생 처음으로 주먹싸움을 보았어. 끔찍했지. 내 뒤에서 벌어졌는데도 난 몰랐어. 남자애 둘이서 버럭버럭 고함을 지르기에 돌아보니 둘의 가슴 사이가 한 뼘도 안 될 만큼 가까웠어. 금세 아이들이 모여들어 싸움을 부추겼어. 겹겹이 둘러 싼 구경꾼들 때문에라도 쉽게 진정될 분위기가 아니었어. 그들은 띄어진 한 뼘을 채워주기만 하면 됐어. 우발적으로 채우기만 하면. 그러더니 결국 둘이 부딪혔어.

그리고 일이 터졌지.

가슴이 닿자 서로 밀어냈고, 주먹이 턱으로 곧장 날아갔어.

주먹이 두 번 더 오간 뒤에 나는 돌아서서 구경꾼들 틈을 뚫고 나왔어. 이미 삼중사중으로 사람들이 그들을 에워싼 상태였어. 뒤에 있는 어떤 아이들은 구경하려고 뒷발을 들기도 했어.

역겨웠어.

욕실에 피해 있으려고 안으로 뛰어 들어갔어. 속이 불편한 건 아니었어. 그러나 정신적으로는…마음속이 엉망진창으로 엉켜 있었어. 토하고 싶었어.

나는 지도를 꺼내어 코트니 집 말고 가장 가까운 별을 찾아보았다. 코트니 집에 갈 생각은 없었다. 어둡고 휑한 집을 보며 해나의 이야기를 듣긴 싫었다.

다른 곳으로 가야겠다.

보건수업에서 편두통 다큐멘터리를 보여주었어. 인터뷰한 사람들 중에서 어떤 이는 고통이 심할 때면 무릎을 꿇고 머리를 계속 바닥에 쾅쾅 찧었어. 머릿속 깊은 곳, 도저히 손쓸 수 없는 곳에서 생긴 고통을 자기의 힘이 닿는 고통으로 바꾸는 셈이지. 나에겐 구역질이 바로 그런 의미였어.

걸음을 멈추고 가로등 아래에 서지 않으면, 빨간 별의 위치를 파악하기 어려웠다. 그러나 멈출 수 없었다. 아주 잠깐이라도.

서로에게 주먹질을 하는 남자애들을 보면서 이제 아무도 그들을 약하다고 놀리지 않겠구나 하는 생각이 들었는데, 내게는 그 생각이 너무나 버거웠어. 그들에게는 남들의 평판이 자기 얼굴보다 소중했어. 코트니의 평판은 내 평판보다 훨씬 중요했고.

파티에 온 아이들은 코트니가 날 친구로 데려왔다고 여길까? 아니면 코트니가 베푸는 온정의 손길로 여길까?

나야, 결코 알 수 없는 일이지.

나는 지도를 다시 접어서 옆구리에 찔렀다.

운도 지지리 없지. 하나밖에 없는 욕실은 이미 사용 중이었어. 다시 밖으로 나왔어. 주먹싸움은 끝났고, 모든 게 평상시로 돌아왔어. 난 파티 장소를 떠나기로 했어.

기온이 계속 떨어지기에 팔짱을 꼭 끼고 걸었다.

아까 들어온 입구로 걸어가는데, 누가 혼자 서 있었는데, 누구였을까?

타일러 다운…카메라 장비를 잔뜩 짊어진.

타일러와 어울리면 안 돼, 해나.

타일러는 날 보자, 어쩔 줄 몰라 했어. 딱할 정도로. 카메라를 들키지 않으려는 듯 두 팔 속에 카메라를 숨긴다고 숨긴 채 가슴에 붙였지. 굳이 그럴 필요가 있었나? 그가 학교연감 부원이란 건 누구나 아는데.

한 번 물어봤어. "뭐야, 타일러?"

"뭐? 아…이거? 음…연감."

바로 그때, 내 뒤에서 누군가 불렀어. 걔 이름은 중요하지 않으니까 그냥 넘어갈래. 블루스팟에서 내 엉덩짝을 움켜쥔 놈처럼 걔도 어떤 사람의 행동에 영향을 받은 후유증의 소산이겠지. 어느 누구의 무심한 행동에.

"코트니가 너랑 이야기해보래." 걔가 말했어.

나는 얼른 숨을 내쉬었다. 네 평판이 무너질 차례군, 코트니.

나는 그 아이의 뒤를 보았어. 뜰 저쪽에 얼음으로 채워진 공기주입식 풀이 있었지. 그 안에는 은빛 케그(생맥주가 담긴 통-옮긴이)가 세 개 놓여 있었고. 풀 옆에서 코트니가 다른 학교의 남학생 셋과 이야기를 나누고 있었어.

내 앞에 서 있던 남학생이 맥주를 홀짝홀짝 마셨어. "코트니가 너랑 있으면 재미있대."

난 마음이 누그러졌어. 내 보호막을 해체하려고 했지. 코트니가 자기 이미지 관리만 하지 않았군. 귀여운 남자애를 내 앞에 보내면 내가 파티에서 무시당한 걸 다 잊을 거라 생각했구나?

어쨌든 그 남자애는 귀여운 편이었어. 그래 좋아. 선택적 기억 상실증에 걸린 셈 치자.

그런데 일이 벌어졌겠지, 해나. 뭐였지?

잠시 이야기를 나누다말고 걔가 실토했어. 코트니가 소개한 게 아니라고. 코트니가 떠드는 말을 우연히 듣고 날 보러 온 거야.

무슨 이야기였냐고 묻자, 걔는 실실 웃으며 말은 안 하고 잔디만 내려다보았어.

이런 일에는 신물이 나. 코트니가 했던 말이 뭐냐고 다그쳤지.

"그냥 너랑 있으면 재미있다고." 그는 말을 반복했어.

난 해제했던 내 보호막을 급히 쌓아올렸어. "재미라…어떻게?"

그는 어깨를 으쓱 올렸어.

"어떻게?"

준비 됐어, 다들? 우리의 상냥하기 그지없는 크림슨 양은 얘한테, 옆에 있었으면 누구나 들을 수 있었겠지, 내 옷장에 깜짝 놀랄 만한 물건들이 몇 개 있다고 한 거야.

숨이 탁 멎는 게, 마치 배를 정통으로 주먹에 맞은 것 같았다.

한 건했구나! 그건 코트니가 꾸며낸 허구의 산물이야.

순간, 저쪽으로 걸어가는 타일러 다운이 눈에 들어왔어.

눈물이 차올랐지. "뭐가 있다는데?" 내가 물었어.

그는 다시 한 번 씩 웃었지.

얼굴이 달아오르면서 손이 떨렸어. 그 아이에게 왜 코트니 말을 믿느냐고 물었어. "사람들이 뒤에서 쑥덕이는 걸 넌 믿어?"

그는 진정하라고 말했어. 별일 아니라며.

"천만에! 나에겐 별일이야." 내가 소리쳤어.

나는 쌩 돌아서서 케그 풀로 향했어. 따질 셈이었어. 가다 말고 번쩍 떠오른 생각. 나는 타일러를 쫓아가서 앞을 가로막았어. "너 사진 찍을래? 따라와." 그러고는 그의 팔을 잡은 채로 뜰을 가로질러 갔지.

사진! 잡문노트에 끼워진!

타일러는 자꾸 뒷걸음질 쳤어. 케그 풀 사진을 찍으라는 줄 알았던 모양이야. "그런 사진은 못 실어. 우린 술을 마시면 안 되는 나이잖아."

맞아. 학교연감에서 학생들의 실제 생활을 공개할 리가 없지.

"그게 아니라, 내 사진 좀 찍어달라는 거야. 나랑 코트니."

그 순간 타일러의 이마가 반짝거리더군. 나와 등 마사지 받던 여자애를 카메라 렌즈로 다시 함께 보게 되었으니.

타일러에게 어디 불편하냐고 물었어.

"아니야, 아주 멀쩡해. 좋아. 찍어야지." 냉큼 대답하더군.

사진에서 해나는 코트니의 허리를 팔로 감쌌다. 해나는 활짝 웃었지만 코트니는 아니었다. 그녀는 마음이 불편해 보였다.

이젠 그 이유를 알겠다.

코트니는 잔을 채우고 있었어. 난 타일러에게 거기서 기다리라고 말했지. 나를 발견한 코트니는 재미있냐고 물었어.

"누가 사진 좀 찍고 싶대." 나는 그녀의 팔을 잡아끌고서 타일러에게 데려갔어. 잔을 내려놓으라고, 그렇지 않으면 연감에 사진을 실을 수 없다고 일러 주었어.

타일러가 모네의 잡문노트에 그 사진을 꽂아놓았다! 우리더러 보라고.

코트니의 계획에 없던 일이었어. 코트니는 날 오랫동안 무시한 뒤 자신의 아름다운 이름을 빛내기 위해서 날 파티로 초대했으니까. 이제 와서 연결고리를 남기고 싶진 않았겠지. 그것도 영원불변의 증거가 되는 사진으로.

코트니는 내 손에서 벗어나려고 기를 썼어. "난…난 하기 싫어." 그녀가 거절했어. 나는 몸을 휙 돌려서 똑바로 보았어. "왜 싫어, 코트니? 왜 날 여기에 초대했어? 설마 운전기사 노릇하라고 데리고 온 것은 아니지? 우린 이제 친구잖아."

타일러가 사진을 잡문노트에 끼운 게 틀림없다. 왜냐하면 연감에는 그 사진을 실을 수 없다는 걸 다 아니까. 사진의 의미를 알고 나서는 차마 공개하기 어려웠겠지.

"우린 친구야." 그녀가 말했어.

"그럼, 술 내려놔. 사진 찍게." 내가 말했어.

타일러는 카메라를 들고 초점을 맞추었어. 아름답고 자연스러운 웃음을 기대하면서. 코트니는 술잔을 옆에 내려놓았어. 나는 코트니의 허리를 팔로 감싸며 말했지. "내 서랍 안에서 맘에 드는 물건 있으면 뭐든지 말해. 다 빌려줄 테니까."

"자, 찍는다." 타일러가 말했어.

나는 몸을 앞으로 숙였고, 세상에서 가장 기분 좋은 농담이라도 들은 듯 활짝 웃었어. 찰칵.

그러고는 이제 가겠다고 말했어. 파티가 지긋지긋하다고.

코트니는 가지 말라고 사정했지. 나더러 흥분하지 말라며. 어쩌면 내가 다소 배려심이 없을 수 있어. 내 말은, 코트니는 아직 떠날 마음이 없었거든. 운전기사가 자신을 기다리지 않으면 어떻게 집에 돌아가겠어?

"다른 기사를 알아 봐." 그러고는 자리를 떴어.

한편으로는 초대받은 이유를 확인했으니 눈물이라도 확 쏟고 싶었어. 그런데 차까지 걸어오는데 피식피식 웃음만 나왔어. 난 나무를 향해 소리쳤어. "도대체 왜 이러는데?"

누군가 내 이름을 불렀어.

"뭐야, 타일러?"

타일러도 파티가 짜증난다고 했어.

"아니, 타일러. 다른 이유가 있겠지." 타일러에게 날 따라온 이유를 다시 물었어.

타일러는 카메라로 시선을 옮기더니 렌즈를 만지작거렸어. 집에 태워주면 좋겠다는 대답만 돌아왔어.

그 순간, 웃음이 터졌나왔어. 그 말이 특별히 웃겼다기보다는 하도 어처구니가 없어서. 타일러의 야간작업, 즉 밤마다 벌이는 수상한 짓거리를 내가 알고 있다는 걸 전혀 모르나? 아니면 진심으로 모르기를 바랐을까? 내가 모른다면 서로 친해질 수 있는 건가?

"좋아, 근데 가다가 다른 곳에는 차를 세우지 않을 거야."

집으로 가는 도중에 타일러는 몇 번이나 말을 걸었어. 그 때마다 내가 말을 잘랐지. 상황이 개차반인데, 어떻게 아닌 척 할 수 있겠어.

타일러를 내려 준 뒤에, 가능한 가장 먼 길로 돌고 돌아서 집으로 갔어.

나도 같은 심정이었다. 또 지금 그러고 있다.

나는 완전히 생소한 도로와 샛길을 구석구석 누볐어. 이 도시가 그렇게 낯설다는 걸 처음 느꼈어. 그러다 결국, 이 도시와 그 안의 모든 것이 얼마나 혐오스러운지도 알아버렸어.

나도 역시 그렇게 될 거야, 해나.

뒤편.

테이프 3 : B면

▶

오 마이 달러 밸런타인은 다들 기억하겠지?

어떻게 그걸 잊겠어?

재미있었잖아. 그치? 설문지를 작성하면 컴퓨터가 분석하고 다른 설문지와 비교 분석해주었어. 1달러를 내면 소울메이트를 1명 알려줬어. 5달러를 내면 5명. 아 그래! 수익금은 전액 소중한 일에 쓰인댔어.

응원단.

응원단.

매일 아침 스피커를 통해 유쾌한 목소리로 안내방송이 나왔어.

"잊지 마세요. 여러분의 설문결과가 나흘 뒤에 나와요. 나흘만 버티면 여러분의 진정한 연인이 나타날 거예요."

날마다 새롭고 활기찬 목소리가 남은 날을 확인해주었어. "딱 사흘 남았어요…이젠 이틀 남았어요…딱 하루….오늘이 바로 그날

이에요!"

타일러와 마커스네 집에서 벗어날수록 어깨의 근육이 조금씩 풀렸다.

그러고는 치어리더들이 모두 나와서 노래했지. "오 마이 달러, 오 마이 달러 밸런타인!" 함성과 응원소리, 환호성이 뒤를 이었어. 나는 언제나 치어리더를 생각하면 교무실 근처에서 다리를 번쩍번쩍 들어 올리고, 다리를 길게 뻗고, 누군가를 위로 던지는 모습들이 상상돼.

선생님 심부름으로 그곳을 지나다보면 치어리더들은 정말 그렇게 난리법석을 떨어댔다.

그래, 나도 설문지를 작성했어. 설문지 조사를 워낙 좋아하거든. 만약 너희들이 내가 틴 잡지를 읽는 모습을 한 번이라도 봤더라면, 아마 틀림없이 화장법을 보고 있는 게 아니었을 거야. 다 설문지 때문이었지.

넌 화장하지 않잖아, 해나. 그럴 필요가 없으니까.

잡지의 머리스타일이나 화장기술이 도움이 되기도 해.

너도 화장을 했다고?

다른 잡다한 팁은 심심풀이 땅콩이었어.

1학년 때 실시했던 직업적 소질 설문조사를 기억하니? 선택과목을 고를 때 참고할 수 있는 설문지였어. 그 결과 나에게는 근사한 나무꾼이 어울린다고 나왔어. 그 직업이 영 맘에 안 들면, 2차로

우주비행사를 고려하라는 거야.

우주비행사나 나무꾼? 진짜? 퍽 유용했지!

2차 직업은 잘 기억나지 않지만, 나도 나무꾼으로 나왔다. 왜 그게 나에게 가장 잘 어울리는 직업인지 한참 고개를 갸웃거렸다. 야외 활동을 좋아한다고 표시하기는 했다. 그게 싫은 사람도 있나? 그렇다고 나무 자르는 일을 좋아하는 건 아니잖아.

밸런타인 설문은 두 파트로 이뤄졌어. 먼저, 자기를 설명하는 거야. 머리 색깔, 눈동자 색깔, 키, 체형, 좋아하는 영화나 음악. 그리고 주말에 즐겨 하는 항목 세 곳에 표시를 하는 거야. 좀 어이없는 건, 질문항목을 짤 때 술과 섹스를 빼먹었나 봐. 그게 대부분의 학생들이 가장 관심 있어 하는 항목인데 말이야.

모두 합해서 20개의 질문들이 있었지. 내 설문지에 나오는 질문들을 종합해서 출제 의도를 생각해보면, 다들 100프로 정직하게 체크할 필요가 없었어.

가로등 밑 보도에 짙은 초록색 철제의자가 놓여 있었다. 예전에 버스정류장 자리였나 보다. 이젠 잠깐 쉬어가는 의자가 되었다. 나이든 사람이나 녹초가 되어 걷기 힘든 사람들에게.

나처럼.

두 번째 파트에서는 각자가 생각하는 소울메이트에 대해 적었지. 상대의 키, 상대의 체형, 운동선수인지 아닌지, 얌전한지 활발한지.

나는 차가운 금속에 엉덩이를 붙이고 두 손에 고개를 파묻었다. 집에서 한두 블록 떨어졌을 뿐인데도 어디로 가야할지 길을 모르겠다.

설문지 항목을 채우다보니 우리 학교의 누군가가 떠올랐어.

그때 진지하게 대답할걸.

걔를 염두에 두고 설문지를 작성했다고 생각하겠지. 그 사람은 최소한 내 다섯 명의 명단에는 올랐어야 했는데. 그렇지만 그는 치어리더들이 고함을 지르건 말건 관심이 없었나 봐. 눈을 씻고 찾아봐도 내 리스트에는 없더라.

아니야, 걔 이름은 안 밝힐래…아직은.

나는 장난삼아, 내 자신을 호밀밭의 파수꾼에 나오는 홀든 콜필드(물질적으로 풍족한 환경에 살지만 비판적이고 부정적인 눈으로 세상을 바라보는 열여섯 살 소년으로 《호밀밭의 파수꾼》의 주인공이다. 《호밀밭의 파수꾼》은 홀든 콜필드가 뉴욕을 혼자 방황하며 보낸 2박 3일간의 쓸쓸한 일탈기이다-옮긴이)라고 생각하며 빈칸을 채웠다. 학기 중 필독도서였는데 갑자기 그 주인공이 떠올랐다.

홀든. 첫 데이트를 그처럼 우울하고 고독한 사람과 보낸다면 얼마나 끔찍할까?

설문지를 받은 나는 3교시 역사시간에 신나게 빈칸을 채웠어.

내 리스트에는 괴짜들의 이름이 올라있었다 홀든 콜필드 같은 놈을 딱 좋아할 만한 아이들.

코치 패트릭 선생님의 늘 변함이 없는 역사시간이었어. 선생님은 수업시작 5분 전부터 칠판에 딱 붙나 봐. 선생님 수업에는 잔뜩 휘갈겨 놓은 판서를 해독하면서 공책에 옮겨 써야 해. 다 적고도 시간이 남았다면 교과서 8쪽부터 194쪽까지 몽땅 읽어줘야 해. 취침 절대금지.

잡담도 금지.

여학생들이 내게 전화를 걸 거라고 꿈에도 상상 못했다. 누구나 설문조사를 장난으로 생각하는 줄 알았다. 그저 응원단을 위한 기금모집인 줄 알았는데.

수업이 끝나고, 총학생회로 갔어. 카운터의 끝, 출입구 바로 앞에 상자가 있었어. 커다란 신발상자 윗부분에 가느다란 구멍이 있고, 분홍색과 빨간색 하트 장식도 달려 있었어. 빨간색 하트에는 '오 마이 달러 밸런타인!'이 적혀 있었고. 분홍색 하트에는 초록색 달러 표시가 그려져 있었어.

난 설문지를 반으로 접어 밀어 넣고는 돌아섰어. 그런데 벤슨 선생님이 서 있는 거야. 언제나처럼 미소를 띠며.

"해나 베이커? 코트니 크림슨이랑 친하더라." 선생님이 말했어.

내 기분이 얼굴에 바로 나타난 모양이더라. 선생님은 재빨리 말을 바꿨어. "아니, 그런 느낌이 얼핏 들었다는 거지. 그렇게 보였거든. 친구 아니니?"

그 여선생님의 오지랖은 지구를 덮을 만하지.

순간, 내 창문 밖에 서 있던 타일러가 생각났고, 속이 끓었지. 그 자식이 피핑톰 사진을 보여주었단 말이야? 벤슨 선생님에게?

아니었어. 벤슨 선생님은 몇 가지 전달사항 때문에 연감 사무실을 다녀오는 길이었어. 연감 사무실 벽에는 연감에 실을 사진들이 다닥다닥 붙어 있었던 거야. 그 중에서 나와 코트니의 사진이 눈길을 끌었고.

한 번 마음속으로 그려 봐. 내가 코트니의 허리를 껴안으며 세상에서 가장 행복해 하는 사진.

넌 대단한 연기자야, 해나.

"아니요, 그냥 알고 지내는 사이인데요."

"그렇구나, 아주 즐거워 보이던데." 벤슨 선생님이 말했어. 그 다음 말이 아직도 귓가에서 맴돌아. "연감 사진의 장점이라면 그 순간을 여러 사람과 나누는 거지…영원히."

예전에도 그 말을 수백 번쯤 들었을 거야. 예전이라면 어느 정도 수긍했겠지. 그렇지만 그 사진은 아니야. 그 사진 속의 순간을 누구랑 나눠가질 수 있겠어? 사진 속의 내 마음을 그 누가 상상이나 할 수 있겠니? 코트니의 마음도. 타일러의 마음도.

그건 새빨간 거짓이거든.

그래, 내 인생의 진실을 아무도 모른다고 깨닫는 그 순간 갑자기 세상이 흔들렸어.

울퉁불퉁한 도로를 달리는데 차가 핸들의 통제를 벗어났다면,

약간만 잘못되더라도 차는 도로 밖으로 튕겨나가기 십상이지. 바퀴가 공회전을 하면서 진흙이 사방팔방으로 튀어 오르지만 후진이 안 되는 거야. 핸들을 아무리 꽉 쥐더라도, 아무리 길 따라 똑바로 운전하려고 해도 자꾸만 뭔가가 네 차를 옆으로 미는 거야. 네 의지대로 할 수 있는 게 아무것도 남아 있지 않은 거야. 아무리 죽어라고 노력해봤자 힘만 빠진다면 넌 때려 치고 싶을 거야. 비극으로 치닫건 말건…모르겠다는 심정.

손가락끝으로 머리카락 밑을 눌렀고 엄지로는 관자놀이를 꾹, 지압했다.

사진에서 코트니는 아름다운 웃음을 지어보였겠지. 그건 거짓이고 아름답지 않아.

그렇진 않았어. 너야 몰랐겠지만.

코트니는 제 맘대로 날 데리고 다녔어. 난 끌려다니기 싫었지. 그래서 코트니를 뿌리치고 도로로 올라왔어…잠깐이나마.

그럼 이젠? 설문조사. 밸런타인데이. 다시 도로 밖으로 튕겨나가진 않을까? 아이들이 리스트에서 내 이름을 발견하고는 핑계를 대고 밖으로 데이트 나가자고 한다면?

흉물스럽던 내 소문을 듣고 날 함부로 대하면?

신발상자 윗면에 뚫린 기다란 구멍을 바라보았어. 구멍은 가늘어서 손가락이 들어가진 못했어. 그렇지만 상자의 뚜껑을 열고 설문지를 꺼내면 그만이야. 어려울 건 없어. 벤슨 선생님이 이유를 물으면 설문지를 잘못 기입했다고 둘러대면 돼. 선생님은 이해해 줄 거야.

아니면…한 번 기다려볼까?

조금만 머리를 굴렸더라도, 설문지에 진지하게 응했더라면, 해나의 특징을 또박또박 남겼을 텐데. 우리는 어쩌면 만날 수 있었는데. 진지한 대화를 나눌 수도 있었는데. 지난여름, 극장에서 나눈 시시껄렁한 농담 따위가 아니라.

그러나 나는 그렇게 하지 못했다. 나는 그렇게 설문지를 이용할 생각은 꿈에도 하지 못했다.

리스트를 보고 학생들이 킥킥 웃어넘기기를 바랐어. 아무 생각 없이. 정말 학생들이 진지하게 생각이나 할까?

해나의 이름과 연락처가 내 리스트에 적혀 있었으면 나는 전화했을까?

차가운 벤치에 쪼그린 상태에서 머리를 뒤로 젖혔다. 고개를 바싹 쳐들자, 등뼈 끝이 부러지는 것 같았다.

난 속으로 말했지. 별일이야 있겠어? 그냥 장난인걸. 누가 그걸 써먹겠냐고. 진정해, 해나. 너무 긴장할 필요 없잖아.

그러나 내 염려가 맞다면, 내 예상이 적중한다면, 누가 내 소문을 테스트하는 핑계로 이용한다면…아니야…모르겠어. 그냥 무시하면 그만이지. 벌컥 화를 내버리거나.

그냥 손을 놓고 포기하든지.

그때 처음으로 포기라는 낱말이 떠올랐어. 진작에 그러고 싶었는지도 몰라.

캣의 작별파티 이후로 해나를 잊을 수가 없었다. 그녀의 모습과 그녀의 행동을. 내가 들었던 소문과는 전혀 딴판인. 하지만 난 진실을 찾아내기엔, 용기가 너무 없었다. 내 데이트 신청에 해나가 코웃음을 칠까 봐 겁이 났다.

너무 무서웠다.

내가 선택할 수 있는 길은? 비관론자가 되어 설문지를 들고 나오거나 낙관론자가 되어 떠나는 것이다. 장밋빛 희망을 품은 채. 나는 사무실을 빠져나왔어. 내 설문지는 여전히 상자 속에 있었고. 하지만 나는 내가 낙관론자인지 비관론자인지 확신할 수 없었어.

둘 다 아니었나 봐. 그저 멍청이였을 뿐.

난 눈을 감은 채, 주변을 둘러싼 차가운 공기에 몸을 맡겼다.

작년에 아르바이트를 신청하여 극장에 들어갔다. 거기에서 해나를 보고, 짐짓 놀란 척했다. 내가 극장에 아르바이트를 신청한 건 전적으로 해나 때문이었는데도.

"오늘이 그 날이에요." 치어리더가 들뜬 목소리로 외쳤어. "총학생회에서 여러분의 달러 밸런타인을 가져가세요."

아르바이트 첫날, 나는 해나가 일하는 매점에 배치되었다. 그녀는 팝콘에 버터 뿌리는 요령을 알려주었다.

특히, 맘에 드는 여자애의 팝콘에는 아래쪽까지 버터를 뿌리지 말라고 충고해주었다. 영화가 반 정도 흐를 때, 그 애가 와서 버터를 더 넣어달라고 요청하게끔. 그때에는 사람들이 많이 없어 말을 걸 수 있다고 덧붙였다.

그러고 싶은 마음은 눈곱만큼도 없었다. 왜냐하면 나에겐 해나가 있었으니까. 그녀가 다른 놈들한테 그랬을까 봐 속에서 불이 확 일었다.

설문조사의 짝을 만날지 말지 결론을 내리지 못했어. 잘하면 짝꿍 나무꾼이 나타날지도 모르지. 그런데 사무실로 들어가 보니⋯ 아무도 줄을 서고 있지 않았어, 이게 뭐냐고 속으로 생각했어.

카운터로 가서 이름을 말하기 시작했는데 컴퓨터 앞의 치어리더가 대뜸 인사를 건넸어.

"응원단을 후원해줘서 고마워, 해나." 치어리더는 고개를 살짝 기울이며 싱거운 미소를 지었어. "좀 어색하지? 꼭 이렇게 말을 하라지 뭐야."

나에게 설문조사 결과를 전해주던 그 치어리더인 것 같았다.

치어리더는 내 이름을 컴퓨터에 입력하고, 엔터를 친 다음 몇 명의 이름을 원하는지 물었어. 한 명? 다섯 명? 난 카운터에 5달러 지폐를 놓았어. 그 애가 5번 키를 누르자 내 앞의 프린터기에서 리스트가 출력되었어.

치어리더가 리스트를 못 보게 하려고 프린터기를 밖으로 돌려놓았다고 했어. 리스트를 받을 때 아이들이 쑥스러워하지 않도록.

좋은 아이디어라고 말해주고는 내 리스트를 살펴보았어.

"누구누구 나왔어?" 치어리더가 물었어.

분명히 날 도와준 치어리더다.

당연히 장난이었지.

아니었을 거야.

나도 장난처럼 내 리스트를 카운터에 올려놓았어. 그 애가 볼 수 있게.

"나쁘지 않네. 어머, 나도 얘가 좋더라." 치어리더가 반색을 하며 오두방정을 떨었어.

내가 봐도 나쁘진 않았어. 그렇다고 썩 좋은 것도 아니었어.

그 애는 리스트를 보며 별거 아니라는 듯 어깻짓을 했어.

그러고는 작은 비밀을 털어놓았지. 엄밀하게 말하자면 아주 과학적인 설문조사라고는 할 수 없다고.

홀든 콜필드 같은 우울한 외톨이를 찾는 인간까지 찾아냈으니! 그러지만 않았더라면 그 설문조사는 노벨상 감이었는데.

리스트 중에 두 사람이 나에게 꽤 어울린다고 우린 수다를 떨었어. 나는 또 한 사람도 괜찮지 않느냐고 했지만, 그 애는 펄쩍 뛰며 고개를 도리도리 저었어.

"아니야." 그 애가 말했어. 그녀의 말에서도 행동에서도 유쾌한 기색이 바로 싹 사라졌어. "내 말을 믿어. 절대 아니야."

그 남자애도 테이프에 나오니, 해나? 바로 이번에 등장하나?

이 치어리더가 이번 테이프의 주인공은 아닌 것 같다.

"그래도 귀엽잖아."

"겉으로 보기에만." 그 애가 딱 잘라 말했지.

그 애는 금전등록기에서 5달러 지폐뭉치를 꺼내더니, 내 돈을 맨 위에 얹고는 지폐를 같은 면이 앞으로 오게 정리했어.

난 그 이야기를 계속 이어가 이유를 알아냈어야 했는데, 나는 그러지 못했어. 몇 개의 테이프를 더 듣다보면 그 이유를 알게 될 거야.

그러고 보니, 이 테이프의 주인공이 아직 납시지도 못했네. 지금이 그를 소개할 타이밍으로는 딱이야. 이제 등장할 차례거든.

이번에도 난 아니다.

진동이 울렸어. 전화? 내가 치어리더를 쳐다봤더니 고개를 내저었어. 카운터에 가방을 올려놓고 내 휴대폰을 찾아 받았어.

"해나 베이커, 반갑다." 목소리가 들렸어.

난 치어리더를 보며 전화목소리가 누구인지 모르겠다고 어깨를 으쓱 올렸어.

"누구니?" 내가 전화기에다 물었어.

"전화번호를 어떻게 알아냈는지 한 번 맞혀봐."

퀴즈에는 취미가 없다고 말하자 그가 대꾸했어. "돈을 냈거든."

"내 전화번호를 알아내려고?"

치어리더가 손으로 입을 가리며 리스트를 가리켰어. 오 마이 달러 밸런타인!

 말도 안 돼. 리스트에 내 이름이 적혀 있어서 진짜로 전화했다고? 사실, 설레긴 했어. 그렇지만 한편으로는 당황스러웠지.

 치어리더는 나랑 잘 어울린다고 말했던 아이들의 이름들을 가리켰어. 난 고개를 저었지. 딱 듣는 순간 목소리가 아니었어. 치어리더가 경고하던 아이도 아니었어.

 나는 리스트에 오른 다른 두 명의 이름을 차례차례 불렀어.

 "너는 내 리스트에 있는데 내 이름은 없단 말이지." 전화건 애가 말했어.

 사실, 너희들은 그녀의 다른 리스트를 만들었어. 전혀 다른 비밀 리스트. 넌 정말 싫겠지만.

 내 이름이 나오는 리스트를 어디에서 구했냐고 물었어.

 그는 맞춰보라는 말을 다시 꺼냈다가, 얼른 농담이라고 덧붙였어. "잘 들어. 네가 1번이야, 해나."

 난 그의 대답을 입모양으로 전해주었어. 1번. 그러자 치어리더는 팔짝 뛰어 올랐어.

 "너무 멋지다." 그녀가 소곤거렸어.

 전화를 건 아이는 밸런타인데이에 계획이 있냐고 물었어.

 "글쎄. 상황에 따라, 근데 넌 누구니?" 내가 되물었어.

 그는 대답하지 않았어. 그럴 필요가 없었지. 그때 그의 모습이 보였거든. 사무실 창문 밖에 서 있었으니까. 마커스 쿨리.

안녕, 마커스.

나는 이를 악물었다. 마커스. 그 자식에게 짱돌을 먹였어야 했는데.

다 알겠지만 마커스는 학교에서 유명한 괴짜야. 형편없는 괴짜가 아니라 썩 괜찮은 괴짜.

역시 짐작했던 대로다.

마커스는 재밌는 애야. 수업이 끔찍하게 지루할 때면, 적절한 말장난으로 숨통을 트이게 해주거든.

그런 마커스의 입에서 나온 말이니, 액면대로 믿기는 어려웠어.

고작 몇 미터 떨어진 곳, 유리창을 사이에 두고, 전화로 이야기를 했지. "웃기지 마. 내 이름이 네 리스트에 있을 리가 없어."

마커스는 평소처럼 장난기 가득한 웃음을 지었고, 그게 좋아보였어. "내가 헛소리를 지껄이는 것 같아?" 그가 물었어. 그러고는 리스트를 창문에 갖다 붙였어.

글자가 보일 정도로 가까운 거리는 아니었어. 그러나 내 이름이 맨 위에 있다는 게 거짓말은 아닌 듯했어. 그래도 밸런타인데이 계획 어쩌고 한 건 농담인 줄 알았어. 난 마커스를 곯려주고 싶었어.

"좋아, 언제?" 내가 대뜸 물었어.

치어리더는 두 손으로 얼굴을 감쌌어. 손가락 사이로 얼굴이 발갛게 달아오르는 게 보였어.

나를 부추기는 치어리더가 듣고 있지 않다면, 데이트 신청을 쉽게 승낙했을지도 몰라. 어쨌든 난 마커스를 애타게 했어. 치어리더가 응원연습 때 신나게 떠들 만한 소재를 제공한 셈이지.

이번에는 마커스가 얼굴을 붉힐 차례였어. "어…음…좋아…그럼…로지가 어때? 아이스크림이나 먹게."

E-5. 버스를 탔을 때, 지도에서 그곳에 붙은 별을 봤다. 위치야 대강 알았지만 어떤 가게인지 모른다. 짐작이 갔다. 맛 좋은 아이스크림에다 기름진 햄버거와 감자튀김까지. 로지 식당.

내가 짐짓 비꼬듯 말했어. "아이스크림?" 사실, 진심은 아니었어. 아이스크림 데이트는 어쩐지…귀엽잖아. 우린 방과 후에 거기에서 만나기로 했어. 그러고는 전화를 끊었어.

치어리더는 카운터를 손바닥으로 탁탁 쳤어. "애들한테 말해도 되지?"

다음날까지 비밀로 해달라고 난 신신당부했어. 혹시 모르니까.

"좋아." 그 애가 말했어. 그 대신 자세한 뒷이야기를 꼭 들려달라고 했지.

그 치어리더가 누군지 아는 사람도 있겠지. 하지만 이름은 말하지 않을게. 그 애는 상냥했고, 우린 둘 다 즐거웠어. 기분 나쁜 일은 없었어.

진짜야. 괜히 돌려서 하는 말이 아니야. 오버하지 마.

그 치어리더가 누군지 알겠다고 생각했다. 해나의 자살 소식이 퍼지던 상황을 떠올리자 아주 분명해졌다. 제니 커츠. 생물수업을 함께 들었다. 그때 나도 들었다. 제니는 손에 외과용 메스를 든 상태에서 그 소식을 접했다. 제니 앞에는 가운데를 절개하여 핀으로 꽂아둔 지렁이가 있었다. 제니는 메스를 내려놓더니 얼이 빠진 표정으로 침묵 속에 잠겼다. 그러더니 벌떡 일어나, 허우적허우적 선생님 앞을 그냥 휙 지나 교실 밖으로 나가버렸다.

나로서는 제니의 반응이 하도 의외라, 그날 틈틈이 지켜보았다. 다른 사람들처럼. 나도 그 애와 해나 베이커 사이에 어떤 모종의 관계가 있으리라고는 생각지 못했다.

내가 로지에서 있었던 일을 치어리더에게 털어놓았을까? 천만의 말씀. 오히려 마주칠까 봐 열심히 피해 다녔어.

그 이유를 곧 알게 될 거야.

물론 영원히 그녀를 피할 수 없었어. 이게 그 이유야. 잠시 뒤에 다른 테이프에도 등장하거든. 그때는 이름을 밝힐 거야.

몸이 부들부들 떨렸는데 단지 추워서만은 아니었다. 테이프를 들을수록, 내 오래된 기억들은 뒤집어졌다. 누군가의 일그러진 모습은 내가 인지하지 못하던 것들이었다.

제니가 생물 실험실에서 나가는 모습을 보고 나는 울컥했다. 제니나 포터 선생님의 반응 같은 것을 접하는 순간마다, 해나와 순수하게 마주했던 순간이 떠올랐다. 그래서 난 속으로 울었다.

울지 말고 나는 그들에게 화를 냈어야 마땅했나 보다.

해나의 경험을 고스란히 나누고 싶다면, 직접 로지에 가봐.

제길. 도대체 무얼 믿어야 할지 몰라 짜증났다. 뭐가 진실인지 알 수 없어서 기분이 더러웠다.

지도 E-5야. 카운터 앞의 의자에 앉도록 해. 어떻게 하면 되는지 곧 알려줄게. 우선, 로지에 얽힌 내 이야기부터 들어줘.

난 로지에 가본 적이 없어. 다들 고개를 갸웃거리겠지. 로지에 안 가본 사람이 없을 테니까. 근사하고, 여럿이 어울리기에는 제격이잖아. 내가 알기로는 혼자 그곳에 간 사람은 없을 거야. 기회가 없었던 게 아닌데도, 같이 가자고 할 때마다 이런저런 이유가 생겼어. 바쁜 일이 있거나, 손님이 우리 집으로 온다거나. 아님 숙제가 많든지. 늘 그런 식이었어.

로지는 묘한 구석이 있는 것 같아. 신비로움. 내가 듣는 이야기 속에는 항상 그곳은 뭔 일이 끊이지 않고 벌어지는 곳이야. 알렉스 스탠달은 이사 온 첫 주에 로지 문 앞에서 주먹다짐을 벌였지. 나랑 제시카가 모네 커피하우스에서 어울리던 시절에 알렉스가 말해주더라.

나 역시 그 싸움에 대해 들었고, 새로 온 아이를 조심해야겠다는 생각을 했다. 알렉스는 마구잡이로 덤벼드는 게 아니라 주먹을 의식적으로 날리는 편이었다.

두 번 다시 이름을 입에 올릴 아이는 아닌데, 어떤 여학생은 로지의 핀볼 기계 뒤에서 사랑을 속삭이다가, 처음으로 브래지어 안쪽으로 남자애 손이 들어오는 첫 경험을 했다고 했어.

코트니 크림슨. 누구나 다 아는 이야기다. 코트니는 굳이 숨기려 하지 않았다.

결국, 로지 식당 주인은 콘에 아이스크림이 제대로 담기고 햄버거가 잘 뒤집히면, 다른 것에는 알아서 장님이 되나 봐. 나도 한번쯤 가보고 싶었어. 그렇지만 꿔다 논 보릿자루처럼 혼자 있긴 싫었어.

마커스 쿨리가 좋은 핑곗거리를 준 셈이었지. 게다가 나도 그 시간은 한가했고.

난 시간이 남아돌았을 뿐이지, 어리석었던 건 아니야.

마커스를 조심하고 있었어. 약간의 경계심. 하지만 마커스와 친한 사람만큼 경계한 것은 아니었어.

알렉스 스탠달은 인기가 많았다.

모네의 올리올리옥슨프리 모임에서 빠져나간 알렉스는 마커스와 어울렸어. 알렉스의 '누가 짱인가/누가 꽝인가?' 저질 리스트가 퍼진 뒤로는 알렉스를 상대하지 않았어.

알렉스와 친한 아이를 왜 믿으면 안 돼?

그럼 안 돼.

왜? 그게 정말 내가 원했던 거야. 무슨 말을 들었든, 나는 사람들이 날 믿어주길 바랐어. 무엇보다 날 제대로 봐주길 원했어. 그들이 짐작하는 모습이 아니라 내 진짜 모습. 소문 따위는 흘려버리길. 내 소문을 뛰어넘어서 봐주기를, 그러지 않으면 그들은 나를 인정하지 않겠지. 사람들이 나를 대우하기 원하면 나 역시 그들을 그렇게 대우해야 하잖아.

그래서 난 로지에 들어갔고 카운터에 앉았어. 혹시 지금 그곳에 있거나, 앞으로 갈 계획이라면 바로 주문하지 말 것.

주머니의 전화가 파르르 떨렸다.

앉아서 잠깐만 기다려.

그리고 조금 더 기다려.

엄마다.

ll

나는 전화를 받았다. 짧은 말조차 목에 걸렸는지 밖으로 나오질 않았다.

"클레이? 별일 없는 거지?" 엄마의 목소리가 자상하다.

나는 눈을 감고 정신을 가다듬으며 차분히 대답했다. "그럼요." 엄마에게 들렸을까?

"애야, 늦었어." 엄마가 말을 잠깐 끊었다. "어디니?"

"전화 거는 걸 깜박했어요. 죄송해요."

"알았어." 내 대답은 엉뚱했지만 엄마는 더는 캐묻지 않았다. "내가 차로 데리러 갈까?"

집에 갈 수 없다. 아직 아니다. 토니와 학교숙제를 하느라 갈 수 없다고 말하려다 잠깐 멈칫했다. 지금 듣는 테이프가 거의 끝나가는 데다가, 갖고 있는 테이프는 하나뿐이다.

"엄마, 부탁 하나 드려도 돼요?"

대답이 없다.

"작업대에 테이프가 몇 개 있는데요."

"숙제하는 거?"

아뿔싸! 혹시 엄마가 들으면? 뭔지 궁금해서 테이프를 스테레오에 집어넣으면? 거기에 내 이야기가 들어있다면?

"됐어요. 신경 쓰지 마세요. 내가 가지러 갈게요." 내가 말했다. "내가 갖다 줄게."

나는 대답하지 않았다. 말문이 막혀서가 아니라 무슨 말을 꺼내야 할지 몰라서.

"마침 나가려던 참이야. 내일 샌드위치를 만들까 하는데 집에 빵이 없네."

나는 짧게 웃음을 터뜨리며, 긴장을 풀었다. 내가 늦도록 밖에 있으면, 엄마는 학교점심으로 가져갈 샌드위치를 마련해두었다. 나중에 집에 가서 내가 준비하겠으니 만들지 말라고 신신당부해도 소용이 없었다. 엄마는 그게 오히려 즐겁다고 했다. 엄마의 손길을 필요로 하던 내 어린 시절의 모습이 떠오른다며.

"어디 있는지만 말해줘." 엄마가 말했다.

철제의자에서 몸을 앞으로 내밀며, 그냥 떠오르는 대로 말했다. "로지에 있어요."

"식당? 거기에서 숙제하는 거야?" 엄마는 답을 기다렸지만 나는 말을 삼켰다. "시끄럽진 않니?"

거리는 텅 비어 있었다. 자동차도 없다. 소음도 없다. 소란스러운 분위기도 아니었다. 엄마는 내가 거짓말을 하는 것을 감 잡은 거다.

"언제 출발할 건데요?" 내가 물었다.

"테이프 찾으면 가려고."

"고마워요. 좀 있다 만나요." 나는 걸음을 옮겼다.

▶

주변에서 뭐라고 얘기하는지 들어 봐. 사람들은 네가 왜 혼자 앉아 있을까 의아해하지? 어깨 너머로 고개를 돌려 봐. 갑자기 대화를 멈추지? 네 눈길과 마주치기 싫어서?

청승맞게 들렸다면 미안해. 하지만 사실인걸. 너희들은 거기에 혼자 간 적이 없지?

나도 없었다.

완전히 색다른 경험이야. 이런 이유로, 여기에 오지 않았던 사람도 있겠지. 어쨌든, 아무것도 주문하지 말고 혼자 덩그마니 앉아 있어 봐. 누굴 기다린다고 다들 짐작하겠지. 날 보고 그랬듯이.

그래도 그냥 있어. 그러고는 일 분마다 벽시계를 흘끔거리는 거야. 기다림이 길어질수록 시계 바늘은 더 천천히 가. 정말 그래.

오늘은 아니다. 거기에 도착할 때면 내 심장은 100미터를 달리는 사람처럼 터질듯 할 테고, 엄마가 들어오는 순간까지 시계 바늘은 뱅뱅 돌아가겠지.

나는 달렸다.

15분이 지나면 셰이크를 시키는 거야. 15분이면 굼벵이가 학교에서 여기까지 올 수 있는 시간에다 다시 10분을 더했으니까.

그런데도…아직 오지 않았어.

추천을 받고 싶다면 바나나 앤드 땅콩버터 셰이크를 고르는 것도 나쁘지 않아.

그런 다음 기다리는 거야. 아무리 셰이크를 먹는 시간이 오래 걸리더라도, 만약 30분이 지났으면, 숟가락으로 로지 땅바닥을 파서라도 탈출하도록 해. 나도 그랬어.

덜 떨어진 새끼, 마커스. 기껏 데이트 신청을 해놓고는 바람을 맞히다니. 그래, 응원단 후원모금 행사였다고 치자. 진짜로 만날 생각이 없었더라면, 처음부터 왜 그랬는데.

30분은 밸런타인 데이트를 위해 희생한 시간치고는 상당히 긴 시간이야. 더구나 로지에 혼자 있는 거라면. 대체 이게 무슨 일인가 하고 충분히 곱씹어 볼 만한 시간이었어. 잊어버렸나? 분명히 진지했는데. 치어리더 역시 진심이라고 여길 정도로.

나는 줄곧 달렸다.

진정해, 해나. 속으로 그 주문을 몇 번이나 외웠는지 몰라. 무너지면 안 돼. 진정해. 한 번 들었던 말 같지 않니? 상자에 넣은 설문지를 꺼낼 필요 없다고 내 마음을 다독일 때 했던 말이잖아.

좋아, 여기까지. 마커스를 기다리던 30분 동안 머릿속에는 그런 생각들이 맴돌았어. 그래서 막상 마커스가 나타났을 때, 내 기분은 그리 유쾌하지 않았어.

달리는 속도가 느려졌다. 숨이 차거나 다리에 기운이 빠진 건 아니다. 몸이 힘들어서가 아니다. 그냥 지쳤다.

마커스가 바람맞힌 게 아니라면 도대체 무슨 일이 있었지?

마커스는 내 옆자리에 앉아 사과했어. 난 막 나가려던 참이었다고 대꾸했지. 마커스는 다 비운 밀크셰이크 잔을 보고는 다시 한 번 싹싹 빌었어. 그러나 사실, 마커스는 늦은 게 아니야. 내가 기다릴 거라고는 생각지도 못했으니까.

난 시시콜콜 따지지 않았어. 마커스는 우리 둘 다 데이트를 우스갯소리로 여겼다고 생각했어. 아니면 그럴 거라 추측했던지. 그래서 집으로 가다가, 잠시 망설였지. 그러고는 만에 하나라는 생각에 로지에 들른 거야.

이게 이 테이프에 네가 등장하게 된 이유야, 마커스. 넌 혹시나 싶어서 돌아왔어. 정말 만에 하나라도 하는 심정으로. 미스 날라리 해나 베이커는 널 기다렸고.

결국 안타깝게도 만나게 된 거야. 그 당시에 난 참 인연이라고 생각했어.

난 어리석었으니까.

저기 로지가 있다. 길 건너에. 야외주차장 끝에.

마커스는 로지에 올 때 혼자서 온 게 아니었어. 그래, 계획을 데리고 왔지. 계획 중 하나는 카운터에서 후미진 곳 옆의 부스로 자리를 옮기는 거였어. 핀볼 기계와 가까운. 내 자리는 안쪽으로.

난 그와 벽 사이에 갇혔어.

주차장은 빈자리가 많았다. 차 몇 대가 로지 앞에 세워져 있으나 엄마 차는 없었다. 난 멈췄다.

지금 로지에 앉아 있다면 그냥 카운터 근처에 있어. 거기가 훨씬 편할 거야. 내 말을 믿어줘.

나는 인도 갓돌 위에 서서 깊이 숨을 들이마셨다가 훅 내뱉었다. 교차로에 있는 길 건너 신호등의 빨간 손이 깜박였다.

마커스는 심사숙고하며 계획을 짰을까? 어쩌면 한 건 올리겠다는 심정으로 왔는지도 몰라. 아까 말했듯이 마커스는 재밌는 친구야. 우리는 후미진 칸막이 부스에 앉아서 연신 폭소를 터뜨렸어. 하도 웃겨서 배가 아플 지경이었어. 마커스 어깨에 머리를 기대며 그만 하라고 할 정도였으니까.

빨간 신호등은 깜박이며 어서 마음을 결정하라고 재촉한다, 서두르라고. 지금 길을 건너서 주차장을 쌩 가로질러 로지로 들어가라고.

그러나 난 그러지 않았다.

바로 그때 그의 손이 내 무릎을 만졌어. 그제야 난 알아차렸어. 손은 깜박이기를 멈췄다. 선명한 빨간 손.

난 돌아섰다. 길을 건널 수 없다. 아직은 아니다.

난 웃음을 그쳤어. 숨도 그칠 뻔했지. 이마를 네 어깨에 그대로 기댄 채, 마커스. 네 손이 내 무릎에 있다니! 도대체 그 손은 어디에서 나온 거야. 블루스팟에서 움켜잡았던 손과 똑같이.

"지금 뭐하는 거야?" 내가 낮은 목소리로 말했어.

"치워줄까?" 네가 물었어.

난 대답하지 않았어.

난 손으로 배를 눌렀다. 너무 숨이 벅찼다. 감당하기 힘들 만큼 버겁다.

로지에 가야지. 조금 있다가. 엄마가 도착하기 전에.

그래도 지난여름 동안 해나와 함께 일했던 극장, 그녀가 안전했던 곳이다. 크레스몬트 극장.

난 너에게서 몸을 떼지 않았어.

너랑 네 어깨가 연결된 것처럼 보였어. 내가 상황을 파악하는 동안 네 어깨는 내 머리를 지탱해주는 받침대 같았어. 네 손가락이 내 무릎을 어루만지다가…서서히 위로 올라왔어.

"왜 이러는데?" 내가 물었어.

극장은 고작 한 블록 떨어진 곳이지만, 지도에는 빨간 별이 없다. 있어야 하는데.

그곳이 나에게는 빨간 별이니까.

넌 어깨를 들어 올렸고 난 머리를 뗐어. 그러나 넌 팔을 등 뒤로 돌리더니 나를 끌어당겼지. 다른 손으로는 내 다리를 쓰다듬으며. 허벅지를.

난 고개를 돌리며 다른 부스와 카운터를 둘러보았어. 눈이라도 마주치길 기대하면서. 몇몇 사람들이 힐끔거렸지만 얼른 고개를 돌렸어.

탁자 밑에서 나는 네 손가락을 떼어놓으려고 안간힘을 썼어. 네 손아귀를 풀기 위해서. 널 밀어내려고. 하지만 난 소리 지르고 싶지 않았어. 아직 그럴 단계는 아니었으니까. 그렇지만 내 눈은 도움을 청했어.

주머니에 주먹 쥔 손을 찔러 넣었다. 주먹으로 벽을 후려치고 싶었다. 가게 창문을 깨부수고 싶었다. 이제껏 사람이나 물건을 향해 주먹을 휘두른 적이 없었다. 그런데 오늘 밤, 마음속으로는 이미 마커스에게 돌멩이를 날렸다.

그러나 모두 고개를 돌렸어. 아무도 무슨 일이냐고 묻지 않았어.

왜? 예의를 갖추느라?

그랬어, 자크? 너도 예의 때문이었니?

자크? 또? 저스틴의 테이프에 등장하여 해나의 잔디밭에서 넘어졌지. 캣의 작별파티에서는 나와 해나 사이에 끼어들었고.

넌더리가 났다. 이제 사람들이 어떻게 얽혀 있는지 알고 싶지도 않았다.

"그만 둬." 내가 말했어. 넌 못 들었을 리가 없어. 내 눈길은 의자의 등받이를 보고 있지만, 입은 네 귀와 몇 센티미터밖에 떨어져 있지 않았으니까. "그만 둬."

크레스몬트. 모퉁이를 돌아 반 블록도 미치지 않은 곳에 있다. 도시에서 몇 안 되는 유명장소. 이 도시에서 마지막 남은 아르데코(1920년대의 장식적인 디자인으로 1960년대에 부활했다. 이 양식은 기하학적 형태를 주요 특징으로 하여 꽃이나 동물 및 인간을 단순화하거나 유선형의 매끄러운 선으로 표현한다-옮긴이)극장.

"괜찮아." 네가 말했어. 넌 조바심이 났나 봐. 손이 갑자기 허벅지 위로 쑥 올라왔어. 곧장.

난 두 손으로 힘껏 밀었고, 넌 바닥으로 나동그라졌어.

누군가 부스 밖으로 나가떨어진다면, 우스울 거야. 당연하지. 낄낄대지. 그러나 사고가 아니란 걸 알면, 사람들은 그 부스에서 무슨 일이 일어났는지 알게 되고, 또 넘어진 사람을 일으켜 세울 필요를 못 느끼지.

고맙기도 해라.

건물 입구의 차양이 보도까지 튀어나왔다. 화려한 간판이 공작날개처럼 하늘로 뻗었다. 글자가 하나씩 차례대로 깜박인다.

C-R-E-S-T-M-O-N-T, 퍼즐을 네온글자로 채우는 것 같다.

어쨌든, 넌 나갔어. 폭풍우가 치듯 발을 구르며 가지 않았지만. 다 들으라는 듯 큰 목소리로 빈정거리며 그 자리를 떠났지.

잠깐, 시간을 거꾸로 돌려야겠어. 카운터에 앉아 있다가 막 일어서려던 순간. 마커스가 나타나지 않은 건 날 무시하기 때문이라고 생각하던 참이었지. 그때 든 생각을 말해줄게. 지금이 가장 적당한 때니까.

나는 크레스몬트로 향했다. 지나가는 도로의 가게는 밤이라 대부분 문을 닫았다. 단단한 벽에 캄캄한 창문. 그러다 입구의 삼각꼴 웨지가 보도와 이어져 있는 건물이 나타났다. 벽과 대리석 바닥이 네온사인과 같은 색이고, 로비와 이어져 있다. 가운데에 매표소가 자리 잡고 있다. 고속도로의 요금징수소처럼 삼면이 유리로 되었고 뒷면에 문이 있다.

밤이면 주로 거기에서 일했다.

아주 오랫동안, 그러니까 이 학교에 다닌 뒤로 나를 걱정하는 사람은 나뿐이었어.

첫 키스에 온통 마음을 빼앗겨 설레었지만…돌아온 건 비난뿐이었어.

진심으로 믿었던 두 사람은 등을 돌렸지.

둘 중 한 명이 날 내세워 다른 사람에게 복수하는 바람에 난 배신자로 몰렸고.

내 말을 이해하겠니? 나 혼자만 너무 앞서 나가는 거야?

자, 어서 따라와!

너희들은 여전히 지키고 있는 소중한 프라이버시와 생활의 안전을 누군가 통째로 빼앗아 갔어. 게다가 그 불안한 상황을 이용하여 뒤틀린 호기심이나 충족하는 사람만 있고.

그녀가 말을 그쳤다. 잠시 숨을 고르는 중이다.

사건을 침소봉대하고 있는 거라고 깨달았어. 내가 너무 과민하구나 싶었어. 맞아. 내가 이 도시를 이해하지 못했어. 그들이 손을 내밀 때마다 나는 손을 놓치고 자꾸 밑으로 미끄러지고 있는 거야. 그러니 염세주의적인 생각을 버려, 해나. 가까운 사람부터 믿어보자.

난 마음을 고쳐먹기로 했어. 한 번만 더.

심야영화가 상영 중이라서 매표소는 비어 있었다. 나는 소용돌이무늬 대리석 위에 서 있고, 다음 영화포스터가 나를 빙 둘러싸 있었다.

그때가 기회였는데, 이 극장에서, 해나에게 다가갈 수 있는.

그 기회는 내 손아귀에서 스르륵 사라져 버렸다.

그때…바로…스멀스멀 피어오르는 상념 하나. 나는 내 인생을 제대로 끌고 갈 수 있을까? 언제나 내가 믿는 사람들한테 배신을 당했는데.

네가 한 짓을 용납할 수 없어, 해나.

내 인생은 내가 원하는 곳으로 나아갈까?

꼭 그래야 했어? 네가 저지른 일을 이해 못 하겠어.

이튿날, 한 가지 마음먹은 게 있어, 마커스. 누군가 영영 돌아오지 않을 때, 우리 학교 아이들은 어떻게 반응하는지 알아보기로.

노래가사에도 있듯이 말이야. "그대는 떠났고 영원히 사라졌네, 오 마이 달링, 밸런타인."

나는 플라스틱 포스터 액자에 기대어 눈을 감았다.

지금, 나는 삶을 놓아버린 누군가의 이야기를 듣고 있다. 내가 알았던 사람. 내가 좋아했던 사람.

나는 귀를 기울인다. 그러나 너무 늦었다.

심장이 쿵쾅거려서 똑바로 서 있기조차 어렵다. 나는 대리석 바닥에 발을 디디며 매표소로 걸어갔다. 안내판을 걸어놓았다. '닫혔음-내일 봅시다!'

매표소 밖에서는 답답해 보이지 않는다. 그러나 안에 있으면 어항처럼 느껴졌다.

사람들이 유리문 틈 사이로 돈을 밀어 넣으면, 나는 표를 내밀었다. 때로는 동료 직원들이 뒷문으로 들어오기도 했다.

표를 팔지 않을 때는 책을 읽었다. 아니면 어항 밖 로비로 고개를 빼고 해나를 지켜보거나. 어떤 밤에는 속이 뒤집힐 정도로 답답했고, 어떤 밤에는 해나가 팝콘상자 밑바닥까지 버터를 바르는지 지켜봤다. 지금 생각해보면 정말 좀생이 짓이었지만, 당시에는 어쩔 수 없었다.

브라이스 워커가 온 적도 있었다. 그 당시의 여자 친구를 데려와서는 12세 미만 요금으로 해달라고 우겼다.

"어차피 얘는 영화는 안 보거든. 알아들었지, 클레이?" 그러고는 푸하하 웃어젖혔다.

처음 보는 여자애였다. 다른 학교에 다니는 학생 같았다. 분명한 한 가지는 그 여자애의 표정이 그리 유쾌하지 않았다는 것이다. 여자애가 지갑을 카운터에 올렸다. "내 표는 내가 살게."

브라이스는 여자애의 지갑을 한쪽으로 밀치고는 요금을 모두 지불했다.

"기분 풀어, 농담이야." 브라이스가 여자애를 달랬다.

영화가 반쯤 상영되었을 무렵, 다음 상영시간의 영화표를 팔고 있는데, 여자애가 극장 밖으로 뛰쳐나왔다. 우는 것 같았다. 브라이스는 보이지 않았다.

나는 브라이스가 나타나길 기다리며 로비를 지켜보았다. 그러나 브라이스는 그림자도 보이지 않았다. 돈이 아까워 자리에 남아서 영화를 끝까지 본 모양이었다.

영화가 끝났다. 브라이스는 관객들이 모두 나간 뒤에도 매점에 기대어 해나에게 느물느물 수작을 걸었다. 새로운 관객들이 들어 올 때까지도 가지 않고 붙어 있었다. 해나는 주문 받은 음료수를 채우고, 사탕을 건네고, 잔돈을 거슬러주며, 이따금 브라이스를 향해 웃음을 터뜨렸다. 브라이스가 떠벌일 때마다 웃어댔다.

그걸 지켜보는 내내, 안내판을 '닫힘'으로 뒤집고 싶었다. 뚜벅뚜벅 로비로 걸어가서 브라이스에게 꺼지라고 으르고 싶었다. 영화가 끝났으니 더는 여기에 있으면 안 된다고 말하고 싶었다.

그러나 그건 해나의 일이었다. 그녀가 브라이스에게 그만 가라고 말했어야 했다. 적어도, 브라이스가 그만 가주길 내심 원하기는 했어야 했다.

마지막 표를 팔고 안내판을 뒤집었다. 매표소에서 나와 문을 잠그고 로비로 갔다. 해나가 청소하는 걸 도와주려고. 브라이스에 대해 물어보려고.

"그 여자애는 왜 그렇게 뛰쳐나갔대?" 내가 물었다.

해나는 카운터를 닦다말고 나를 똑바로 쳐다보았다. "브라이스에 대해 모르니, 클레이, 어떤 애라는 정도는 알아. 정말이야."

"그렇구나." 나는 대꾸했다. 고개를 수그린 채 카펫의 얼룩을 신발코로 눌렀다. "그냥 궁금해서 그러는 건데, 그럼 왜 개랑 그렇게 길게 이야기했니?"

해나는 대답하지 않았다. 바로 답하진 않았다.

나는 눈을 들어 그녀의 얼굴을 쳐다볼 수 없었다. 그녀의 눈에 떠오른 실망과 분노를 마주할 자신이 없어서. 나는 나를 향한 그런 감정을 보고 싶지 않았다.

결국, 그녀가 입 밖으로 꺼낸 말은 그날 밤 계속 내 마음을 휘저었다. "클레이, 나를 훔쳐보지 마."

하지만 난 그랬어, 해나. 그러고 싶었으니까. 널 도와줄 수도 있었는데. 그러나 내가 다가서자 넌 밀어냈어.

갑자기 해나의 목소리가 들리는 것 같았다.

"좀 더 적극적으로 다가서지 그랬어."

테이프 4 : A 면

돌아오는 길에도 신호등의 빨간 불이 깜박거렸다. 건널목을 냅다 달렸다. 주차장은 아까보다 차가 줄었다. 그러나 엄마의 차는 보이지 않았다.

로지 가까운 곳에서, 달리기를 멈췄다. 애완동물가게 창문에 등을 기대고 숨을 가다듬었다. 그러고는 몸을 숙여 손으로 무릎을 짚었다. 엄마가 도착하기 전에, 모든 게 진정되길 바라면서.

불가능했다. 달리기는 멈췄지만 마음은 걷잡을 수 없었다. 차가운 유리창에 등을 대고 무릎을 구부린 채 눈물을 억지로 삼켰다.

하지만 시간은 얼마 남지 않았다. 엄마가 곧 나타날 것이다.

심호흡을 하고는 로지로 가서 문을 당겼다.

더운 공기가 밀려들면서 햄버거 기름과 설탕 냄새가 범벅이 된 냄새가 풍겨 나왔다. 벽면에 있는 부스 다섯 개 중에 세 곳에는 사람들이 있었다. 한 군데에서는 남자애와 여자애가 밀크셰이크를 마시며 크레스몬트 극장의 팝콘을 쉴 새 없이 먹어댔다. 다른 두 군데는 학생들이 공부하는 중이었다. 탁자는 음료수와 감자튀김 바구니 두 개 외에는 온통 교과서가 차지하고 있었다. 다행스럽게도 가장 후미진 부스에는 사람들이 있었다. 거기에 앉아야 할지 말아야 할지 고민할 필요가 없었다.

'고장'이라고 휘갈겨 쓴 안내문이 핀볼머신 하나에 붙어 있었다. 3학년쯤 되어 보이는 학생 한 명이 다른 핀볼머신 앞에서 공을 쏘아댔다.

해나가 추천한 대로 비어 있는 카운터 자리에 앉았다.

하얀색 앞치마를 두른 남자가 카운터에서 은식기를 플라스틱 통 두 군데에 나눠담고 있었다. 남자는 나에게 고개를 끄덕였다.

"아무 때나 주문해요."

냅킨꽂이 사이에 꽂혀 있는 메뉴판을 꺼냈다. 메뉴판 앞쪽에는, 지난 40년 세월의 흔적을 알 수 있는 흑백 사진과 로지의 역사가 담겨 있었다. 메뉴판의 뒷면을 보았지만 딱히 마음에 드는 메뉴가 없었다. 지금은 아니다.

15분. 해나가 기다리라고 했던 시간이다. 15분이 지나고서 주문해야 한다.

엄마가 전화할 때 뭔가가 좋지 않았다. 나에게 문제가 생기면 엄마는 내 음색만 듣고도 알아차렸다. 무슨 일인지 알고 싶어서

오는 도중에 테이프를 들진 않을까?

이런 멍청이를 봤나. 가지러 가겠다고 말할걸. 그러나 이미 엎질러진 물이다. 기다려보는 수밖에.

팝콘을 먹던 남자애가 화장실 열쇠를 달라고 했다. 카운터의 남자가 벽을 가리켰다. 열쇠 두 개가 청동 고리에 걸려 있었다. 하나는 파란색 개가 붙어 있고, 다른 것은 분홍색 코끼리다. 남자애는 파란색 개를 쥐고 복도로 나갔다.

남자는 플라스틱 통을 카운터 아래에 내려놓고, 소금과 후추가 담긴 통들의 뚜껑을 열었다. 나를 신경 쓰지 않았다. 다행이다.

"아직 주문 안 했니?"

나는 몸을 빙그르 돌렸다. 엄마가 내 옆에 앉아서 메뉴판을 꺼내들었다. 카운터 위에 해나의 신발상자가 보였다.

"앉았다 가시게요?" 내가 물었다.

엄마가 있어준다면 이야기를 나누어야겠다. 잠시나마 생각에서 벗어나는 것도 좋으니까. 머리를 식힐 겸.

엄마는 날 가만히 들여다보며 웃음 지었다. 이어서 손을 배에 올리고는 이맛살을 살짝 찌푸렸다.

"안 돼."

"배가 하나도 안 나왔는데."

엄마는 테이프 상자를 나한테 밀었다. "친구는 어디에 있어? 같이 숙제하는 거 아니니?"

아차. 학교숙제. "걔는 일이 있어서, 그러니까, 화장실에 갔어요."

엄마의 눈길이 나를 스쳐서 어깨 너머로 잠시 머물렀다.

착각인지 모르겠지만 엄마는 벽에 열쇠들이 걸려 있는지 확인하는 눈치다.

감사하게도 열쇠가 없었다.

"돈은 충분하니?" 엄마가 물었다.

"왜요?"

"뭐 좀 먹어야지." 엄마는 메뉴판을 제자리에 꽂고는 내 메뉴판을 손가락 끝으로 톡톡 두들겼다. "초콜릿 몰티드가 끝내주는데."

"여기에서 먹어 봤어요?" 좀 놀랐다. 로지에서 어른들을 본 적이 없었으니까.

엄마가 소리 내어 웃었다. 한 손을 내 머리에 대고는 엄지로 내 이마의 주름을 펴주었다. "뭘 그렇게 놀래, 클레이? 여기야 워낙 오래된 곳이라서." 엄마는 10달러를 꺼내어 신발상자 위에 놓았다. "난 몰티드 셰이크가 맘에 들지만, 너 먹고 싶은 걸로 해."

엄마가 자리에서 막 일어서는데, 화장실 문이 열렸다. 나는 고개를 돌려 남자애가 파란색 개 열쇠를 제자리에 걸어두는 걸 지켜보았다. 남자애는 오래 걸려 미안하다며 여자애의 이마에 키스를 하고는 자리에 앉았다.

"클레이?" 엄마가 불렀다.

고개를 돌리기 전에 잠시 눈을 감고 심호흡을 했다. "예?"

엄마는 억지로 웃어보였다. "너무 늦게까지는 있지 마." 씁쓸한 웃음이다.

네 개의 테이프가 남았다. 일곱 개의 이야기. 그런데 내 이름은 어디에 나오지?

나는 엄마의 눈을 보았다. "잠깐이면 돼요." 그러고는 시선을 깔았다. 메뉴판으로. "학교숙제라서요."

엄마는 아무 대꾸도 하지 않았다. 그 자리에 서 있는 엄마의 모습이 얼핏 눈에 들어왔다. 엄마가 손을 들었다. 내가 눈을 감자, 엄마의 손가락이 내 머리를 쓰다듬다가 뒷덜미로 내려왔다.

"조심하렴." 엄마가 말했다.

나는 고개를 끄덕였다.

엄마는 자리를 떴다.

나는 신발상자의 뚜껑을 열고 비닐포장을 벗겼다. 테이프에 손댄 흔적은 없었다.

▶

누구나 좋아하는 수업…그래, 누구나 좋아하는 필수과목은 동료(피어) 커뮤니케이션이었어. 선택과목이 아닌데도 선택과목처럼 부담이 안 느껴지던 수업. 필수과목이 아니었어도 다들 선택했을 거야. A를 맞기가 쉬웠으니까.

게다가 언제나 재미있다. 그래서 들었다.

숙제도 별로 없고, 수업에만 열심히 참여하면 성적에 반영해주었어. 그 바람에 너도나도 수업시간마다 발표한다고 소리를 질렀지. 당연한 거 아니겠어?

손을 뻗어 가방을 잡고 엄마가 앉았던 의자에 올려놓았다.

친구 사이에서 자꾸 밀려나는 기분에 사로잡힐 때마다 동료 커뮤니케이션 수업은 학교에서 그나마 내 피난처가 되어 주었어. 그 수업에 들어갈 때마다 팔을 번쩍 들고 외치고 싶었으니까. "올리 올리 옥슨 프리."

끝까지 들은 테이프 세 개는 발포비닐 랩으로 감아 신발상자에 다시 넣었다.

매일 1교시에는 비웃음이나 쑥덕거림은 무조건 금지였어. 어떤 소문이 떠돌더라도. 브래들리 선생님은 등 뒤에서 비웃는 걸 용납하지 않았거든.

나는 가방의 큰 주머니를 열어서 해나의 신발상자를 집어넣었다.

그건 지켜야 할 규칙 1번이었어. 다른 사람이 말할 때 낄낄 웃었다면 브래들리 선생님에게 스니커 초콜릿(snicker, 스니커는 낄낄 웃다는 뜻이 있다-옮긴이)을 갖다 드려야해. 지나치게 낄낄거렸다면 아주 커다란 스니커를 드려야 하고.

카운터에는 워크맨과 엄마 말대로 주문한 초콜릿 몰티드 셰이크가 나란히 올려 있고, 옆에는 테이프 세 개가 놓여 있었다.

모두들 떠들지 않고 집중했어. 브래들리 선생님에 대한 존경의 표시였어. 선생님이 지나치다고 아무도 투덜대지 않았지. 선생님은 그런 적이 없었으니까. 선생님이 비웃었다고 지적하면 다들 인정했어. 누구보다 자신이 알고 있었거든. 이튿날이면 어김없이 스니커 초콜릿이 선생님 책상에 있었지.

혹시 갖다 놓지 않는다면? 그건 모르겠어.

항상 있었으니까.

다음에 들을 테이프 두 개를 챙겼다. 그 테이프에는 파란색 매니큐어로 9, 10, 11과 12라는 숫자가 적혀 있다. 나는 그걸 재킷 안쪽 주머니에 넣었다.

브래들리 선생님도 동료 커뮤니케이션 시간이 가장 좋다고 했어. 가르치는 게 아니라 진행한다는 표현을 쓰기도 했어. 아침마다 우리는 통계와 실제사례의 자료를 간단히 읽었어. 그러고는 토론을 벌였어.

마지막 테이프, 일곱 번째에는 앞면에 13이라고만 적혀 있을 뿐, 뒷면에는 아무것도 기입되어 있지 않았다. 그 테이프는 바지 뒷주머니에 넣었다.

괴롭힘, 약물, 자아상, 인간관계 등 동료 커뮤니케이션 시간에는 무엇이든 솔직하게 다루었어. 물론 그 수업 때문에 화를 내는 선생님들도 많았어. 시간낭비라면서. 그 선생님들은 우리에게 확고한 사실만 가르치려고 들었지. 그들은 불변의 사실만 이해했으니까.

전조등이 로지의 앞창을 밝혔다. 나는 스쳐가는 불빛을 슬쩍 쳐다보았다.

그들은 파이(π)에서 엑스(X)가 갖는 의미가 중요했던 거야. 따라서 상대나 자신을 이해하는 데 도움이 되는 수업엔 반감을 표했지. 즉, 마그나카르타의 서명 시기를 가르치는 건 찬성했으나 피임에 대해 토론하는 건 반대했어.

성교육 수업을 받긴 했으나, 시시했지.

매년 학교 예산회의 때면 동료 커뮤니케이션 시간은 도마 위에 올랐지. 브래들리 선생님과 몇몇 선생님들은 학생 여러 명을 학교위원회로 출석시켜 그 수업이 어떻게 유용한지 설명하게 했어.

맞아, 나는 브래들리 선생님을 지지하는 입장이야. 물론, 그 수업에서 무슨 일인가 벌어졌어. 그렇지 않다면 그 수업 이야기가 왜 나왔겠니?

내년에, 그러니까 나의 사소한 사건 뒤에도 동료 커뮤니케이션 시간이 계속되면 좋겠어.

알아, 알아. 모두들 내게 쓴 소리를 기대했을 거야? 그 수업이 내 결정에 한몫을 했으니까 당연히 폐지되어야 한다고 생각하겠지. 그러나 그래서는 안 돼.

학교 측은 내가 너희들한테 한 이야기를 어차피 모를 거야. 그 수업 자체가 나에게 어떤 영향을 끼친 것은 아니고. 내가 동료 커뮤니케이션을 듣지 않았더라도, 결과는 같았을 테니까.

하긴 달랐을지도 몰라.

이건 무척 의미심장해. 자기가 다른 사람의 삶에 어떤 영향을 미치는지 잘 모른다는 거. 대부분 정확하고 명확한 증거가 없으니까. 막연한 짐작만 있을 뿐.

엄마 말이 옳았다. 셰이크 맛이 끝내준다. 아이스크림과 초콜릿 몰트가 완벽하게 조화를 이루었다.

나는 칠뜨기처럼 여기에 앉아 셰이크나 즐기고 있군.

브래들리 선생님의 교실 뒤에는 철제선반이 있어. 빙글빙글 돌아가는 거. 대형마켓에서 소설책을 꽂아놓을 때 쓰는 선반. 이 선반에 책은 없어. 학년 초에, 학생들은 네모난 종이봉투를 받아 각자 자기 이름을 쓰고 크레용이나 스티커, 스탬프로 예쁘게 꾸몄지. 그러고는 종이봉투에 테이프를 붙여서 선반에 달아두었어.

브래들리 선생님은 서로에게 좋은 말을 하기가 쑥스러울 때가 있다는 거야. 그래서 선생님은 우리가 익명으로 마음을 전달할 방법을 생각해냈어.

그 친구의 가족에 대해 공개적으로 이러쿵저러쿵 하고 말하고 싶다고? 걔 종이봉투에 쪽지를 넣어 둬. 그럼 돼.

역사과목을 통과하지 못했다며, 이런저런 걱정하는 게 이해가 안 되니? 그럼 그 쪽지를 그녀의 봉투에 넣어. 다음 시험 때 열심히 하면 좋은 결과가 있을 거라고 적어 둬.

학교연극에서 그가 보여준 연기가 맘에 들었어?

여자애의 새로 자른 머리가 너무 매력적이니?

해나는 머리카락을 짧게 잘랐다. 모네에서 본 사진에는 해나의 머리는 길었다. 언제나 내가 그리는 모습에는 그랬다. 지금까지. 마지막에는 달랐지만.

가능하면 얼굴을 마주하고 말하는 게 좋겠지. 하지만 그게 어려우면 쪽지를 남기는 거야. 마음만은 충분히 느낄 수 있거든. 내가 알기로는 어느 누구도 약을 올리거나 빈정대는 쪽지를 남기지 않았어. 우리 모두 그렇게 하는 브래들리 선생님을 존경했으니까.

그래, 자크 뎀프시, 넌 뭐라고 핑계를 댈래?

‖

뭐야? 무슨 일이지?

젠장. 퍼뜩 올려다보니 토니가 내 옆에 서 있고, 그의 손가락이 정지버튼 위에 있다.

"이거 내 워크맨 아니냐?"

한 마디도 할 수 없었다. 토니의 얼굴에서 표정을 읽을 수 없어서. 분노는 아니었다. 내가 워크맨을 훔쳤지만.

당황스러움? 어쩌면. 그런데 꼭 그것만은 아니다. 아까, 자동차에서 토니를 도와줄 때, 나를 향한 토니의 표정과 같았다. 아버지를 향해 손전등을 비추는 대신 나를 물끄러미 바라보았지.

걱정과 근심으로 뒤범벅이 되어 표정이 모호했다.

"야, 토니."

나는 헤드폰을 벗어서 목에 걸었다. 워크맨. 그래, 워크맨을 물었지. "맞아. 네 차에 있던 거야. 널 도와주다가 봤어. 아까 내가 빌려도 되냐고 물어보지 않았니?"

난 정말 대책 없는 놈이다.

토니는 카운터에 한 손을 짚고 옆 의자에 앉았다.

"어쩌지, 클레이." 토니가 말했다. 그리고 내 눈을 똑바로 봤다. 내가 철면피한 거짓말쟁이란 걸 알아차린 건가? "우리 아버지가 날 가끔 돌아버리게 한다니까. 네가 물어본 걸 내가 까맣게 잊어버리게 만든다니까."

토니의 시선이 목에 걸린 헤드폰에 꽂히는가 싶더니 기다란 줄을 타고 내려와 카운터의 카세트테이프에서 멈췄다. 내가 뭘 듣는지 물어볼까 봐 가슴이 조마조마했다.

토니와 엄마 사이에서 나는 오늘 하루 종일 거짓말만 잔뜩 늘어놓는다. 만일 다시 묻는다면 다시 나는 그렇게 거짓말을 할 것이다.

"다 끝나면 돌려줘." 토니가 말했다. 그러고는 일어서서 내 어깨에 손을 올렸다. "시간이 걸려도 상관없어."

"고맙다."

"서두를 필요 없어." 토니는 두 개의 냅킨꽂이 사이에 끼워둔 메뉴판을 집어 들고는, 걸어가서 내 뒤쪽 부스 빈자리에 앉았다.

▶

그래, 자크. 내 종이봉투에 심술궂은 쪽지를 넣진 않았어. 그거야 잘 알지. 그러나 네가 한 짓은 훨씬 더 비열했어.

내가 아는 한, 자크는 좋은 녀석이다. 워낙 내성적이라, 다른 사람을 두고 험담하는 자리조차 피했다.

자크 역시 나처럼 해나 베이커를 마음에 품고 있었다.

하지만 우선, 몇 주 전으로 돌아갈게. 다시…로지로.

윗몸일으키기를 심하게 한 것처럼 배가 심하게 당겼다. 나는 눈을 감은 채 마음을 가라앉히려고 애를 썼다. 지난 몇 시간 동안, 나는 정상이 아니었다. 눈꺼풀이 화끈거렸다. 몸살이라도 앓는 것 같았다.

마커스가 떠난 뒤에도 나는 부스에 그냥 머물러 있었어. 비어 있는 밀크셰이크 잔을 보면서. 그의 자리에는 아직도 온기가 남았을 거야. 떠난 지 몇 분 되지 않았으니까. 그때 자크가 다가왔어.

자크가 자리에 앉았지.

나는 눈을 뜨고 카운터 앞에 나란히 줄지어 있는 빈 의자들을 보았다. 해나는 여기에 왔을 때, 처음에는 이 의자나 저 의자들 중 하나에 앉았겠구나. 곧이어 마커스가 와서 부스로 데려갔지.

내 시선은 카운터를 떠나 식당 끝의 핀볼머신을 스치고 그들이 앉았던 부스에 머물렀다. 빈자리.

나는 자크를 못 본 척했어. 싫어서가 아니라, 내 마음과 내 믿음이 붕괴하고 있었거든. 내 가슴엔 공허만 남았어. 몸속의 모든 신경이 손가락과 발가락부터 시작하여 스멀스멀 빠져나갔어. 그러다 완전히 증발해 버렸어.

눈이 타는 듯하다. 몸을 내밀어 냉기가 흐르는 밀크셰이크 잔으로 손을 뻗었다. 차가운 물방울이 피부에 스몄다. 젖은 손가락을 눈가에 대고 문질렀다.

나는 앉아 있었어. 그리고 생각에 잠겼지. 내 삶의 사건들을 연결해보았어. 생각할수록 억장이 무너졌어.

자크는 상냥했어. 내가 알은 척을 안 하고 무시하는데도 계속 앉아 있었어. 그건 정말 코미디였어. 물론 자크가 거기에 있는 줄 알았어. 나를 응시하고 있었어. 결국 그는 신파조로 목청을 가다듬었고.

나는 탁자로 손을 올려서 잔 아래쪽을 만지작거렸어. 자크에게는 그 몸짓 하나만이 내가 듣고 있다는 걸 알 수 있는 유일한 표시였지.

나는 잔을 당겨서 스푼으로 천천히 저었다. 녹여야 할 게 밑바닥에 많이 남아 있는 듯이.

자크는 나더러 "괜찮아?"라고 물었고 나는 억지로 끄덕였어. 하지만 내 눈은 유리잔과 그 안의 스푼에 못 박혀 있었어. 생각이 꼬리에 꼬리를 물고 이어졌어. 이러다가 정신을 놓는 건 아닐까?

"안됐다." 자크가 말했어. "무슨 일인지는 모르겠다만."

나는 고개를 계속 주억거렸어. 마치 고개에 묵직한 용수철이라도 달아놓은 듯. 그렇지만 고맙다는 말은 나오지 않았어.

밀크셰이크를 더 사겠다고 했지만 나는 눈썹 하나 까딱하지 않았어. 입이 떨어지지 않았을까? 말하기가 귀찮았을까? 모르겠어. 한편으로는 자크가 우연히 나를 발견한 게 아니지 않을까 하는 생각이 들었어. 혼자 있는 걸 보고 기회다 싶어 나에게 데이트 신청을 하려는 건가? 하지만 그것도 의심스러웠어. 지금 이 마당에 내가 어떻게 누구를 신뢰하겠어?

여종업원이 계산서를 내려놓고 빈 잔을 치웠어. 자크는 나에게서 한 마디도 듣지 못한 채 탁자 위에 지폐만 몇 장 놓고는 친구들에게 돌아갔어.

나는 애꿎은 셰이크만 계속 저었다. 남은 게 거의 없지만 잔을 뺏기기 싫다. 이것 때문에 여기에 앉아 있을 수 있다. 계속 있어야 한다.

눈에 눈물이 차올랐어. 하지만 동그랗게 남아 있는 유리잔 자국에서 눈을 뗄 수 없었어. 그 자리에서 한 마디라도 입 밖으로 꺼내면 자제력을 잃을 것 같았어.

이미 자제력을 잃었는지도 모르지.

난 계속 저었다.

난생 처음으로 끔찍한 생각들이 머릿속을 맴돌았어. 바로 그 자리에서. 나는 그 생각을 곱씹고 또 곱씹었지. 차마 내뱉을 수 없는 그 생각을.

네가 도와주러 온 건 알아, 자크. 하지만 우리 모두는 그 이유 때문에 네가 이 테이프에 나왔다고 생각지 않아. 한 가지 묻고 싶어. 네가 도움의 손길을 뻗었는데 상대가 손을 잡지 않았어. 그렇다고 상대에게 복수의 칼을 겨누어야 하니?

네가 이 테이프를 받으려면 며칠이나 몇 주가 걸리겠네. 그동안 넌 아무도 네 일을 모를 거라고 생각하겠지.

나는 손에 얼굴을 묻었다. 이 학교에는 도대체 얼마나 많은 비밀이 감춰져 있는 걸까?

네가 저지른 행동을 들으면 다들 속이 욱할 거야. 그러나 하루하루, 시간이 지나면서 기분도 풀리겠지. 세월이 흐르면, 네 비밀도 나와 함께 사라질 테니까. 감쪽같이. 아무도 알아내지 못하고.

그러나 이제 우린 안다. 그리고 내 속도 조금씩 울렁거렸다.

알고 싶어, 자크. 로지에서 퇴짜 맞았다고 느꼈니? 데이트 신청도 하지 않았잖아, 그런데 어떻게 퇴짜를 놓을 수 있겠어. 그치? 그럼 뭐였지? 황당함?

혹시 이런 건 아니었니? 넌 친구들에게 장담했겠지. 해나를 꾀어 볼 테니 지켜보라고. 그런데 내 반응이 싸늘했던 거야.

혹시 억지로 용기를 냈니? 친구들 등쌀에 떠밀려 왔어?

주변에서 그러기도 한다. 얼마 전에, 나더러 해나에게 데이트 신청하라고 재촉하던 친구가 있었다. 함께 크레스몬트에서 일했던 남자애다. 그 남자애는 내가 해나를 좋아하지만, 데이트 신청할 용기가 없는 걸 알고 있었다. 더구나 지난 몇 달 동안, 해나는 누구와도 데이트를 하지 않은 것을 알았다. 그래서 그게 절호의 기회라며 부추겼다.

정신을 차리고 막 나서는데, 네 친구들의 말소리가 들렸어. 친구들은 큰소리만 뻥뻥 치더니 데이트 하자는 말도 못 꺼냈다며 너를 놀렸어.

내가 핑계를 줬어야 했니, 자크? 너는 네 친구들한테 돌아가서 이렇게 말했어야지. "해나가 제정신이 아니야. 봐. 지금 걔 눈에는 네버랜드(피터팬이 거주하는 세계, 나이를 먹지 않는 공간으로 묘사되어 종종 영원한 어린 시절과 현실도피처를 의미하기도 한다- 옮긴이)만 보여."

그 대신 너는 친구들이 놀림을 묵묵히 받아들였어.

그런데 너는 서서히 열 받는 성격인가 봐. 그날 일을 생각할수록 분통이 치밀던? 너는 세상에서 가장 유치한 방법으로 복수의 칼날을 갈았어.

내 봉투에서 쪽지를 훔쳤어.

그렇게 추잡스러운 짓을 했단 말이야?

어떻게 알아냈냐고? 아주 간단해. 누구나 쪽지를 받았어. 누구나 다! 아주 하찮은 일에도. 머리라도 하고 오면 쪽지를 한 무더기씩 받았지. 내가 머리를 싹둑 자르고 나타났을 때 내 봉투에 쪽지를 넣을 것 같았던 친구들이 몇몇 있었어.

해나가 긴 머리를 싹둑 자른 모습을 하고 처음으로 나를 스쳐 복도를 지나갈 때, 나는 벌어진 입을 다물지 못했다. 그러자 해나가 눈길을 피했다. 그러고는 버릇처럼 얼굴에 흘러내린 머리카락을 귀 뒤로 넘겼다. 그러나 머리카락이 워낙 짧아서 자꾸 얼굴 앞으로 쏟아졌다.

마커스 쿨리와 로지에서 만났던 날에 머리카락을 잘랐어.

우와! 진짜 이상하지 않니? 모든 경고 사인에 불이 들어왔어. 그 징후들은 사실이야. 난 로지에서 나오자마자 머리카락을 잘랐어. 거기에도 나왔듯이 변화가 필요했어. 그래서 외모를 바꿨어. 내 마음대로 할 수 있는 단 한 가지.

놀랍지 않아?

해나가 말을 멈췄다. 침묵. 잡음, 헤드폰을 통해 들릴락 말락.

학교 상담선생님들이 안내문을 잔뜩 들고 와서 설명했어. 학생들 중에서 몇 가지 특이한 행동을 보이는 경우가 있다면 혹시라도….

다시 침묵.

아니야, 앞에서도 말했지만 차마 내 입에 올리지 못하겠어.

자살. 아주 역겨운 낱말.

이튿날, 봉투가 빈 걸 보고서, 뭔가가 끝났다는 걸 알았어. 최소한 그런 심정이었어. 수업 시작하고 처음 몇 달 동안 받은 쪽지만 네다섯 장쯤 돼. 그런데 갑자기 깜짝 놀랄 정도로 짧게 머리카락을 잘랐건만…아무 반응이 없다니.

머리카락을 자르고 일 주일을 기다렸어.

그리고 이 주일.

다시 삼 주일.

여전히 없었어.

나는 유리잔을 카운터 안쪽으로 밀면서 금전등록기 옆에 있는 남자를 바라보았다. "이거 가져가세요."

무슨 일인지 밝혀내기로 했어. 그래서 내가 직접 내 자신에게 쪽지를 썼어.

남자는 돈을 계산하다 말고 굳은 표정으로 나를 쏘아보았다. 금전등록기 옆에 있던 여종업원도 나를 보았다. 그녀는 자기의 귀를 만졌다. 헤드폰. 내가 너무 크게 소리를 질렀다.

"죄송합니다." 나는 읊조렸다. 왜 그 말이 입 밖으로 나왔는지는 모르겠다.

"해나." 쪽지는 그렇게 시작되었어. "머리를 했구나. 좀 더 일찍 알아보지 못해서 미안해." 몇 글자 적은 뒤에 보라색으로 웃는 얼굴도 그려 넣었어.

혹시라도 쪽지를 내 봉투에 넣다가 무안당할까 봐, 옆 봉투에 넣을 쪽지를 한 장 더 썼어. 방과 후, 철제선반으로 가서 자연스럽게 다른 아이의 봉투에 쪽지를 넣었어. 그러고는 확인하는 척하며 내 봉투에 쪽지를 넣었어. '확인하는 척'이라는 표현을 쓴 건 봉투가 어차피 비어 있다는 걸 알았으니까.

그리고 이틀날? 봉투에는 아무것도 없었어. 내 쪽지가 사라진 거야.

너는 별일 아니라고 여기겠지, 자크. 그렇지만 이제라도 이해해 주었으면 해. 내 세계가 흔들리고 있었어. 그래서 쪽지가 필요했어. 쪽지에 남긴 희망이 필요했단 말이야.

그런데 너는? 네가 그 희망을 빼앗았어. 나는 그런 걸 받을 자격이 없다고 네가 결정을 내렸어.

테이프를 계속 듣다 보니, 이제야 해나를 알 것 같다. 몇 년 전이 아니라 몇 달 전부터 알게 되었던 해나. 그 해나를 이제야 서서히 이해하겠다.

벼랑 끝에 몰린 해나.

얼마 전에도 죽음으로 향하는 사람의 곁에 있었다. 천천히 죽어가는 사람 옆에. 파티가 열리던 밤이었다. 그날 밤, 캄캄한 교차로에서 두 대의 차가 충돌하는 걸 우연히 목도했다.

그때도, 지금처럼, 난 몰랐다. 그들이 죽어가고 있는 걸.

그때도, 지금처럼, 주변에 사람들이 있었지만 다들 속수무책이었다. 사고차량의 운전자를 안심시키며 구급차의 도착을 기다리는 것밖에, 할 수 있는 일이 없었다.

해나와 같은 교실에 앉았거나 복도에서 마주친 아이들이 무얼 할 수 있단 말인가?

두 번 다, 너무 늦어버렸다.

자크, 쪽지를 몇 장이나 가져갔니? 내가 못 읽은 쪽지는 몇 장이야? 네가 읽었니? 그랬으면 좋겠다. 아이들이 날 어떻게 생각했는지 누군가는 알아야 하잖아.

어깨 너머로 슬쩍 돌아보았다. 토니는 여전히 그 자리에 앉아서 감자튀김을 씹으며 햄버거에 케첩을 뿌리고 있다.

사실, 학급토론에서 나는 말을 많이 하는 편이 아니야. 하지만 내 발표에 누군가 고마워하며 내 봉투 안으로 쪽지를 넣었다면? 그걸 알았더라면 얼마나 좋았을까. 용기를 얻어서 나를 좀 더 적극적으로 표현했을 거야.

이건 공정치 못해. 자크가 해나의 상황을 알고서 쪽지를 훔쳤을 리가 없잖아.

내가 쓴 쪽지가 사라져버린 다음 날, 한 번도 말을 하지 않았던 여자애에게 말을 걸며 교실 밖에 서 있었어. 그러고는 여자애의 어깨 너머로 연신 힐끔거렸지. 아이들은 자기 봉투에 쪽지가 들어 있는지 확인하고 있었어.

다들 흐뭇한 표정이었어, 자크.

그런데 그 순간 널 발견했어. 손끝으로 내 봉투의 입구를 벌려서 살짝 들여다보더군.

아무것도 없었지.

그러자 넌 네 봉투는 확인하지도 않고 밖으로 나갔어. 아주 흥미로웠어.

카운터의 남자는 내 유리잔을 든 채 초콜릿이 묻은 행주로 카운터를 닦았다.

아직은 결론을 내릴 수 없었어. 넌 어쩌면 누구한테 쪽지가 있는지 없는지만 궁금했었을 수 있으니까. 특히 내 봉투 속이.

그래서 이튿날 점심시간에 나는 브래들리 선생님 교실로 들어갔어. 선반에서 내 봉투를 떼어 낸 다음에 얇은 은색 테이프로 살짝 붙였어. 안에는 반으로 접은 쪽지를 넣었지.

수업이 끝나자, 밖에서 기다리며 지켜봤어. 이번에는 이야기도 나누지 않았어. 그냥 지켜보았어.

완벽한 함정.

넌 봉투의 입구를 툭 치고는 쪽지를 봤어. 그러고는 손을 넣었지. 그러자 봉투가 바닥에 떨어졌고, 네 얼굴이 빨갛게 달아올랐어. 너는 허리를 굽혀 집어 올렸어. 그 순간 내 심정은? 내 눈을 의심했어. 두 눈으로 똑똑히 보면서도, 예상을 했지만, 그런데도 믿어지지가 않았어.

처음에는 현장에서 네 앞을 막아 설 작정이었어. 그런데 문 옆으로 비켜서고 말았어.

네가 허겁지겁 밖으로 나왔고…우린 맞닥뜨렸어. 바로 얼굴과 얼굴을 마주보고. 널 뚫어져라 쏘아보았어. 그러다 나는 시선을 유지하지 못하고 고개를 떨어뜨렸어. 넌 복도로 걸어 나갔지.

해나는 자크에게 설명을 요구하지 않았다. 설명은 필요 없었다. 직접 눈으로 보았으니까.

넌 잰걸음으로 복도를 반쯤 지나가다가, 뭔가 읽으려는 듯 고개를 숙였어. 내 쪽지? 그래.

넌 잠깐 고개를 돌려서 내가 지켜보는지 확인했어. 그 순간 가슴이 떨렸어. 내 앞에 와서 미안하다고 말하려나? 소리라도 버럭 지르는 건 아닐까?

그런데? 어느 쪽도 아니었어. 넌 그냥 돌아서서 계속 걸었지. 문으로 가까이 더 가까이. 너의 탈출구를 향하여.

복도에 남겨진 나는 방금 일어난 사건의 의미와 원인을 파악하려고 했어. 그러다 진실을 깨달았지. 나란 존재는 해명할 가치가 없어, 심지어 반응까지도. 나는 너에게 보이지 않는 투명인가에 불과했어, 자크.

해나가 말을 그쳤다.

그러니까, 너희들은 자크가 읽었던 쪽지에 자크의 이름이 적혀 있는 줄 알고 있겠지? 그 쪽지가 이 테이프의 서막이었다는 걸, 이제는 자크도 알겠지. 왜냐하면 거기에 나는 내 인생의 어느 시점에 와 있다고 썼어. 나를 버렸던, 누군가의 어떤 격려라도 필요한 시점이라고 써 놓았거든. 격려…자크가 훔쳐갔던.

나는 토니를 돌아보고 싶은 마음을 억누르며 엄지손톱을 물어뜯었다. 토니는 내가 뭘 듣는지 궁금해 할까? 나에게 신경이 쓰일까?

난 도저히 참을 수 없었어. 자크만 '늦게 끓어오르는' 아이는 아니었어.

자크의 등에 대고 소리를 질렀어. "왜?"

복도에는 아이들이 수업을 들으려고 이동하는 중이었어. 모두 화들짝 놀랐지. 그러나 그 자리에서 멈춘 건 단 한 사람이었어. 자크는 가만히 서서, 내 얼굴을 보며, 쪽지를 가방에 넣었어.

난 몇 번이나 계속 소리를 질렀어. 눈물이 쏟아지며 얼굴을 적셨어. "왜? 왜? 자크!"

나도 들었다. 해나가 많은 아이들 앞에서 별 이유 없이 열 받아 미친 듯이 날뛰었다는.

알고 보니 그런 게 아니었다. 분명한 이유가 있었다.

이제부터, 사적인 이야기를 하려고 해. 사람들에게 낱낱이 공개하는 심정으로, 완벽하게 개인 사생활을 폭로하는 정신으로 다 말할게. 우리 부모님은 날 사랑해. 나도 그걸 알아. 그러나 최근에는 사정이 좋지 않았어. 일 년 남짓 빠듯했어. 시내에 가게를 낸 뒤로.

기억난다. 해나의 부모님은 저녁 뉴스에 출연하여 거대한 쇼핑센터가 들어서면 시내중심가 가게들은 문을 닫을 수밖에 없다고 주장했다. 시내에서 쇼핑하는 사람들이 줄어든다고 무척 걱정을 했다.

그런 사건이 터지자 우리 부모님은 나에게서 소홀해졌어. 갑자기 고민거리가 늘어났으니까. 생활을 꾸려나가기가 벅찼어. 대화가 없지는 않았지만 예전과 달랐어.

머리카락을 잘랐을 때도 엄마는 눈치조차 못 챘으니까.

나는 학교 아이들도 내가 머리카락을 자른 걸 모르는 줄 알았어. 다 네 덕분이야, 자크.

난 알았는데.

브래들리 선생님의 봉투도 교실 뒤에 있었어. 회전 책꽂이선반에 우리 거랑 함께 걸려 있잖아.

선생님은 그걸 이용하라고 했지. 그 선생님의 강의에 대해 격려를 하든, 비판을 하든, 뭐든. 또 선생님은 앞으로 토론할 주제를 추천해 주면 좋겠다고 했지.

난 그렇게 했어. 브래들리 선생님에게 쪽지를 썼어. "자살. 요즘

이 단어가 머릿속을 맴돌아요. 심각한 정도는 아니지만 계속 생각나요."

그런 내용이었어. 한 글자도 다르지 않아. 봉투에 넣기 전에 수십 번 적어봤어. 그래서 정확히 기억하고 있어. 쓰고 버리고, 쓰고 구기고, 버리고.

왜 나는 그걸 쓰기 시작한 걸까? 새 종이에 눌러 쓸 때마다 스스로에게 물었어. 내가 왜 이 쪽지를 쓰고 있지? 이건 거짓말이야. 계속 생각나는 건 아니잖아. 진짜 아니야. 구체적으로 생각한 적도 없어. 생각이 머릿속에 떠오르면 난 밀어냈거든.

그러나 자꾸만 밀어내야 했지.

그건 반에서 한 번도 토론한 적이 없는 주제였어. 그런 생각을 하는 사람들이 나 말고도 많을 것 같았어. 그렇다면 반 전체의 토론거리로 결격사유는 없잖아?

하지만 마음 깊숙한 곳에는 다른 생각이 있었는지 몰라. 쪽지 쓴 사람을 누군가가 이해하고 비밀리에 구해주기를 바랐는지 모르지.

그랬던 것 같아. 내 마음 나도 모르겠지만. 어쨌든 난 조심스러워서 내 속을 섣불리 드러내진 않았지.

머리카락을 자르고. 복도에서 시선을 피하고. 넌 조심한다고 했겠지만, 신호는 보였어. 소소한 징후들. 분명하지는 않았지만, 그러나 분명히 있었다.

그런 다음 금세 다시 정상으로 돌아갔지.

너에게만은 내 진솔한 모습을 보일 수밖에 없었어, 자크. 선생님의 봉투에 쪽지를 넣은 걸 넌 알았으니까. 당연히 알았겠지. 선생님이 봉투에서 내 쪽지를 꺼냈고, 내가 너를 잡은 다음 날 그걸 읽었어. 내가 복도에서 완전히 무너진 다음 날이었어.

약을 먹기 며칠 전, 해나는 예전으로 돌아왔다. 복도에서 아무에게나 인사를 건넸다. 눈길도 피하지 않았다. 몇 달 만에 그런 해나의 모습을 보면서 대담해졌다는 느낌마저 들었다. 그게 진짜 해나인 것처럼 보였다.

그러나 넌 가만히 있었어, 자크. 선생님이 그 주제를 꺼냈을 때도 전혀 반응을 보이지 않았어.

대담해 보였다. 예전에 소문이 그랬으니까.

난 그 수업에서 뭘 얻어내려고 했을까? 남들의 이야기를 듣고 싶었어. 그들의 생각. 그들의 감정.

그런데 날 남자애로 알았더라.

한 명이 일어나서, 그의 자살동기를 모른다면 도와주기 곤란하다고 했지.

난 입이 간질거려 말했어. "그녀 아닐까요? 여자애일수도 있잖아요."

곧이어 아이들이 여기저기서 끼어들었지.

"외로워서 그런다면, 점심시간에 함께 어울리자고 말해줘야

죠."

"성적 때문이라면 개인지도를 해주면 돼요."

"집안에 문제가 있다면…우리가…전문적이진 않지만…상담 같은 걸 해주는 거예요."

아이들의 말투에는 짜증이 묻어났어. 죄다.

그때 어떤 여자애가, 그 여자애 이름은 별로 중요하지 않아, 아이들의 속마음을 대변했어. "쪽지 쓴 아이는 관심을 원하나 봐요. 그렇게 심각하면 본인 이름을 밝혀야지요."

맙소사, 해나는 그 수업에서 입도 벙긋하지 못했겠군.

내 귀를 의심했어.

예전에도, 선생님은 낙태, 가정폭력, 남자 친구나 여자 친구를 속이는 문제 그리고 커닝 등 토론하고 싶은 내용의 쪽지를 받았어. 누가 그런 주제를 꺼냈는지 아무도 문제 삼지 않았는데, 자살에 대해서는 특별한 이유 없이 토론을 거부하는 거야.

선생님은 지역의 통계자료를 10분가량 설명했고, 우리는 그 자료 때문에 다들 놀랐어. 선생님의 설명에 따르면, 목격자가 있는 공공장소에서 청소년이 자살한 경우를 제외하고는 사건자체를 신문에 보도하지 않는대. 이제껏 정성스레 기른 자식이 목숨을 끊은 걸 알리고 싶은 부모는 아무도 없다는 거야. 따라서 사고처럼 처리하고 마무리 짓는대. 도시에서는 이웃에게 무관심하므로 충분히 그럴 수 있대.

그렇다보니 진지한 토론은 다시 시작되지 않았어.

아이들은 그저 호기심에 이름을 알고 싶었나? 아니면 정말 도와주고 싶어서? 잘 모르겠어. 두 가지 감정이 다 있었겠지.

1교시, 포터 선생님의 수업시간에 해나를 힐끔힐끔 쳐다봤다. 그 시간에 자살을 주제로 다루었다면, 서로 눈이 마주쳤을 테고 그러면 내가 알아차렸을걸.

솔직히 밝히자면, 이야기 몇 마디에 내 마음이 바뀌지는 않았을 거야. 난 이기적인 편이거든. 단지 관심을 받고 싶었어. 사람들이 나와 내 문제에 대해 토론하는 걸 듣고 싶었던 거야.

해나가 파티에서 내게 한 말을 기초해 생각해 보면 내가 깨닫기를 바랐던 거다. 내 눈을 똑바로 보면서 자기 마음을 알아달라는 신호를 보냈겠지.

누군가 손을 내밀어 나를 붙잡아주길 바란 건가? "해나, 자살하려고? 절대로 그러지마, 해나. 안 돼."

그러나 가만히 귀 기울여보면 목소리의 주인공은 바로 내 자신뿐이었어. 마음속 깊은 곳에서 울리는 소리는 내 음성이었어.

수업 끝에, 선생님은 자살하려는 사람들에게 나타나는 특징이라는 인쇄물을 나눠주었어. 다섯 가지 주요한 항목 중에 눈에 띄는 것이 뭐일 것 같니?

"갑작스런 외모의 변화."

나는 얼마 전에 바싹 쳐버린 머리카락을 잡아당겼어.

어쩜, 내가 그렇게 예측가능한, 지독하게 평범한 아이였는지 누가 알았겠니.

■

턱을 어깨에 대고 문지르면서 토니 쪽으로 곁눈질을 했다. 아직 부스에 앉아 있었다. 햄버거는 사라졌고 감자튀김도 몇 개 남지 않았다. 내 상황을 전혀 모르는 토니는 거기에 그렇게 앉아 있었다.

나는 워크맨을 열었다. 4번 테이프를 반대로 뒤집어 넣었다.

테이프 4 : B 면

▶

다른 사람의 생각을 듣는 능력이 생기면 좋겠냐고 물어보면?

물론 다들 원할 거야. 다들 깊이 생각하지 않고 '예스'라고 대답할 거야.

예를 들어, 다른 사람이 네 생각을 듣는다면? 그들이 네 생각을 지금 듣고 있다면?

그들은 혼란을 느끼고, 좌절하겠지. 심지어 분노까지 느끼겠지. 내 머릿속에 떠도는 죽은 여자애의 말이 들리겠지. 뭐 때문인지, 자살의 원인으로 나를 지목한 여자애의 생각이 생생히 들릴 거야.

우리 스스로 이해하지 못하는 상념들. 진심이 아니고, 진짜로 그렇게 느끼진 않아도, 머릿속에 꽉 차 있는 생각들. 집중하다보니 푹 빠져 있는 생각들.

앞에 놓인 냅킨꽂이의 은빛 표면에 토니의 좌석이 비치도록 이리저리 돌렸다. 토니는 몸을 젖힌 채 냅킨으로 손을 닦고 있었다.

다른 사람의 생각을 듣게 된다면, 사람들은 다른 사람의 진심뿐만 아니라 두서없이 툭툭 떠오른 단상들도 듣게 될 거야. 나중엔 뭐가 뭔지 구별할 수 없을 거야. 아마 머리가 돌아버릴 거야. 어떤 게 진실이야? 진실이 아닌 건 뭐지? 수백만 가지의 생각들 가운데 진심은 뭘까?

난 토니의 생각을 모른다. 토니 역시 내 생각을 모른다. 내 머릿속의 목소리도, 자기의 워크맨에서 흘러나오는 목소리, 해나 베이커의 소리도 알 리가 없다.

난 그래서 시가 좋아. 애매모호할수록 더 좋아. 시인의 의도를 딱 꼬집지 못하는 부분이 좋아. 얼핏 짐작만 할 뿐, 확신할 수 없지. 백퍼센트의 확신이란 불가능하니까. 심혈을 기울여 골라놓은 하나의 낱말에 겹겹이 쌓인 수백만 가지의 다른 의미들. 뭔가 다른 뜻이 있진 않을까? 더 크고 비밀스런 메타포가 숨어 있나?

이제 여덟 번째 사람이야, 해나. 시와 관련되었다면, 이번도 나는 아니다. 그렇다면 앞으로 남은 것은 다섯 명뿐이군.

시 감상하는 법을 배우기 전에는 시가 싫었어. 그런데 어느 누가 시란 퍼즐과 같다고 알려주었어. 기호체계나 단어를 어떻게 해석하느냐는 순전히 독자의 몫이므로 독자의 인생경험이나 감정에 따라 시의 뜻이 달라진다는 거야.

시인의 붉은색은 피를 상징할까? 분노 아니면 욕망을 상징할까?

외바퀴 손수레를 붉다, 라고 표현한 건 붉은색의 어감이 검은색보다 마음에 들어서였을까?

생각난다. 영어시간, 붉은색의 의미에 대해 엄청 토론을 했지. 결론이 어떻게 났는지 모르겠다.

시 감상법을 가르쳐준 사람이 시 쓰기의 소중함에 대해서도 알려주었지. 감정을 표현하는 방법으로는 시만큼 좋은 방법은 없어.

녹음테이프도 있어.

화가 났을 때, 시에는 화난 이유를 담아내지 않아도 돼. 그저 자기의 분노를 마음껏 터뜨리면 그만이야. 그럼…하나 써 볼래? 다들 나한테 골이 났잖아.

다 쓴 다음에는, 교과서에서 발견한 시인데 시인에 대해서는 전혀 아는 바가 없다고 생각하면서 해석해 보는 거야.

결과는 놀랍고…섬뜩할 거야. 그래도 심리치료사를 찾아가는 것보다는 저렴하잖아.

난 한동안 그랬어. 심리치료사가 아니라 시를 택했지.

심리치료사가 더 유용했을 텐데, 해나.

새로 산 용수철 달린 공책에다 시를 하나하나 적어놓았어.

일주일에 두 번쯤, 수업이 끝나면 모네로 가서 시를 한두 편씩 지었어.

내가 처음에 쓴 시들은 좀 슬펐어. 깊이나 신비감은 없었어. 아주 직설적이었거든. 그래도 몇 작품은 꽤 괜찮았어. 내 생각에 말이야.

그럴 마음은 없는데도, 처음 쓴 시는 아직도 또렷이 기억해. 아무리 잊고 싶어도 지워지질 않아. 들려줄 테니 즐겁게 감상하시길.

내 사랑이 바다라면
어디에도 땅은 없을 거야.
내 사랑이 사막이라면
보이는 거라곤 모래뿐.
내 사랑이 별이라면
늦은 밤에는, 오직 이 빛만이 보일 거야.
내 사랑에 날개가 돋는다면
난 하늘 높이 날아오르리.

맘대로 해. 실컷 낄낄대. 그렇지만 막상 이런 시를 쓴 엽서를 봤더라도 샀을걸.

별안간 가슴 한쪽이 시큰해졌다.

모네로 가서 시를 쓸 수 있다는 기대감 때문에 하루하루를 버틸 수 있었어. 답답하거나 어이없거나 속상한 일이 있을 때면 생각했지. 근사한 시 한 편이 또 탄생하겠네.

어깨 너머로 흘낏 보니, 토니가 문 밖으로 나가다 뭐가 이상하다. 왜 작별인사도 없이 그냥 가지?

시를 통한 치료. 나에게는 이 테이프도 그런 거야.

앞창으로 보니 토니가 차에 오르고 있었다.

너희들에게 이야기하다 보니 몇 가지가 정리가 되더라. 우선, 내 자신에 대한 것. 그리고 너희들, 테이프에 나오는 모든 사람들에 대해.

토니가 전조등을 켰다.

이야기가 거듭될수록 인과관계를 발견할 수 있었어. 깊숙이 감춰져 있던, 미리 밝혔다시피, 하나의 이야기들은 다른 이야기와 연결되어 있었어. 그렇지 않았다면 나는 내 이야기를 할 수 없었을 거야. 모든 이야기를 시시콜콜 다 할 수 없으니까.

토니가 엔진을 회전시키자 무스탕이 덜덜 흔들렸다. 그러고는 서서히 후진했다.

내가 몰랐던 인과관계도 너희들은 알 수 있었을 거야. 너희들은 시인보다 한 발자국씩 앞서 가니까.

아니야, 해나. 난 가까스로 쫓아갈 뿐이야.

내 마지막 말은…사실, 마지막 말은 아니겠지. 어쨌든 이 테이프의 마지막에는 간결하면서도 딱 맞아떨어지고 또 감성적인 시어를 남기려고 해.

다른 말로 하자면 한 편의 시겠지.

토니의 차는 영화의 한 장면처럼 창문을 스쳐갔다. 무스탕이 화면 밖으로 서서히 사라졌다. 그러나 전조등 불빛은 시나브로 희미해지지 않았다. 후진하거나 차를 돌리면 당연히 헤드라이트가 희미해져 사라져야 하는데, 그 대신 딱 사라졌다.

마치 꺼버린 듯.

돌이켜보면, 공책에 시 쓰기를 멈춘 때는 더는 내 자신을 촘촘히 지켜볼 수 없을 것 같아 포기한 때야.

토니는 밖에 나가, 차에 앉아 기다리는 건가? 왜?

노래를 듣다가 눈물을 흘려봤니? 눈물을 그치고 싶으면 노래를 듣지 않으면 되는 거야.

그러나 자신에게서 벗어나는 건 불가능해. 자기 모습을 외면하지는 못해. 네 머릿속의 소음을 네 맘대로 끌 수 없으니까.

||

자동차의 전조등이 꺼지자 로지 식당의 창문은 까만 유리창이 되었다. 도로를 따라 달려오던 자동차가 주차장 앞을 지나며 유리창 이쪽부터 저쪽까지 불빛을 스윽 던져준다.

반짝이는 불빛 하나. 멀지만 오른쪽 길 위 모퉁이에 선명하게 보였다. 분홍색과 푸른색의 흐릿한 불빛. 크레스몬트 네온사인의 꼭대기가 주변 상점의 지붕 위를 넌지시 내려다보는 형국이다.

왜 그랬을까? 그해 여름, 나는 감추고 싶었다

둘만 있을 때는 해나에게 말을 거는 데에 부담이 없었다. 얼마든지 소리 내어 활짝 웃을 수 있었다. 그러나 주변에 사람들이 하나둘 보이면 계면쩍었다. 슬쩍 물러섰다. 안절부절못했다.

코딱지 같은 어항 매표소에서, 로비의 동료와 연락할 수 있는 방법은 빨간색 전화기였다. 누름 버튼 없는, 오직 받기만 해야 하는 전화기였다. 수화기를 들었을 때, 해나의 목소리가 들려오면 심장이 뛰었다.

고작 10미터도 안 되는 거리인데도, 집에서 전화 받는 기분이었다.

"잔돈이 없는데." 나는 그렇게 말했다.

"또?" 그녀가 대꾸했다. 그렇지만 언제나 그녀의 목소리에는 웃음기가 있었다. 그때마다 난 멋쩍어서 얼굴이 발그레 달아올랐다. 사실, 그녀가 일할 때는, 일부러 잔돈을 자주 부탁했다.

일이 분 쯤 뒤에 노크소리가 나면 나는 옷매무새를 가다듬은 뒤 문을 열었다. 작은 잔돈통을 들고 온 해나가 내 옆에 바싹 앉아 지폐를 바꿔주면, 나는 거의 괴로워 죽을 지경이었다. 가끔 해나는 한가한 밤에 내 옆 자리에 앉아서 문을 닫으라고 말했다.

해나가 그런 말을 할 때마다 나는 상상력을 억눌러야했다. 물론, 문을 닫더라도 삼면이 유리창으로 되어 있어 우리는 밖에서 훤히 보였다. 카니발 쇼의 구경거리처럼. 게다가 해나가 문을 닫으라는 건 극장의 규정 때문인데도 비좁은 공간에 둘이 나란히 있을 때면 뭔 일이 생길 것 같았다.

어쩌면 그런 일이 벌어지기를 바랐는지도 모르지.

물론 그런 상황은 잠깐이었고 드물었지만, 마치 해나가 나를 특별하게 대하는 기분이 들었다. 해나 베이커는 한가할 때면 나와 시간을 같이 보내려고 하는군.

둘 다 작업조니까, 색안경을 쓰고 바라보는 사람들은 아무도 없었다. 둘 사이를 의심하는 눈초리도 없었다.

나는 왜 그랬을까? 누군가 우리를 볼 때마다 왜 애써 아무 일도 없는 척했을까? 그냥 함께 일하고 있다고 사람들이 믿기를 바랐다. 사귀는 게 아니야. 그저 동료일 뿐이라고.

왜?

해나의 소문이 워낙 자자했으니까. 그 소문들에 나는 잔뜩 질려 있었다.

그 진실을 몇 주 전에 처음 깨달았다. 파티에서. 해나가 바로 내 앞에 있는데, 모든 것이 제자리를 찾아가는 듯했던, 가슴 떨리던 순간이었다.

해나의 눈동자를 바라보는데, 나도 모르게 미안하다는 말이 흘러나왔다. 내 감정을 너무 늦게 전해서 미안하다고.

아주 짧은 순간이었지만, 사실을 밝히고 싶었다. 그녀에게. 내 자신에게. 그러나 기회는 두 번 다시 찾아오지 않았다. 여태껏.

그러나 지금 이 순간엔, 너무 늦었다.

그래서 내 가슴엔 증오가 소용돌이쳤다. 내 자신을 향하여. 나야말로 리스트에 오른 게 당연하다. 남의 시선을 두려워하지 않았더라면, 해나가 얼마나 소중한 존재인지 알았을 테니까. 그랬다면 해나는 자살하지 않았겠지.

나는 네온사인에서 시선을 거두었다.

▶

하굣길에 가끔 모네로 가서 핫 초콜릿을 마셨어. 숙제를 하거나, 책을 읽거나. 하지만 시는 그만뒀어.

휴식이 필요했어…나에게서 벗어나서.

턱밑을 문지르던 손끝이 뒷덜미로 향했다. 머리카락 끝이 땀방울에 젖어 축축했다.

그러나 난 시를 원했어. 그리웠어. 몇 주가 흐른 어느 날, 마음을 고쳐먹었어. 시로 행복해지자고 결심했어.

행복한 시. 햇살처럼 밝고 행복한 시. 행복하고 행복하고 행복한. 모네에서 받은 전단에 나오는 여자 둘처럼.

그들은 시 문학 강의를 열었어. 삶을 사랑하기. 시를 사랑하는 방법은 물론이고 시를 통해 자기 자신을 사랑하는 방법까지 알려주겠다고 장담했지.

'어서 등록하세요!'

갖고 있는 지도 D-7. 공립도서관의 강의실.

너무 늦어서 갈 수 없었다.

시 문학 강의는 학교의 마지막 종이 울리는 것과 동시에 시작했으므로, 미친 듯이 달려가도 지각을 할 수밖에 없었어. 사람들은 내가 늘 늦는데도 반가워했어. '10대 꿈나무'라고 불러주었지.

쓰윽 둘러보니, 남은 사람이라곤 나 하나다. 앞으로 30분 가량 더 있으면 이곳은 문을 닫는다. 음식이나 음료수를 더 주문하지 않는데도 카운터의 남자는 재촉하지 않았다. 잘하면 더 머무를 수도 있겠다.

동그랗게 빙 둘러 있는 주황색 의자 12개. 전단의 두 여자는 서로 맞은편에 앉아 있었어. 한 가지 문제라면, 첫날부터 여자들의 표정이 영 밝지 않은 거야. 전단을 만든 사람이 사진의 주름살을 포토샵으로 쫙 폈나 봐.

그들은 죽음에 관해 썼어. 인간의 사악함. 한 줄 인용하자면 '하얀 혼이 보이는 푸르스름하고 초록빛을 띤 구체의 파괴에 관해.'

정말로 그들은 그렇게 묘사했어. 지구를 낙태가 필요한, 임신한 가스상태의 외계인으로 부르는 거야.

내가 시를 싫어하는 이유 한 가지. '공'이나 '원'을 놔두고 굳이 '구체'로 써야 하는 까닭이 뭐야?

"자신을 드러내세요." 그들이 말했어. "가장 깊숙하고 어두컴컴한 내면을 보여주세요."

가장 깊숙하고 어두컴컴한 곳? 당신들이 산부인과 의사야?

해나!

몇 번이나 손을 들어 묻고 싶었어. "저기, 언제쯤 행복한 소재를 다루나요? 삶을 사랑하는 소재는요? 원래 시는 삶을 사랑하기 아닌가요? 전단에 그렇게 나왔는데, 그것 때문에 여기 왔는데요."

결국, 시 모임에는 고작 세 번 나가고 종쳤어. 그러나 그 모임을 계기로 일이 터졌어. 좋은 거냐고?

아니겠지.

음…알아 맞춰 봐.

누군가 그 모임에 있었어. 연세 많은 시인들에게 촉망받는 고등학교 학생. 누굴까? 로스트 앤드 파운드 학보를 맡고 있는 편집자.

라이언 쉐이버.

누굴 말하는지 짐작할 거야. 편집자님, 내 입에서 언제 네 이름이 튀어나올까 목을 빼고 기다렸겠지.

자, 시작해볼까, 라이언 쉐이버. 진실이 널 자유롭게 할지니.

로스트 앤드 파운드의 좌우명.

벌써부터 짐작했겠지, 라이언. 틀림없이. 내가 시에 대해 언급하는 순간, 네 차례가 돌아왔다는 걸 깨달았을 거야. 당연히 그랬겠지. 어쩌면 이런 생각을 할 수 있겠어. 고작 그깟 일로 내가 테이프에 나와야 하다니. 별것 아니었잖아.

학교에서 유명한 시. 세상에, 해나의 시였다니.

기억하니? 난 간결하면서도 딱 맞아떨어지고 또 감성적인 시를 완성하는 중이거든.

나는 눈을 질끈 감고 손으로 양쪽 눈을 눌렀다.

턱 근육이 파열될 정도로 앙다물며, 터져 나오려는 비명을 억눌렀고, 울음소리를 삼켰다. 해나의 이야기를 더는 듣고 싶지 않았다. 그녀의 목소리로 낭송하는 시를 듣고 싶지 않았다. 넌더리가 났다.

내가 마지막으로 썼던 시를 들어볼래? 시와 영원히 결별하기 전에 남겼던.

싫다고?

그렇지만 이미 읽었을 텐데. 우리 학교에서는 가장 유명하니까.

눈꺼풀과 턱의 긴장이 풀렸다.

그 시. 영어 수업에서 다루었다. 큰 소리로 여러 번 읽었다.

그리고 해나 역시 수업에 참가하고 있었다.

지금도 그 시를 외우는 사람도 있을 거야. 그대로 외우진 못해도. 다들 내 말이 무슨 말인지 알겠지. 로스트 앤드 파운드 학보. 교정 여기저기에서 모은 자료로 한 해에 두 번 발행하는 라이언의 간행물.

책상 밑에 처박아 두어 미래의 연인에게는 절대 전달되지 않는 연애편지 같은 것. 라이언은 그런 걸 찾아서 이름만 빼고 복사해 두었다가 다음 학부에 사용했어. 수첩에서 떨어진 사진들…라이언은 그것 역시 컴퓨터에 저장했어. 누군가 엄청 지루할 때 역사노트에 갈겨쓴 낙서들도….

라이언은 흥미로운 것들을 어떻게 그리 많이 모을 수 있었을까? 직접 제 발로 돌아다니며 찾아냈나? 혹시 훔친 건 아닐까? 시 문학 강의 후에 라이언에게 물어보았어. 라이언은 아주 우연히 찾아낸 거라고 강조했어.

가끔, 사람들이 사진이나 편지를 라이언의 사물함에 슬쩍 밀어 넣을 때도 있대. 라이언은 그런 것들은 백 퍼센트 신뢰하지 않는다고 했어. 그래서 이름과 전화번호를 지운다는 거야. 게다가 사진들은 황당할 정도라고 했지.

라이언은 뛰어나거나 독특한 것만 골라, 대여섯 쪽을 채운 다음에 50부를 인쇄했어. 그러고는 스테이플러로 찍어서 학교 여기저기에 닥치는 대로 뿌렸어. 화장실. 탈의실. 운동장.

"같은 장소에 두 번은 놓지 않아." 그가 말했어. 우연히 찾은 자료로 만든 인쇄물이니 독자도 인쇄물을 우연히 만나야 한다는 게 라이언의 소신이었어.

그렇다면 어떻게 된 일일까? 내 시는? 라이언이 훔쳤지.

냅킨꽂이에서 냅킨을 한 장 뽑아서 눈가를 닦았다.

일주일에 한 번, 시 문학 강의가 끝나면, 라이언과 나는 도서관 계단에 앉아서 이야기를 나누었어. 첫 주에는 다른 사람들이 발표한 시를 가지고 이야기를 나누며 웃었지. 지나치게 비탄에 잠겨 있다며 웃었지.

"우리를 행복하게 해 준다며?" 라이언이 물었어. 라이언도 나와 같은 이유로 등록을 했던 거야.

나는 시선을 들었다. 카운터의 남자가 무거워진 쓰레기봉투를 끈으로 묶었다. 끝날 시간이었다.

"물 한 잔 먹을 수 있나요?" 내가 물었다.

두 번째 주에는 도서관 계단에 앉아서 각자 자기 시를 읽었어. 우리가 쓴 시는 삶을 각자 다른 시각으로 보고 있었어.

카운터의 남자는 내 눈가를 바라보았다. 냅킨으로 마구 문질러버린 곳.

그러나 오로지 행복한 시. 삶을 사랑하는 시. 불행한 시인들이 모여 우울을 토로하는 곳에서는 결코 발표할 수 없었던 시였어.

그리고 그 시를 각자 설명했어. 한 줄 한 줄. 시인들이라면 절대로 하지 않을 행동이었지.

세 번째 주에는 대담하게도 그동안 썼던 시가 담긴 노트를 교환했어.

남자는 얼음물 한 잔을 내 앞으로 밀었다. 유리잔과 냅킨꽂이를 빼고는, 카운터에는 아무것도 없었다.

우와! 정말 그건 무모했어. 나는 특히. 너도 마찬가지였겠지, 라이언.

시간이 훌쩍 흘러 해가 뉘엿뉘엿 가라앉을 때까지 차디찬 콘크리트 계단에 함께 앉아서 한 편씩 읽었어.

글씨가 괴발개발이어서 알아보느라 애 좀 먹었지. 그렇지만 놀라웠어. 내 시보다 훨씬 심오했거든.

진짜 시 같았어. 시인의 작품처럼. 언젠가는 아이들이 교과서에 실린 라이언의 시를 분석해야 할 거야.

차가운 유리잔을 손으로 감쌌다.

그의 시가 무슨 의미를 표현했는지는 잘 몰라. 정확하게는. 그러나 감성만큼은 너무 생생했어. 더할 나위 없이 아름다웠지. 라이언이 내 공책을 보며 무슨 생각을 할지 보나마나 뻔했어. 부끄럽고 쑥스러웠어. 라이언의 시를 읽다보니 내가 시를 대충 쓰고 있다는 걸 깨달았어. 좀 더 신중을 기해서 딱 맞아떨어지는 단어로 고를걸. 감성이 풍부한 단어로.

그래도 내 시 한 편이 그의 눈길을 잡아끌었어. 라이언은 좀 더 자세히 알고 싶어 했지. 언제 썼느냐 등등.

난 대답하지 않았어.

물을 마시지는 않았다. 물 한 방울이 유리잔을 타고 내려오다 손가락에 부딪혔다.

누군가 자살을 이야기하며 도움을 청하자 아이들은 알레르기 반응을 보이던 날, 썼던 시야. 아이들이 왜 분노를 터뜨렸는지 기억나니? 그 쪽지를 쓴 사람이 이름을 적지 않았거든.

얼마나 어처구니없니.

그건 익명이었으니까. 로스트 앤드 파운드에 실린 시처럼.

라이언은 왜 그 시를 썼냐고 물었지.

나는 시에서 드러난 게 전부라고 말했어. 라이언이 그 시를 어떻게 해석할지 무척 궁금했어.

라이언이 말하길, 그 시는 엄마에게 받아들여지길 원하는 심정을 표현했다는 거야. 무엇보다 엄마에게 인정받고 싶다는 게 느껴진대. 그리고 누군가로부터 무시당하고 싶지 않다는 간절한 바람이 나타난대. 라이언은 누군가가 남자애라고 짐작을 했어.

남자애?

유리잔 속에서 기포가 설핏 발생하다가 사라졌다. 한 모금 들이키자 작은 얼음 조각이 입 속으로 들어왔다.

좀 더 심오한 뜻은 보이지 않느냐고 라이언에게 물었어.

얼음을 입에다 물고 있었다. 혀가 얼얼했지만 계속 입에 두고 녹였다.

나로서는 농담처럼 던진 말이야. 라이언은 내 시를 정확히 이해했어. 그런데 라이언이 선생님이라면 학생들에게 그 시를 어떻게 설명할지 알고 싶다고 했어. 선생님들은 꼬치꼬치 따지고 분석하는 편이잖아.

그런데 네가 찾아냈어, 라이언. 숨은 의미를 발견했지. 내가 쓴 시에서 나조차 발견하지 못한 것을 넌 밝혀냈어.

ㄱ 시는 엄마와 상관이 없다고 넌 다시 말했어. 남자애 이야기도 아니라고 했지. 내 자신에 대한 시. 시속에 감춰진 내 자신에게

쓰는 편지라고 했어.

그 말을 듣는 순간 나는 흠칫했어. 그래서 방어적인 태도를 보였지. 짐짓 화를 내듯. 그렇지만 네가 옳았어. 그래서 두렵고 슬펐어. 내 시 때문에.

네 말에 따르면 나는 내 자신을 마주보기 두려워서 그런 시를 썼다는 거야. 그래서 엄마를 앞세워 왜 날 받아들이지도, 인정하지도 않느냐며 비난하는 거래. 결국, 거울을 향해 하는 말들이었지.

"그럼 남자애는?" 내가 물었어. "남자애를 상징하는 것은?"

그건 나다. 이런, 제기랄. 바로 나였어. 이젠 알겠다.

나는 귀를 손으로 감쌌다. 바깥 소리를 막으려는 게 아니다. 식당은 적막감이 흐를 정도다. 그녀의 말을 느끼고 싶었다. 하나도 빠짐없이, 또박또박.

네 대답을 기다리면서 난 가방에서 휴지를 찾았어. 눈물이 쏟아질 것 같아서.

그러자 날 무시하는 건 남자애가 아니라 너 자신이라는 대답이 돌아왔어. 적어도 자신의 생각은 그렇다며. 그래서 그 시가 궁금했다는 거야. 뭔가 짐작할 수 없는 깊은 뜻이 숨어 있는 것 같다며.

그래, 라이언. 네 말이 맞아. 더, 더 심오한 뜻이 담겨 있어. 그걸 알았다면, 그렇게 생각했다면, 네 생각이 그랬다면, 왜 내 공책을 훔쳤니? 왜 내 시에 '두려움'이라는 이름을 붙여서 로스트 앤드 파운드에 실었어? 왜 다른 사람들이 그걸 읽도록 했지?

시를 난도질했지. 그리고 조롱했어.

그건 잃어버린 시가 아니야, 라이언. 따라서 네가 그걸 주워서 보관할 수가 없어.

그런데도 네 수집품에 들어간 바람에 이 사람 저 사람 읽게 되었어. 선생님들도 시 문학 수업에 앞서 그 시를 발견했어. 그 결과 수많은 학생들이 내 시를 파헤치며 의미를 추적한다며 난리법석을 피웠지.

수업시간에 그 시를 읽었지만 의미를 제대로 파악한 사람은 없었다. 근처에도 가지 못했다. 그런데도 우리는 가까이 갔다고 여겼다. 포터 선생님조차도.

내 시를 나눠주며 포터 선생님이 했던 말을 기억하니? 우리 학교의 익명의 학생이 쓴 이 시를 읽는 것은 옛 시인의 고전시를 읽는 것과 다름없다고 말했어. 맞는 말씀이야. 둘 다 죽은 시인이니까! 우리는 이제 이 시의 진실한 의미를 물을 수 없으니까.

그런 다음 포터 선생님은 이 시를 쓴 사람이 누구냐고, 자백하기를 바란다고 했어. 그러나 다들 알다시피 아무도 나서지 않았어.

이젠 분명히 알겠지. 너희들의 기억을 되살리는 의미로 낭송해주지. '외로운 영혼' 해나 베이커.

네 눈과 마주치다
그저 스쳐 지나갈 뿐

메아리조차 없이
내가 속삭였건만
안녕이라고
영혼의 짝이 되어야 마땅한
피로 맺어진 두 존재
어쩌면 아니었을까
절대로 알 수 없어

어머니여
날 당신 품에 안고 다녔건만
이젠 당신에게 보이는 거라곤
내가 걸치고 있는 외투
사람들이 당신에게 묻는다
내가 잘 지내냐고
당신은 웃으면서 끄덕
이렇게 끝낼 순 없는데
제발

날 내려놓으라
하늘 아래에
날 응시하라

그저 두 눈으로만 보지 말고
벗겨내라
살과 뼈로 만들어진 가면을
날 보아주길
영혼까지

외로운.

이젠 확실히 알겠지.

선생님들이 제대로 분석했나? 정확하게 의미를 파악했나? 너희들은 나라는 걸 전혀 눈치 못 챘니?

몇몇은 알고 있었겠지. 라이언이 떠벌렸으니까. 자신의 수집품이 교재로 쓰인다고 빼겼거든. 그래서 아이들이 확인하려 들었지만, 난 긍정도 부정도 하지 않았어. 그러자 아니꼽게 보였나 봐.

어떻게든 내 화를 북돋우려고, 시를 패러디해서 내 앞에서 읽어 대기도 했어.

나도 보았다. 포터 선생님 수업이 시작되기 전에 여학생 둘이서 시를 각색하여 낭송했다.

완전히 유치찬란하고…잔혹했지.

그들은 집요하게도 일주일 내내 날마다 새로운 시를 선보였다. 해나는 어떻게든 그들을 무시하려 애썼다. 포터 선생님이 교실에 오기를 기다리며 책을 읽는 척했다. 해나에게는 수업시간이 구원의 손길이었다.

그다지 대수로운 게 아니라고?

그래, 너에겐 아닐 거야. 그런데 나에게 학교는 아주 오래전부터 안전한 천국이 되어 주질 못했어. 게다가 도촬사건 뒤로는 집 역시 안전지대가 아니었지. 급기야 내 생각마저도 조롱거리로 전락하고 말았어.

한번은 포터 선생님의 수업시간에 여학생들이 짓궂게 놀리자, 해나가 눈을 치켜들었다. 순간, 나와 눈이 마주쳤다. 번개처럼. 그러나 해나는 내가 본다는 걸 알아차렸다. 누구 하나 신경 쓰지 않는데도 나는 고개를 돌렸다.

그녀는 완전히 혼자였다.

잘했어, 라이언. 고마워. 너야말로 진정한 시인이야.

■

헤드폰을 벗어 목에 걸었다.

"뭔 일이 있나보네." 남자가 카운터 맞은편에서 말했다. "아직 계산도 하지 않았어." 그는 빨대에 바람을 훅 불고는 양쪽 끝을 묶었다.

나는 고개를 끄덕이며, 지갑을 찾아 뒤쪽으로 팔을 돌렸다.
"맞아요. 지금 낼게요."

남자는 빨대를 계속 비틀었다. "이건 내 진심이야. 밀크셰이크 한 잔이지만. 말했듯이 뭔 일이 있나본데, 달리 도와줄 방법은 없고. 아무튼 돈은 그냥 넣어두지." 그는 내 시선을 쫓았고 나는 그의 진심을 알았다.

말문이 탁 막혔다. 말을 꺼내려 해도 목이 꽉 잠겨 있어서 입 밖으로 나올 것 같지 않았다.

나는 그저 고개만 끄덕이고는 가방을 움켜쥐고, 문으로 나서며 테이프를 바꾸었다.

테이프 5 : A 면

내 뒤로 로지의 유리문이 닫혔고, 이내 잠금장치 세 개가 찰칵 찰칵 찰칵 제 집을 찾아갔다.

이젠 어디로 간다? 집? 다시 모네로? 어쩌면 도서관으로 갈 수도 있겠다. 콘크리트 계단에 앉아 있으면 되니까. 어둠 속에서 남은 테이프를 들으며.

"클레이!"

토니의 목소리다.

헤드라이트가 세 번 번뜩였다. 운전석의 열린 창문으로, 토니가 팔을 흔들었다. 나는 재킷의 지퍼를 올리고 자동차 창문으로 다가섰다. 그렇지만 몸을 구부리지 않았다. 누구랑 말할 기분이 아니었다. 아직은.

토니와 나는 몇 년 동안 알고 지낸 사이다. 함께 숙제도 하고 수업 끝난 뒤에는 농담도 주고받았다. 그렇지만 한 번도 속 깊은 대화를 나눈 적은 없었다.

지금 그러자고 할까 봐 겁이 났다. 토니는 여기에 계속 앉아 있었다. 도대체 무슨 생각으로?

그는 나와 시선을 맞추려고 하지 않았다. 그 대신 엄지손가락으로 사이드미러를 조정하였다. 그러더니 눈을 감고는 고개를 앞으로 떨어뜨렸다.

"타, 클레이."

"별일 없는 거지?"

짧게 침묵이 흐른 뒤에야 토니가 주억거렸다.

나는 자동차 앞을 돌아 조수석으로 가서 자리에 앉았다. 한 발을 아스팔트에 디딘 채로. 해나의 신발상자가 담긴 가방은 무릎 위에 두고.

"문 닫아." 토니가 말했다.

"어디 가려고?"

"괜찮아, 클레이. 그냥 문 닫아." 토니는 운전석 문손잡이를 돌려서 창문을 닫았다. "밖이 추워."

토니의 시선이 계기판과 스테레오를 지나서 운전대에 머물렀다. 그러나 나에게는 얼굴을 돌리지 않았다.

내가 문을 닫자마자 총알이 튀어나오듯 토니가 말을 꺼냈다.

"넌 내가 따라다닌 아홉 번째 사람이야, 클레이."

"뭐? 무슨 말을 하는 거야?"

"또 다른 테이프." 그가 말했다. "해나가 허풍 떠는 게 아니야. 내가 가지고 있어."

"이런, 빌어먹을." 나는 얼굴을 양손으로 감쌌다. 눈두덩 안쪽에서 다시 쿵쾅거렸다. 손바닥으로 눌렀다. 꽉.

"괜찮아." 토니가 말했다.

토니를 차마 볼 수 없었다. 뭘 알고 있나? 나에 대해? 뭘 들었나? "뭐가 괜찮아?"

"저기에서 뭘 들었는데?"

"뭐?"

"어떤 테이프야?"

나는 어떻게든 부인하고 싶었다. 영문을 모르겠다는 듯. 아니면 차에서 내려 그냥 가거나. 그래봤자, 토니는 알고 있었다.

"괜찮아, 클레이. 털어놔. 어떤 테이프야?"

여전히 눈을 감은 채로, 주먹 쥔 손등을 이마에 대고 눌렀다. "라이언 거." 내가 말했다. "시." 그러고는 토니를 바라보았다.

토니는 머리를 뒤로 젖힌 채 눈을 감았다.

"뭐야?" 내가 물었다.

대답이 없었다.

"걔가 왜 너한테 그걸 주었는데?"

토니는 시동장치에 매달린 열쇠고리를 만졌다. "네가 다음 테이프를 듣는 동안에 운전해줄까?"

"걔가 왜 그걸 주었는지 먼저 말해."

"말할게. 테이프부터 먼저 듣고."

"왜?"

"클레이, 농담 아니야. 테이프를 들어."

"내 질문에 대답부터 해."

"네 이야기니까, 클레이." 토니는 열쇠고리에서 손을 뗐다. "다음 테이프에 네가 나와."

정지.

심장은 미동도 없었다. 눈꺼풀은 꿈쩍하지도 않았다. 숨도 쉴 수 없었다.

그러고는.

뒤쪽으로 팔을 냅다 갈기자 팔꿈치가 좌석에 부딪혔다. 이어서 문에다가 팔꿈치를 힘껏 찍었다. 머리를 창문에 대고 쿵쿵 찧고 싶은 심정이었다. 그러나 기껏 좌석 머리받침에 뒤통수를 박았을 뿐이었다.

토니가 내 어깨를 잡았다. "듣도록 해. 차에서 내리지 말고."

그는 시동장치를 돌렸다.

눈물을 흘리며 토니 쪽으로 고개를 돌렸다. 그러나 그는 정면을 응시하고 있었다.

워크맨의 뚜껑을 열고 테이프를 꺼냈다. 다섯 번째 테이프. 구석에 군청색으로 쓰인 숫자 9. 내 테이프. 난 9번이다.

테이프를 다시 워크맨에 집어넣은 다음 양손에 카세트를 쥐고 책처럼 바싹 치켜들었다.

토니는 텅 빈 주차장을 빠져나가 도로로 들어섰다.

보지도 않고, 엄지로 워크맨 위쪽을 더듬으며 나를 이야기로 데려다 줄 버튼을 찾았다.

▶

로미오, 오! 로미오, 왜 당신은 하필 로미오인가요?

내 이야기. 내 테이프. 이렇게 시작했다.

좋은 질문이야, 줄리엣. 나도 그 대답을 알고 싶어.

토니가 엔진소리 너머로 소리쳤다. "클레이, 괜찮아."

솔직히 털어놓자면, 이런 말 하기는 좀 어색해. 클레이 젠슨이 내 상대라고.

내 이름을 듣는 순간, 머릿속의 통증이 한층 심해졌다. 심장이 바짝 죄어드는 느낌이었다.

지난 몇 년간 지켜본 클레이 젠슨은, 과연 얼마만큼이 진실된 모습일까? 나는 항상 네 이야기를 다른 사람을 통해 들어왔거든. 그래서 클레이에 대해 더 자세히 알고 싶었어. 내가 들은 바로는, 내 말은, 모든 면이 괜찮았어.

참 신기하게도 한 번 눈에 띄니까 계속 보게 되더구나.

커스틴 르네를 예로 들어볼게. 걔는 항상 검은색만 입어. 검은 바지, 아니면 검은 신발, 검은 셔츠, 검은색 재킷이며, 그녀가 입고 있는 옷은 항상 검어. 하루 종일 재킷을 벗지 않지. 다음에 걔를 보면 바로 검은 게 눈에 띌 거야. 그 뒤에도 그것만 자꾸 보일 거야.

스티브 올리버도 마찬가지야. 손을 들어 말을 할 때나 질문을 던질 때면 한사코 이 말로 시작해. "있잖아."

"올리버?"

"있잖아요, 토마스 제퍼슨이 노예를 소유했다면…."

"올리버?"

"있잖아요, 전 76.1225인데요."

"올리버?"

"있잖아요, 복도에 나갔다 와도 되나요?"

정말이야, 매번. 앞으로는 너희들도 알게 될 거야.

그래 알았어, 해나. 빨리 본론으로 들어가.

클레이에 대해 듣는 소문들도 비슷했어. 아까 말했듯이, 난 걔를 잘 몰라. 그렇지만 걔 이름이 들릴 때면 귀를 쫑긋 세웠지. 뭔가 매력적인 이야깃거리라도 있을까 해서. 소문을 퍼트리려는 뜻은 없어. 그렇게 반듯한 사람이 있다는 게 믿어지지 않았을 뿐이야.

나는 토니를 흘깃 보며 눈썹을 치켜세웠다. 토니는 앞만 보고 운전만 했다.

걔가 그 정도로 반듯하다면…훌륭해. 대단해! 그래서 속으로 내기를 걸었어. 클레이 젠슨에 대해 언제까지 좋은 이야기만을 듣게 될까?

보통, 어떤 사람이 고상한 이미지를 지니고 있다고 소문나면, 다른 이들은 뒤에서 뒷담화를 하기 마련이지. 치명적인 약점이 드러나기를 기다리며.

그렇지만 클레이는 아니었어.

다시 한 번 토니를 바라보았다. 이번에는 토니가 빈정거리며 웃었다.

이 테이프를 듣고 혹시라도 그 친구의 깊숙이 숨겨둔, 어둡고 더러운 비밀을 파헤치거나 폭로하는 일이 없기를. 물론 이 친구도 그런 게 있겠지. 적어도 한두 개 쯤. 그치?

꽤 많아.

왜 이래, 네 목적을 잊었어, 해나? 걔를 모범생 자리에 올려놓은 뒤에 흔들어 떨어뜨려야지? 무대 뒤에 숨어서 기다리는 건 바로 해나 베이커, 너잖아. 약점이 드러날 때까지. 넌 분명히 찾아내 모든 사람들에게 이실직고해야지. 그의 이미지를 삽시에 무너뜨려야 하잖아.

이게 내가 말하려는 의도가…아니야.

가슴이 가라앉았다. 숨을 멈춘 줄도 몰랐다가 급하게 헉헉 몰아쉬었다.

다들 실망하지 말도록. 그저 군침이나 질질 흘리며 재밌는 이야깃거리를 기대했던 건 아니겠지. 이 테이프들이 너희에게 좀 더 의미심장했으면 좋겠어.

클레이, 네 이름은 리스트에 오르지 않았어.

나는 창문에 머리를 대고 눈을 감고는, 얼굴을 차가운 유리창에 댔다. 냉정함을 유지해야 나는 다 들을 수 있을 것 같았다.

너는 남과 다른 이유로 여기에 등장했어. 노래도 있잖아. "넌 분명히 달라. 거기에 너는 없어."

그게 바로 너야, 클레이. 하지만 내 이야기를 풀어나가려면 네가 필요해. 좀 더 완벽하게 이야기하기 위해서는 말이야.

❚❚

내가 볼멘소리로 물었다.

"이걸 꼭 들어야하나? 나는 리스트에 속하지도 않는다면 왜 날 빼먹지 않았지?"

토니는 계속 차를 몰았다. 룸미러를 볼 때 말고는 계속 정면만 주시했다.

"차라리 안 들었더라면 마음이라도 편했을걸." 내가 말했다.

토니가 고개를 내저었다. "천만에. 걔한테 무슨 일이 생긴 줄도 모르고 넘어간다면 너야말로 미치고 말걸."

차 앞유리를 통해 전조등이 품어내는 하얀 빛을 물끄러미 바라보았다. 토니의 말은 틀리지 않았다.

"해나는 네가 알아주기를 원했을 거야."

그럴지도 모르지. 그런데 왜? "어디로 가는 거냐?"

그는 대답하지 않았다.

▶

그래, 내 이야기에는 큰 틈이 있어. 어떤 부분은 나도 어떻게 이야기해야 좋을지 모르겠어. 입 밖으로 꺼내서 말하기 좀 그런 일도 있고, 어떤 부분은 완전히 이해되지도 않고. 앞으로도 이해하진 못하겠지. 내가 그들에게 말하지 않는다면 그들도 끝까지 생각하지 못하겠지.

그렇다고 네 이야기의 비중이 줄어들까? 모든 걸 털어놓지 않는다고 네 이야기가 무의미해지나?

아니.

오히려, 의미심장해지지.

내 생활 전부를 너희들은 알 리가 없지. 집에서. 심지어 학교에서도. 자기 일을 제외하고 남에게 무슨 일이 벌어지는지 알아내기란 어려우니까. 그런데 누군가의 인생 한 부분을 망가뜨리면 너희들은 한 부분만 망가뜨린 게 아니야. 불행하게도 너희들은 정확하고 선택적으로 망가뜨릴 수는 없어. 한 부분을 망가뜨렸다면 삶 전체를 망가뜨리는 거야.

모든 것은⋯ 모든 것에 영향을 미치지.

다음에 나올 이야기들은 어느 하룻밤에 생긴 일들이야.

파티.

클레이, 일들은 우리의 밤에 일어났어. 우리의 밤이라는 게 무슨 뜻인지 알 거야. 몇 년 동안 같이 학교를 다녔고, 극장에서 함께 일했지만, 연결된 날은 그날 밤뿐이었어.

그때 우린 정말 가까워졌는데.

너희들 중 몇몇도 그날 밤의 이야기와 관련되었어. 너희들 중 하나는 두 번째로 등장하는 경우도 있어. 어느 누구도 시간을 거꾸로 돌릴 수 없는 그 어느 날 밤.

난 그 밤이 끔찍했다. 이 테이프를 듣기 전에도 그날 밤은 몸서리 처졌다. 그날 밤, 어떤 노부인에게 달려가서 할아버지가 괜찮다고 전해줬다. 모든 일이 잘 풀릴 거라고 말했다. 그러나 거짓말이었다. 내가 노부인을 안심시키는 동안 상대편 운전자는 죽어가고 있었다.

할아버지 역시 그 사실을 알면서도 노부인이 있는 집에 서둘러 도착했다.

기원하지만, 리스트에 오른 너희들만 이 테이프들을 듣게 되면, 너희들의 삶은 완벽하게 본인의 마음먹기에 따라 달라지겠지.

그러나 이 테이프들이 다른 사람 손으로 들어가는 경우에는 너희들의 인생은 너희들의 손에서 벗어날 거야. 진심으로 말하는데, 너희들은 이 테이프를 내 말대로 전달해야 할 거야.

나는 토니를 곁눈질했다. 토니가 과연 그렇게 할까? 이 리스트에 오르지 않은 사람에게 테이프를 건넬까?

그렇다면 누구에게?

물론, 너희들 중 몇은 불똥이 크게 튀지 않고 경미한 피해만 입을 수 있어. 수치스럽거나 혹은 창피한 수준에서 끝나겠지. 그러나 어떤 이들은 혹독한 경험이 될 수도 있겠지. 직장을 잃거나, 감옥에 갈 수도 있겠지.

그러니 우리끼리만 알자, 알았지?

클레이, 난 파티에 갈 생각이 없었어. 초대는 받았지만 내키지 않았어. 성적이 갑자기 미끄러졌거든. 부모님은 매주 선생님에게 성적향상 확인서를 받아오라고 다그쳤지. 성적이 오를 기미가 없다 싶으면 외출금지가 내려졌어.

외출금지란 학교에서 집으로 오는 1시간만 자유시간으로 가진다는 뜻이야. 성적이 오를 때까지, 자유시간은 1시간이 전부였어.

차가 신호등에 걸렸다. 그러나 토니는 여전히 앞만 보았다. 내 눈물을 보고 싶지 않은 건가? 지금은 울지 않는데. 지금은.

클레이 젠슨에 관한 소문 가운데 하나는 클레이가 그 파티에 올 거라는 이야기였어.

난 주말이면 공부를 했다. 대개 월요일마다 시험이 있었다. 그게 내 잘못은 아니잖아.

그건 나만 그런 것은 아니야. 주변에서도 다들 말들이 많았지. 네가 왜 파티에 놀러 오지 않는지 궁금해 했어. 이러쿵저러쿵 추측만 난무했지. 어떤 거였을까? 맞아. 고약한 짐작은 없었지.

그럴 리가.

다 알겠지만, 타일러는 키가 크지 않아, 이층 창문에 코를 대고 내 방을 훔쳐볼 수 없어. 우리끼리 하는 이야기지만, 그렇다고 이층 방에서 빠져나가는 게 그리 어려운 일이겠니. 그날 밤, 나는 어쩔 수가 없었어. 그렇다고 너무 성급한 결론은 사양하고 싶어. 물론 그 전에도 몰래 빠져나가긴 했어. 딱 두 번.

그래, 세 번쯤 될런가? 아님 네 번? 그게 끝이야.

내가 이야기하는 파티가 무슨 파티를 말하는지 모르는 사람들도 있을 거야. 지도의 빨간 별을 봐. 큼지막한 빨간 별이 차지한 곳. C-6. 코튼우드 5-12번지

토니, 우리는 지금 거기로 가고 있는 거야?

아하…이젠 알겠니? 너희들 몇은 어디쯤에서 본인이 출연할지 짐작될 거야. 그렇지만 자신의 이름이 튀어나올 때까지는 잠자코 기다려줘. 아직은 무슨 이야기를 할지, 어디까지 이야기를 공개할지 모르잖아.

그날 밤, 파티장소까지 걸어가기로 했어. 느긋하게. 며칠 동안 계속 비가 내렸어. 구름은 여전히 무겁게 내려앉은 상태였어. 공기

는 따뜻했고. 내가 가장 좋아하는 날씨였지.

나도 마찬가지야.

마법사가 마법을 부려놓은 듯해.

야릇했어. 집들을 지나 파티장소로 가면서, 인생에는 수많은 가능성이 존재한다는 느낌이 들었어. 무한한 가능성. 아주 오래간만에 처음으로 희망이란 걸 느꼈어.

나도 그랬다. 집에서 나와 파티로 향했다. 뭔가 새로운 일이 벌어질 거라는 기대감을 안고. 짜릿한 어떤 일이 내 앞에 벌어질 것만 같았다.

희망? 내가 단단히 착각에 빠졌나 봐.

지금이라면? 해나와 나 사이에 무슨 일이 벌어질지 알면서도, 거기에 갔을까? 달라질 게 아무것도 없어도?

폭풍전야의 고요함.

아마 갔을 것 같다. 결과가 하나도 변함없이 똑같더라도.

난 검은색 스커트에다 모자 달린 풀오버를 입었어. 가는 길에, 옛집을 구경하고 가려고 일부러 세 블록이나 돌아갔어. 이 도시에 처음 이사 와서 살던 곳. 첫 테이프의 첫 면에 첫 빨간 별이지. 현관 전등이 켜 있고 차고에서는 차의 엔진소리가 들렸어.

차고의 문은 굳게 닫혀 있었고.

그 사실을 나만 알았던가? 그가 사는 곳을 다른 사람들도 안 았나? 사고를 당했던 남자. 우리 학교의 학생을 죽게 만든 차의 주인.

  난 걸음을 멈추고 몇 분가량 보도에서 바라보았어. 최면에 걸린 듯. 우리 집에 사는 다른 가족, 그들이 누구이고 어떻게 살아가는지 모른 채 그냥 바라보기만 했어.

  차고 문이 움직였어. 곧 이어 차의 미등에서 나오는 불빛에 비친 한 남자의 실루엣이 무거운 차고 문을 들어 올렸어. 차에 올라탄 남자는 후진하며 진입로를 빠져나오더니 이내 차를 몰고 가버렸어.

  그는 왜 멈추지 않았을까? 왜 자기 집을 빤히 쳐다보고 있냐고 묻지 않았을까? 모르겠어. 유유히 길을 가던 여학생이 진입로 앞에서 기다리면, 다 이유가 있었을 텐데.

  이유야 뭐든, 비현실적으로 느껴졌어. 두 사람, 나와 그 남자 그리고 한 집. 그 남자는 자기가 보도에 서 있던 여자애가 자기와 관련이 있다는 것도 모르고 길을 떠났어. 웬일인지 갑자기 공기가 무거워졌어. 세상은 외로워 보였어. 그 외로움의 긴 꼬리는 그날 밤 내내 따라다녔지.

  굳이 사건이랄 수도 없는 옛날 집의 장면은 그날 밤 가장 멋진 순간에도 영향을 미쳤어. 나에 대한 그의 무관심은 암시였어. 내가 그 집에 있었던 역사를 가지고 있는데도, 아무 의미가 없다니. 물론 예전의 상태로 돌아갈 수는 없어. 내가 그 집을 어떻게 생각하든.

  남아있는 거라곤…현재뿐이야.

테이프에 나오는 우리도 돌아갈 수 없다. 현관 앞이나 우편함에 놓인 소포꾸러미를 발견하지 않을 수 없다. 그 순간부터 우리는 달라졌다.

나의 과장된 행동을 설명하고 싶었어, 클레이. 그래서 네가 이 테이프에 나온 이유도 설명하려고. 미안하다고 말하려고.

해나는 기억하고 있나? 그날 밤 내가 해나에게 사과한 걸 기억할까? 그래서 나에게 사과하려는 건가?

도착하고 보니, 파티는 이미 흥청망청, 잘 진행되고 있었어. 다른 친구들은 나처럼 부모님이 잠들기를 기다릴 필요가 없었겠지.

늘 그렇듯, 아이들은 현관 근처에 몰려 있었어. 이미 취해 누구에게나 맥주잔을 부딪치고 인사를 건넸지. 해나라는 이름은 발음하기 어려운데도, 애들은 잘도 발음하더군. 한쪽에서는 내 이름을 연신 불러댔고 다른 아이들은 숨이 넘어갈 정도로 낄낄 댔지.

그렇다고 고약한 아이들은 아니었어. 술을 재밌게 마시면 파티 분위기가 좋아지잖아. 주먹질하는 아이도, 시비 거는 아이들도 없었어. 다들 그저 술을 마시며 낄낄거렸어.

나도 그 아이들이 기억났다. 파티의 마스코트 같은 존재들.

"클레이! 여기에서 무우어얼 하닝 거야? 바아보오오!"

음악소리는 요란했지만 아무도 춤을 추진 않았어. 여느 파티나 다름없었지. 한 가지만 빼고.

클레이 젠슨이 온다는 거.

네가 파티에 처음 들어섰을 때도 애들이 놀려댔겠지. 그러나 내가 도착할 즈음에는 너도 다른 아이들처럼 파티의 일부가 되어 있었어. 다른 아이들과 달리 내가 파티에 간 이유는 너 하나야.

내 삶과 머릿속에서 소용돌이치는 것들을 너와 이야기하고 싶었어. 대화 같은 대화. 단 한 번이라도. 학교에서는 절대로 만들 수 없던 대화. 아르바이트 장소에서도. 이제는 물어보고 싶었어. 넌 누구니?

내가 겁이 많아 우린 그럴 기회를 잡지 못했고, 그럴 기회를 잡지 못할까 봐 늘 겁이 났다.

그렇게 생각했다. 차라리 그게 속 편했다. 내가 너와 사귀게 되면 어쩌지? 그리고 사람들의 이야기가 사실로 드러나면? 내가 꿈꾸던 이상형이 아니라면?

상처가 클 것 같았다.

주방에 서서 첫잔을 채우려고 막 줄을 섰는데 내 뒤로 네가 다가왔어.

"해나 베이커." 네가 말을 건넸고 난 돌아섰어. "해나…안녕."

해나가 왔을 때, 해나가 현관문으로 걸어 들어올 때, 날 못 본 것 같았다. 겁먹은 똥개처럼, 몸을 돌려 주방을 지나 곧장 뒷문으로 줄행랑을 쳤다.

느닷없이 들이닥치다니, 라고 중얼거렸다. 파티에 가면서 해나 베이커가 나타나면 곧장 말을 걸자고 다짐했건만. 절호의 기회라고. 누가 있든 나는 해나를 바라보며 곧장 말을 거는 거야.

그런데 해나가 들어서자, 나는 영락없이 꼬리를 빼고 말았다.

믿어지지 않았지. 불쑥 나타났거든.

아니야, 불쑥 나타난 게 아니야. 뒤뜰을 이리저리 걸으며, 겁먹은 똥개처럼 꼬리를 내린 내 자신에게 욕을 퍼부었다. 나는 집으로 돌아가겠다고 마음먹고 거기에서 나왔다.

그러나 보도를 가다말고 용기를 내기로 했다. 그러고는 현관으로 발걸음을 돌렸다. 다시 한 번 술주정뱅이 녀석들이 반갑게 나를 맞았고 나는 곧장 너에게로 다가갔던 거다.

그러니 절대 불쑥 나타난 건 아니었다.

"별건 아니고." 네가 말을 꺼냈어. "내 생각에는 우린 이야기를 나누어야 할 것 같아서."

이야기를 이어가려면 뱃속 용기까지 끌어내야 했다. 용기와 맥주 두 잔.

난 순순히 응했어. 아마 난 팔푼이처럼 헤벌쭉 웃었을 거야.

아니야. 무척 아름다웠어.

그때, 네 뒤로 주방 출입구의 문틀이 보였어. 펜과 연필 자국이 잔뜩 그려져 있었지. 그 집의 아이들이 얼마나 빨리 자라는지 표시해 둔 눈금. 이 도시로 이사 오려고 집을 팔면서 엄마는 주방문에 새겨진 눈금을 지운 게 생각났어.

나도 보았다. 네가 내 어깨 너머로 뭔가를 빤히 봤지.

너는 내 잔이 빈 것을 보고, 네 것을 반 잔만 부어주었어. 그러고는 이야기해도 되겠냐고 물었어.

다들 오해하지 않기를. 다들 그럴싸한 말을 하면서 여자애를 술이 떡이 되도록 마시게 하지. 그러나 그는 아니었어. 아니 나에게는 그렇게 안 보였어.

아니었다. 아무도 안 믿겠지만, 사실이다.

그럴 속셈이었다면 클레이는 계속 내 잔을 채웠을 거야.

거실로 가보니, 소파 한 쪽에는 누군가 자리 잡고 있었어.

제시카 데비스와 저스틴 폴리.

그래도 자리가 충분했어. 그래서 우리는 그 곁에 앉았어. 그리고 뭘 했을까? 잔을 내려놓고 담소를 나누었어. 그냥…그렇게.

해나가 그들을 모를 리 없었다. 제시카와 저스틴. 그러나 이름을 입에 올리지 않았다. 해나의 첫 키스 상대가 모네에서 해나를 후려친 여자애와 키스를 하고 있었다. 해나는 과거에서 도망칠 수 없었다.

내가 꿈꾸던 일이 펼쳐지고 있었어. 질문들은 사적인 것이었고, 우리가 한동안 놓쳐버린 것을 따라잡으려는 듯했어. 그래도 질문은 조금도 주제넘지 않았어.

헤드폰을 통해 들리는 해나의 목소리는, 물리적으로 가능하지 않지만 따뜻했다. 그녀의 말이 달아나지 않도록 두 손으로 귀를 감쌌다.

질문들은 결코 무례하지 않았어. 나는 네가 날 알아주기를 바랐거든.

근사했다. 해나와 이야기를 나눈다는 게 믿어지지 않았다. 그건 진짜 대화였어. 멈추고 싶지 않았다.

너와 이야기하는 게 너무 좋았어, 해나.

너라면 날 알아줄 것 같았어. 내 말을 뭐든 이해해주는 분위기. 질문과 대답이 이어지면서 그 이유가 분명해졌어. 우리는 같은 것에 흥미가 있었고, 같은 것을 염려했던 거야.

나에게 말해주면 좋았을걸, 해나. 그날 밤, 우리에게 금지된 것은 아무것도 없었어. 네 가슴을 더 열고 모든 것을 털어놓아도 괜찮았는데, 나는 기다렸는데. 넌 그 길을 선택하지 않았어.

너에게 모든 걸 말하고 싶었어. 하지만 무서웠어. 두려웠던 일들이 떠올랐어. 이해할 수 없는 일들. 어떻게 내 모든 생각을 다른 사람에게, 그것도 처음으로 대화를 나눈다고 할 수 있는 사람에게 이해시킬 수 있을까?

불가능한 일이야. 너무 빨랐어.

그렇지 않았는데.

아니면 너무 늦었거나.

그런데 이제는 말하잖아. 왜 지금까지 기다렸니?

그녀의 말은 이제 따뜻하지 않았다. 말투는 따스하게 들렸지만, 나에게는 활활 타오르는 불쏘시개 같은 느낌으로 다가왔다.

내 마음 안에서. 내 심장 안에서.

클레이, 너는 우리 마음이 잘 통할 거라고 거듭 말했어. 오랫동안 그런 느낌이었다고 너는 말했지. 우린 잘 지낼 수 있을 것 같다고, 우린 연결되어 있었다고.

근데 어떻게 알았어? 넌 설명해주지 않았잖아. 어떻게 알아냈니? 남들이 뭐라고 쑥덕거리는지 난 잘 알거든. 떠도는 소문과 거짓은 나의 또 다른 모습이 되고 말았으니까.

사실이 아니란 걸 알았어, 해나. 말하자면, 사실이 아니길 바랐지. 그러면서도 한편으로는 확인하는 게 두려웠어.

난 무너지고 있었어. 좀 더 빨리 우리가 이야기를 나누었더라면. 우리는 그렇게 될 수 있었겠지. 우리는…혹시…모르겠다. 그러나 일들은 너무 많이 진척이 되었어. 내 결심은 확고했지. 내 삶을 끝장내려는 건 아니었어. 아직은 아니었지. 그래도 학교 아이들한테는 마음을 주지 않기로 결심했어. 누구와도 가까워지지 말자. 그게 내 마음이었어. 졸업하면 곧장 여기를 떠나는 거야.

바로 그런 상황에서 파티에 갔어. 널 만나러 갔던 거야.

내가 왜 그랬지? 자책하려고? 딱 그런 심정이었어. 너무 오래 기다려 온 내 자신이 미웠어. 너에게 잘 해주지 못한 내가 싫었어.

네가 잘못 한 일이라곤 이 테이프뿐이야, 해나. 나도 널 만나러 갔으니까. 우리는 계속 이야기해야 했어. 넌 무엇이든 말할 수 있었는데. 난 무슨 말이든 들어줄 수 있었고.

우리랑 소파에 앉아 있던 여자애는 계속 술을 마셨어. 취해서 걸핏하면 웃음을 터뜨리면서 나를 툭툭 쳤지. 처음에는 장난인 줄 알았는데, 나중에 보니 완전히 맛이 갔더군.

해나는 왜 여자애의 이름을 밝히지 않을까?

처음엔 그 여자애가 취하지 않았다고 생각했어. 그게 다 쇼 같았거든. 옆에 있는 남자애를 위해서 하는 쇼. 그들은 이야기를 나누고 있었거든. 어쩌면 그녀는 남자애와 소파를 다 차지하고 기다랗게 눕고 싶었나.

그래서 클레이와 난 자리를 떴어.

우리는 여기저기 돌아다녔어. 어디나 귀를 찢는 음악소리 때문에 소리를 질러대야 했어. 결국, 성공적으로 화제도 자연스럽게 바꾸었어. 심각하고 어색한 주제에서 벗어났지. 우리에겐 유머가 필요했거든. 그러나 어디로 가든 소란스러워서 상대방의 이야기를 듣기가 쉽지 않았어.

우리는 복도를 헤매다, 빈 방으로 갔어.

그 다음부터 일어났던 모든 일을 기억하고 있다. 마치 재연드라마의 재연처럼 꼼꼼히 기억하고 있다. 그러나 해나는 어떻게 기억할까?

우리는 문틀에 기대어서 술잔을 들고 터져 나오는 웃음을 멈출 수 없었어.

그렇지만 파티에 올 때부터 느끼던 외로움이 다시 밀려왔어.

물론 난 혼자가 아니었어. 알아. 처음으로 한동안, 학교의 다른 또래와 접속되어 있었어. 근데 왜 난 외로웠을까?

넌 외롭지 않았어, 해나. 내가 있었잖아.

왜냐하면 내가 원했으니까. 정말 말 그대로야. 나로서는 말이 되는 거야. 남들과 관계를 맺고 싶었지만, 그때마다 돌아오는 건 비웃음뿐이었어.

모든 것이 만족스러운 상태. 하지만 그 안에 무엇이 도사리고 있을지 난 알 것 같았어. 훨씬 더 고통스러운 것이겠지.

그런 일은 절대 없었을 거야.

넌 진심을 나누려고 했어. 그게 버거워서 난 화제를 가벼운 쪽으로 돌렸지. 넌 날 웃겼어. 유쾌했어, 클레이. 너는 내가 찾던 사람이었어.

그래서 너에게 키스를 했어.

아니야, 내가 키스 했어, 해나.

아름답고도 아주 긴 키스.

우리가 입을 떼고 숨 쉴 때 네가 했던 말을 기억하니? 귀엽고 순수하고 소년 같은 미소를 지으며 물었지. "왜 그랬어?"

맞아, 네가 나한테 키스 했어.

그래서 내가 말했어. "넌 바보야." 우리는 다시 키스를 했어.

바보. 그래, 그 말도 기억난다.

결국 우리는 문을 닫고 방 안으로 더 들어갔어. 우리는 문에서 멀리 떨어진 곳에 있고, 파티는 문 밖, 저쪽에 있었어.

환상적이었지. 함께 있다니. 계속 그 생각만 맴돌았어. 이렇게 달콤한데. 뜬금없이 그 말이 튀어나올까 봐 너를 만나는 내내 내 마음을 다잡아야 했어.

너희들은 금시초문이라고 생각할 거야. 어떻게 우리가 그걸 전혀 몰랐을까? 해나가 사귀는 아이라면 금세 알았을 텐데.

왜냐하면 나는 누구한테도 말하지 않았거든.

틀렸어. 너희들이 알아냈다고 생각했을 뿐이야. 듣고는 있는 거야? 자기 이름이 나오는 부분만 귀담아 들었니? 내가 사귄 사람은 한 손으로 셀 수 있어, 그래 한 손이면 충분해. 근데 너희들은 두 손은 물론이고 두 발까지 다 동원해도 다 셀 수 없다고 생각했겠지?

그게 무슨 말이냐고? 못 믿겠다고? 쇼크 먹었다고? 어떻게 추측하든 이젠 상관없어. 그날 밤이 너희들이 나를 어떻게 생각할지 걱정되는 마지막 순간이야. 그리고 그게 마지막 밤이었으니까.

난 안전벨트를 풀고 몸을 숙였다. 손을 입에 대고 터져 나오는 비명을 막았다.

그러나 신음이 새어나왔다. 손바닥이 울음으로 축축해졌다.

토니는 여전히 운전에만 신경을 썼다.

자, 아무 생각 없이 듣도록 해. 이제부터 그 방에서 클레이와 나 사이에 무슨 일이 있었는지 다 말할 테니, 귀를 쫑긋 세워

우린 키스 했어.

그게 전부야. 우린 키스 했어.

나는 무릎에 놓인 워크맨을 내려다보았다. 너무 어두워서 워크맨 플라스틱 뚜껑 아래로 회전축이 돌아가는 게 보이지 않았다. 그래도 초점을 맞출 대상이 필요했기에 뚫어지게 응시했다. 두 개의 회전축에 집중하다보니 내 이야기를 전하는 해나의 눈동자를 들여다보는 기분이었다.

둘이서 나란히 침대에 누워 있으니, 정말 좋았어. 클레이의 한 손은 내 허리에 놓여 있었어. 다른 팔로는 팔베개를 해주었지. 두 팔로 클레이를 안고 끌어당겼어. 더 가까워지고 싶다고 속으로 말했지. 나는 더 가까워지고 싶었으니까.

바로 그때 내가 입을 열었지. 그리고 해나의 귀에 속삭였다. "미안해. 미안해." 왜냐하면 마음 저 깊은 곳에서, 기쁜 감정과 슬픔이 동시에 밀려왔거든. 여기까지 오는데 이렇게 오랜 시간이 걸린 게, 가슴 한편으로는 너무 아렸고, 지금 함께하고 있어 너무 행복해 콧등이 시큰했거든.

첫 키스처럼 느껴졌던 키스. 그 키스는 나에게 새로 시작할 수 있다고 말해주는 것 같았어, 그와 함께.

그러나 어디에서 시작해야 할까?

그 순간, 네가 생각났어, 저스틴. 오랜만에 처음으로 우리의 첫 키스가 생각났어. 말 그대로 진짜 첫 키스. 첫 키스에 대한 기대감으로 내 마음은 한껏 설레었지. 내 입술을 누르던 네 입술의 감촉도 기억났고.

그런데, 동시에 네가 그걸 어떻게 망가뜨렸는지 떠올랐지.

"그만." 난 클레이에게 말했어. 그러고는 손을 뗐어.

넌 손으로 내 가슴을 밀어냈어.

내 낙담을 넌 느꼈니, 클레이? 느낌이 전해졌어? 넌 틀림없이 알았을 거야.

아니. 네가 감추었어. 그게 무엇인지 말해주지 않았어, 해나.

눈이 아플 정도로 눈을 꼭 감았어. 생각들이 머릿속에서 떠오르는 걸 밀어내려고 애썼지. 자꾸 떠오르는 리스트의 사람들 그리고 그 외 몇 사람들까지. 그날 밤, 눈앞을 스쳐가던 이들. 나를 욕하던 사람들은 클레이에게 어떤 굴레를 씌울까? 나의 이미지와 클레이의 이미지는 어떻게 다를까?

아니야, 우린 똑같아.

나도 어쩔 수 없었어. 내 이미지는 이미 내가 컨트롤 할 수 없게 돼버렸어.

클레이, 너의 이미지는 존중받을 만해. 그러나…난 아니었어. 그런 내가 너 같은 아이와 함께 있다니. 또 하나의 추문이 추가 되겠네.

그럴 리가 없어. 내가 누구에게 말하겠어, 해나?

"그만." 난 되풀이해서 계속 말했어. 이번에는 손을 네 가슴에 대고 밀었어. 몸을 돌려 얼굴을 베개에 묻었어.

네가 말을 꺼내자 내가 그만하라고 소리쳤어. 나가달라고 부탁했어. 네가 다시 입을 열기에 나는 비명을 질러댔어. 베개에 대고.

그러자 네가 입을 다물었어. 내 말대로.

네 침대자리가 흔들렸고 넌 일어서서 방을 나갔어. 네가 영원히 떠나는 것 같았어. 너는 그게 내 진심이라고 여겼겠지.

너에게서 가지 말라는 말이 나오길 바랐어.

눈을 꼭 감고, 베개에 얼굴을 묻었지만, 네가 문을 열었을 때, 불빛이 느껴졌어. 빛이 밝아졌어. 그러더니 다시 빛이 어두워졌고… 넌 떠났어.

내가 왜 그 말을 따랐을까? 왜 그녀를 거기에 남겨두었을까? 해나는 내가 필요했고, 나는 그걸 알고 있었는데.

그러나 난 두려웠다. 다시 한 번 두려움에 질렸다.

난 침대에서 바닥으로 내려왔어. 침대 옆에 앉아서 무릎을 껴안고…울었어.

클레이, 네 이야기는 여기서 끝이야.

그렇게 끝내지 말았어야 했는데. 너 때문에 거기를 갔는데, 해나. 넌 손만 내밀면 되는데, 넌 손을 내밀지 않았어. 네가 선택했어. 넌 결심을 굳혔고 날 밀어냈어. 널 도와줄 수 있었어. 정말 돕고 싶었어.

넌 방에서 나갔고 그 뒤로 다시는 말을 나누지 않았어.

넌 요지부동이었어. 네가 무슨 말을 하든 넌 이미 마음을 먹고 있었잖아.

학교 복도에서 넌 눈을 마주치려 했지만 난 시선을 돌렸어. 그날 밤, 집에 와서 공책을 한 장 찢어서 이름을 하나씩 적어 내려갔어. 너와 키스를 멈춘 순간, 머릿속에 떠오른 이름들을 적었어.

이름이 너무 많았어, 클레이. 적어도 36명 쯤 되는 것 같았어.

그런 다음 하나하나 연결시켰어.

저스틴, 우선 네 이름에 동그라미를 쳤어. 이어서 너와 알렉스를 연결했지. 알렉스에 동그라미를 치고 제시카에게 줄을 그었어. 연결되지 않는 이름은 그냥 지나쳤어. 떨어져 있는 이름들, 고립되어 있는 사건들은 연결하지 않았어.

너희들을 향한 분노와 절망감은 눈물로 변했고, 새 연결고리가 나타날 때마다 적개심과 증오가 솟구쳤지.

그리고 클레이에게 이르렀어. 내가 파티에 갔던 이유. 그의 이름에 동그라미를 치고 선을 그어서…되돌아갔어. 이미 한 번 나왔던 이름으로 다시 이었어.

저스틴이구나.

클레이. 네가 나가고 문이 닫힌 뒤에…그 자식이 문을 열었어.

첫 테이프에서 해나는 저스틴이 다시 나올 거라고 했다. 그런데 그 파티에 저스틴이 참석했다. 제시카와 함께 소파 위에 다시 등장했어.

하지만 그 자식은 테이프를 이미 받았어. 그러니 클레이, 그 자식에게 테이프를 전달하지 말고 그 뒷사람에게 전해 줘. 꼬리에 꼬리를 무는 이야기에서는 리스트를 길게 할 새로운 사람이어야 해. 바로 그가 네게서 테이프를 받을 사람이야.

그래, 클레이. 나도 미안해. 미안해.

눈이 콕콕 쑤셨다. 짜디짠 눈물 때문이 아니었다. 내가 방을 나온 뒤에 해나가 울었다니. 그 말을 듣고 나자 눈 한 번 깜박일 수 없었다.

고개를 돌리려는데 목의 근육이 파열할 것 같았다. 워크맨에서 창문 밖으로 시선을 옮기니 내 동공에 맺히는 게 아무것도 없었다. 그녀의 말이 사라질까 봐 꼼짝할 수가 없었다.

토니는 속도를 줄여 인도로 차를 댔다. "괜찮아?"

주택지역으로 파티가 열렸던 곳은 아니었다.

나는 괜찮지 않다고 고개를 흔들었다.

"곧 괜찮겠지?" 토니가 말했다.

나는 몸을 젖힌 뒤 뒤통수를 의자에 붙이고 눈을 감았다. "해나가 그리워."

"나도 그리워." 토니가 말했다. 내가 눈을 떴을 때 토니는 고개를 숙이고 있었다. 울고 있나? 울음을 참고 있나?

"솔직히." 내가 입을 열었다. "이제껏 진심으로 해나를 그리워하지 않았어."

토니는 똑바로 앉아서 나를 바라보았다.

"그날 밤, 너무 어리둥절했어. 그날 밤 일어났던 그 모든 일이 현실감이라고는 전혀 없어. 아주 오랫동안 먼발치에서 해나를 좋아했어. 그런데도 한 번도 말하지 않았어." 나는 워크맨을 내려다보았다. "고작 하룻밤만 같이 있었고 게다가 그날 밤 끄트머리였어. 전에도 그녀를 안 것 같지 않아. 그런데 이제는 알겠어. 그날 밤 해나의 마음이 어디에 있었는지. 해나가 얼마나 괴로웠는지."

목소리가 흔들렸다. 흔들리면서 눈물이 터져 나왔다.

토니는 대꾸하지 않았다. 그저 텅 빈 거리를 내다보며, 해나를 마음껏 그리워하도록 나를 내버려두었다. 그녀가 그리울 때마다 숨을 한 번 들이켰다. 그립다는 생각에 심장이 차가워졌다. 그러다 해나에 대한 추억이 떠오르면서 금세 따뜻해졌다.

나는 소맷부리로 눈가를 훔쳤다. 그러고는 눈물을 삼키며 웃었다. "다 들어줘서 고맙다." 내가 말을 이었다. "다음엔, 그렇게까지 안 들어줘도 돼."

토니는 깜박이를 켜고는 뒤쪽을 살핀 다음에 도로로 들어섰다. 그러나 날 쳐다보진 않았다. "고맙긴."

테이프 5 : B 면

로지를 떠난 뒤에 같은 도로를 몇 번은 오간 것 같았다. 시간을 죽이려는 듯.

"너도 파티에 있었냐?" 내가 물었다.

토니는 옆을 보며 차선을 바꾸었다. "아니야, 클레이. 넌 좀 괜찮아졌냐?"

대답하기 곤란했다. 괜찮지 않기 때문에. 난 해나를 밀어내지 않았다. 해나에게 고통을 더해 주거나 상처주지 않았다. 그러나 방에 유기한 채로 떠났다. 손을 내밀어서 해나를 구할 수 있는 유일한 사람이었는데도. 그녀가 터벅터벅 가던 발걸음을 되돌릴 수 있었는데도.

나는 그녀가 시키는 대로 했다. 떠났다. 머물러야 할 때.

"아무도 날 비난하진 못해." 내가 읊조렸다. 누구가 그 말을 큰 소리로 해줬으면 했다. 내 머릿속에서가 아니라 내 귀로 똑똑히 듣고 싶었다. "아무도 날 욕해서는 안 돼."

"아무도?" 토니가 말했다. 시선은 여전히 도로를 보고 있었다.

"넌 어때?" 내가 물었다.

자동차는 사거리에서 정지신호를 받고 속도를 줄였다.

토니가 곁눈질로 슬쩍 나를 보았다. 이내 도로로 눈길을 돌렸다. "아니야, 난 널 욕하지는 않아."

"그런데 왜 너야? 해나가 왜 너에게 테이프 복사본을 건넨 거지?"

"우선 파티장소까지 가자. 거기에서 말해줄게."

"지금은 말을 못 하겠다고?"

옅은 웃음이 스쳤다. "차 운전하잖아."

▶

클레이가 떠나자마자, 소파에 있던 커플이 방으로 걸어 들어왔어. 사실, 비틀거리며 들어왔다는 표현이 정확해. 기억나지? 나는 그녀가 취했다고 생각했는데, 자꾸 툭툭 쳐 우리를 소파에서 떠나게 했잖아. 안타깝게도 그게 연기가 아니었어. 여자애는 엉망진창으로 취해 있었어.

나는 거실에서 그들을 지나쳤다. 제시카는 저스틴의 어깨에 한쪽 팔을 둘렀다. 그리고 몸을 가누느라 한쪽 손으로는 벽을 짚었다.

난 그들이 들어오는 걸 못 봤어. 바닥에 엎드려 침대 한 쪽에 등을 기대고 있었으니까. 게다가 깜깜하기까지 했거든.

방에서 나올 때, 세상이 무너지는 것 같았다. 어떻게 할지 몰랐다. 거실의 피아노에 기대어 겨우 몸을 지탱할 수 있었다. 이젠 어떡하나? 머물러야 하나? 떠나야 하나? 어디로 가지?

여자애가 심하게 넘어져 스탠드에 부닥칠 뻔했는데, 그녀의 소파 친구가 겨우 붙들었어. 여자애가 다시 침대에서 떨어지려 할 때도, 두 번씩이나, 남자애가 들어 올렸지. 좋은 애라면 터져나오는 웃음은 어쩔 수 없겠지만, 웃음을 참았겠지.

여자애를 침대에 밀어 넣고는 바로 문을 닫고 나가겠지 싶었어. 그때를 기회삼아 빠져나가면 되겠지. 그럼 이야기가 끝났겠지.

해나가 내 첫 키스 상대는 아니었다. 그러나 의미심장한 첫 키스였다. 의미 있는 사람과 나눈 첫 키스였다. 그날 밤, 오랫동안 해나와 이야기를 나누면서 이제 시작이라는 기분이 들었다. 우리 사이에 뭔가 일어났다. 뭔가가. 나는 그걸 느꼈다.

그렇게 이야기가 끝날 리는 없지. 그랬다면 이 테이프의 매력이 줄어들잖아. 다들, 디 엔드가 아니란 걸 눈치 챘을 거야.

그렇지만, 갈 곳도 정하지 못한 채, 파티장소를 떠나야 했다.

그는 나가지 않고 여자애에게 입을 맞췄어.

너희들 몇은 그런 멋진 관음증을 충족할 기회를 맞이해 즐기겠지? 웬만한 재수가 아니면 그렇게 섹시한 장면을 가까이 볼 수 없잖아. 보이지는 않는다고 해도 들리기는 하잖아.

그렇지만 두 가지 때문에 나는 바닥에서 일어나지 못했어. 무릎에 이마를 대고 있었는데, 그날 내가 술을 그렇게 많이 마신 줄 처음 알았어. 내 평형감각이 정상이 아니었어. 뛰어나가다가는 아마 엎어지고 말았을 거야.

그게 나의 첫 번째 변명인 셈이야.

두 번째는 게다가 오래 끌 것 같지 않았어. 여자애는 술이 떡이 되었고, 반응이 없었어. 입맞춤 이상으로 진행되기란 무리였어. 그나마 일방적으로 억지로 입술을 빠는 정도.

역시, 좋은 녀석이었어. 남자애는 그걸 기회로 삼진 않았어. 바라긴 했지. 어떻게든 정신을 차리게 하려고 무진장 애를 썼거든.

"정신이 드니? 욕실로 데려다 줄까? 토하고 싶어?"

여자애는 완전히 맛이 가지는 않았어. 끙끙 대다가 구시렁댔어.

남자애는 차츰 깨달았어. 그녀에게 낭만적인 분위기를 기대할 수도 없고, 그것도 아주 잠시도 그럴 수 없다는 것을. 그는 여자애를 침대에 밀어 넣으면서, 잠시 뒤에 들르겠다고 말했어. 그러고는 나갔지.

지금쯤, 다들 궁금하지? 도대체 이들이 누구야? 해나, 이름 알려주는 걸 잊었잖아. 난 잊지 않았어. 내게 지금 살아 있는 거라고는 기억력뿐이야.

그래서 너무 싫어. 내 기억력이 좋지 않았다면 우리 모두는 조금 더 행복해질 수 있었는데.

파티를 떠날 때 안개가 자욱했다. 동네를 빠져나올 즈음에는 이슬비로 변했다. 그러더니 빗발이 굵어졌다. 그러나 파티를 막 나설 때에는 짙은 안개 때문에 모든 게 어슴푸레했다.

그러나 이름을 듣고 싶으면 기다려. 이제껏 꼼꼼히 들었더라면, 알 텐데. 한참 전에 나는 너희들한테 이름을 가르쳐 줬어.

내가 이름을 밝힐 때까지, 남자애도 비지땀 좀 흘리겠지. 그 방에서 있던 일을 기억해내느라.

기억 날 거야. 틀림없어.

지금 그 상판대기를 보고 싶어. 눈을 꽉 감고, 이를 악물고, 머리를 쥐어박고 있겠지.

이 말을 해주고 싶어. 부정해 봐! 그 방에 네가 있었는 걸 부인해. 네가 한 짓을 내가 모를 거라고 우겨 봐. 아니면, 하지 않았던 일이나 했던 일을 부정해 봐. 네가 수수방관했던 일. 네가 재등장할 이유가 없다고 합리화시켜 봐. 그러나 이건 분명히 두 번째 테이프야. 너의 두 번째 테이프.

아, 그래서? 이번이 더 맘에 든다고? 두 번째 테이프가 더 나을 것 같아?

어련하시겠어.

제기랄. 도대체 그날 밤에 뭐가 잘못된 거야?

걔가 네 여자 친구가 아니란 건 알아. 넌 그 애와 말도 주고받은 적도 없으니 여자애에 대해 아는 게 없겠지. 그렇다고 나중에 벌어진 일의 핑곗거리가 될까? 그거 하나로 변명이 되겠어?

어차피, 변명 따위는 필요 없어.

나는 중심을 잡으려고 한 손으로 침대를 잡고, 일어섰어. 문틈으로 들어온 불빛에 네 신발, 그러니까 신발 그림자가 보였어. 너는 방에서 나갔지만 여전히 문 밖에 서 있었어. 나는 침대에서 한 걸음씩 옮겨 불빛을 향해 걸어갔어. 문을 열고 뭐라고 해야 하나 잠시 고민했어.

그러나 중간쯤에서, 다른 두 신발이 눈에 들어왔고…난 멈췄어.

파티에서 나와 나는 무작정 걸었다. 몇 블록 정도. 집에도 가기 싫고, 파티 장소로 돌아가고 싶지도 않았다.

문이 열렸고, 네가 다시 닫으며 말했어. "이러지 마. 그냥 자게 놔둬."

잠깐 스쳐간 불빛 사이로 옷장이 보였어. 아코디언 도어(아코디언의 몸체처럼 접었다 폈다 할 수 있는 커튼 모양의 칸막이-옮긴이)가 반쯤 열려 있었어. 네 친구는 방으로 들어가겠다고 끈덕지게 졸랐지.

난 쿵쾅거리는 가슴을 안고, 방 한가운데에서 걸음을 멈췄어.

방문이 다시 열렸어. 하지만 네가 다시 닫았어. 넌 느물느물하게 말했어. "날 믿어. 꼼짝도 안 한다니까. 축 늘어졌다니까."

네 친구가 뭐라고 했지? 어떻게 말했지? 무슨 이유를 대며 비켜

달라고 했지? 기억나니? 난 기억나.

야간근무.

야간근무를 서야 하니까 몇 분 안에 갈 거라고 말했어.

몇 분, 그에게 그녀는 그 정도면 충분했어. 그러니 워워 릴랙스! 비켜줘.

너는 고작 그 따위 말에 문에서 비켜주고 말았어.

미쳤군.

쓰레기들.

믿어지지가 않았어. 네 친구도 어이가 없었나 봐. 다시 문손잡이를 잡긴 했지만, 선뜻 들어오진 못했거든. 네가 완강하게 말릴 줄 알았던 거지.

그 짧은 순간, 네가 침묵하던 그 짧은 순간, 난 주저앉고 말았어. 두 손으로 입을 막고, 토하는 걸 참았어. 옷장으로 기어가는데, 눈물 때문에 복도의 불빛이 번졌어. 옷장 안으로 퍽 쓰러지고 보니, 밑에는 재킷이 잔뜩 쌓여 있더군.

방문이 열렸고 나는 옷장 문을 닫았어. 그리고 눈을 질끈 감았어. 귓속에서 피가 펄떡였지. 나는 몸을 앞뒤로 연신 흔들며 이마를 재킷 꾸러미에 대고 찧었어. 그러나 음악소리가 집 전체를 뒤흔들고 있어 내 소리는 들리지 않았어.

"워워! 릴랙스." 그 말은 예전에도 늘 하던 말이다. 사람들에게 필요한 게 있으면 항상 그렇게 말했다. 여자 친구들에게, 친구들에게. 누구에게나.

브라이스구나. 틀림없어. 브라이스 워커가 방에 들어갔어.

정신없는 음악소리 때문에, 누구도 그가 방으로 들어가는 걸 보지 못했어. 방을 가로질러 침대에 올랐어. 침대의 용수철이 그의 무게를 이기지 못해 비명을 질렀어. 그것도 아무도 듣지 못했어.

내가 그만두게 할 수 있었는데. 내가 소리칠 수 있었다면. 내가 볼 수 있었다면. 내가 생각만 할 수 있었더라면, 문을 열어젖히고 막았을 텐데.

그러나 나는 할 수 없었어. 어차피 이따위 변명은 중요하지 않아. 내 마음의 천장이 무너졌다는 것도 변명이 되지 못해. 나에겐 핑곗거리가 없어. 내가 제지했으면, 이야기는 끝나는 건데. 그러나 멈추게 하려면, 무엇보다 빙빙 돌아가는 세상을 세워야만 했어. 이미 모든 일이 내 손에서 떠난 지 오래이기 때문에, 나는 아무것도 더는 중요하지 않았어.

나는 마음속의 감정을 주체할 수 없었어. 나는 이 세상이 멈춰…끝내고 싶었어.

해나에게 세상은 끝났다. 그러나 제시카에게는 끝나지 않았다. 계속 돌아갔지. 해나가 결국 이 테이프로 제시카에게 한 방 먹인 셈인가.

재킷에 얼굴을 파묻고 있어서 얼마나 많은 곡이 흘렀는지 모르겠어. 노래에 맞춰 박자가 바뀌었지. 잠시 뒤 목 안이 따끔거렸어.

화끈거리고 쓰라렸어. 내가 비명을 질렀을까?

바닥에 무릎을 대고 있는 상태라 복도를 따라 누군가 걸어오는 진동이 느껴졌어. 그가 들어온 뒤에 여러 곡이 흐르고 나서야 뚜벅뚜벅 발걸음 소리가 울렸어. 나는 옷장 벽에 등을 붙이고…기다렸어. 옷장 문이 벌컥 열리기를. 숨은 곳에서 질질 끌려 나가기를.

그래서? 그 다음에 그는 나한테 무슨 짓을 했을까?

토니의 차가 길가로 다가섰다. 타이어가 갓돌에 스쳤다. 어떻게 이곳에 왔는지도 모르겠다. 내 창문 밖에 그 집이 보였다. 파티 때 들어섰던 대문. 몸을 돌려 나오던 현관문. 현관 옆의 창문. 창문 너머로 침실이 있고 해나가 들어가 있던 아코디언 문이 달린 옷장이 있다. 그날 밤, 나는 그녀와 긴 키스를 한 뒤 가야 했지.

그러나 복도 불빛이 방안으로 스며든 뒤, 옷장으로 비집어들었고, 발걸음은 멀어졌어. 모든 게 끝났어.

물론, 그는 근무시간에 늦지 않았겠지?

다음에 어떻게 되었냐고? 난 방에서 빠져나와 복도를 따라갔어. 그러다가 널 봤어. 어떤 방에 혼자 앉아 있었지. 이 테이프를 떠돌아다니게 만든 장본인…저스틴 폴리.

속이 울렁거려서 차문을 열어젖혔다.

침대 모서리에 넌 앉아 있었어. 불빛이 모두 꺼진 그곳에 넌 그렇게 가만히 있었어.

퀭한 눈으로 거기에 앉아 있었어. 난 복도에서 바짝 얼어붙은 채 널 봤어.

우린 먼 길을 함께 왔어, 저스틴. 처음에 너를 봤을 때는 캣의 잔디밭에 미끄러졌고, 미끄럼틀 아래에서 첫 키스를 했지. 이젠 여기에.

내 인생을 망친 사건들의 첫 고리는 바로 너야. 근데, 이제 거기서 다른 여자애의 인생을 망가뜨리고 있다니.

바로 그 집 앞에다 대고 난 구역질을 했다. 등을 잔뜩 구부리고 배수로에 고개를 숙였다.

마침내, 네가 나한테 고개를 돌렸어. 얼굴에 핏기가…사라졌어. 표정은…멍했어. 눈은 피곤에 찌들어 있었지.

아님, 내가 본 게 고통이었을까?

"속이 편안해질 때까지 하도록 해." 토니가 말했다.

걱정 마, 라고 속으로 말했다. 네 차에 토하지 않을 테니까.

저스틴, 너만 다 책임지라고 하지 않겠어. 우린 공범이니까. 둘 다 그 일을 막을 수 있었거든. 둘 중에 한 명이라도, 우린 그 여자애를 구해냈어야 했어. 난 그 사실을 인정해, 너희 모두 앞에서. 여자애에게는 두 번의 기회가 있었어. 그런데 우리 둘 다 외면했지.

산들바람이 얼굴을 상쾌하게 감싸더니 이마와 목덜미에 솟아난 땀방울을 식혀주었다.

그런데 이 테이프가 왜 저스틴에 대한 걸까? 다른 녀석은? 그 자식이 더 나쁜 놈 아닌가?

그래. 그렇고말고. 그러나 이 테이프는 전달되어야 하거든. 이 테이프를 그 자식에게 보내면 테이프는 거기에서 끝이야. 생각해 봐. 그 자식은 한 여자애를 강간 했어. 그놈이 안다면…우리가 안 다는 걸 그놈이 눈치 채면, 눈 깜짝할 사이에 이 도시에서 도망치겠지.

||

몸을 구부리고 한껏 숨을 들이마셨다. 그리고 꾹 참았다.
길게 내쉬었다.
마시고. 참고.
내쉬고.
나는 의자에 똑바로 앉았다. 혹시 몰라서 자동차 문을 열어두었다.
내가 물었다.
"왜 너야? 네가 왜 복사본을 갖고 있지? 너랑 무슨 상관이야?"
자동차가 옆을 스쳐가더니 두 블록 떨어진 곳에서 좌회전했다. 그리고 몇 분 뒤에 토니가 입을 열었다.
"상관은 없어. 진짜야." 토니가 로지에서 나에게 말을 붙인 이후로 토니가 내 눈을 바라본 건 처음이었다. 그의 눈동자. 반 블록 떨어진 가로등 불빛에 눈물이 반짝였다. "우선 그 테이프를 끝내, 클레이. 그러고 나면 설명해 줄게."

나는 대꾸하지 않았다.

"그것부터 끝내. 거의 다 들었으니까." 토니가 말했다.

▶

넌 그 자식을 어떻게 생각해, 저스틴? 증오해? 여자애를 강간한 네 친구. 아직도 네 친구야?

그렇겠지. 왜?

부정하지 않겠지. 당연히 그럴 거야. 그 자식은 성질머리가 아주 고약해. 여자애들을 속옷처럼 계속 갈아치우고. 그래도 너에겐 항상 좋은 친구잖아. 그는 예전과 똑같지, 그렇지? 그가 옛날처럼 똑같이 행동한다면 그는 나쁜 짓을 했을 리가 없어. 그건 너도 잘못한 게 없다는 이야기를 의미해.

훌륭해! 아주 훌륭해, 저스틴. 그 자식도 잘못한 짓이 없고 너도 잘못이 없어. 그럼 나도 잘못한 게 없는 거야. 나는 네가 그 여자애의 삶을 망치지 않길 얼마나 바랐는지 몰라.

그러나 내가 망쳤어.

눈곱만큼이나마, 그건 내가 협조한 거야. 너도 마찬가지고.

그래, 네 말도 그럴 듯 해. 넌 강간하지 않았어. 나도 강간하지 않았어. 그놈이 했어. 그렇지만 너…그리고 나…우리가 그렇게 만들었어.

그게 다 우리의 잘못이지.

■

"다 들었다." 내가 말했다. "무슨 일이 있었냐?"

주머니에서 여섯 번째 테이프를 꺼내어 워크맨에 들어 있던 것과 바꾸었다.

테이프 6 : A 면

토니가 시동장치에서 열쇠를 뽑았다. 이야기하면서 그걸 계속 쥐고 있었다. "운전하는 내내 어떻게 설명해야 하나, 그 생각뿐이었어. 네 곁에 앉아서 줄곧. 네가 토할 때조차도."

"네 차에 토하진 않았다."

"그래." 토니가 씩 웃으며 열쇠를 내려다보았다. "고맙다. 눈물 날 정도로 고마워."

나는 차문을 닫았다. 속이 가라앉았다.

토니가 말했다.

"걔가 우리 집에 왔어, 해나. 그게 기회였어."

"뭐?"

"클레이, 신호는 곳곳에 널려 있었어."

"나에게도 기회가 있었는데." 내가 토니에게 말했다. 헤드폰을 벗어서 무릎에 걸쳐놓았다. "파티에서. 키스를 하다 말고 걔

태도가 갑자기 돌변했어. 이유를 몰랐지. 그때가 기회였다니."

차 안은 캄캄했다. 그리고 조용했다. 창문을 완전히 닫아놓아서 바깥세상이 깊은 잠에 빠진 듯했다. 그가 말했다.

"우린 모두 책임져야 해. 조금씩이라도."

"걔가 너의 집에 왔단 말이지?" 내가 확인했다.

"자전거를 타고. 학교에 항상 타고 다니던 자전거." 내가 말했다. "파란 자전거. 대강 짐작이 간다. 너야 또 차를 들여다보고 있었겠지."

토니가 웃음을 터뜨렸다. "그거야 세 살 먹은 아이도 다 아는 사실이지. 그런데 걔는 전에는 우리 집에 한 번도 오지 않았거든. 나는 좀 놀라긴 했어. 너도 알지만 우린 학교에서 친하게 지냈어. 그래서 별스럽게 여기진 않았지. 이상했던 건 걔가 우리 집에 들른 이유였어."

"이유?"

토니는 창문을 내다보며 공기를 들이마셨다.

"자전거를 나한테 주러 왔어."

낱말들이 가만히 내려앉았다. 어디에도 걸리지 않고. 어색할 정도로 서서히 내려 앉았다.

토니가 설명했다.

"내가 갖는 게 좋겠대. 자기는 필요 없다며. 이유를 묻자 어깨만 으쓱 올릴 뿐 대답이 없었어. 다른 자전거가 있는 것도 아니고 그게 바로 암시였어. 난 놓쳐버렸어."

나는 학교에서 나눠준 전단의 내용이 떠올랐다.

'가진 것을 기부하다.'

토니가 끄덕였다. "필요한 사람을 생각해봤는데 내가 딱 떠오르더란다. 학교에서 가장 오래된 차를 몰고 다니니까 혹시라도 고장 나면, 자전거가 필요할 것 같다는 거야."

"그래도 이 녀석은 고장 난 적이 없잖아." 내가 말했다.

"이건 항상 고장이야. 우리가 늘 여기저기 수리하지. 어쨌든, 자전거를 받을 수는 없다고 말했어. 주는 것도 없이 받을 수는 없다고."

"그래서, 네가 뭘 줬어?"

"난 죽어도 못 잊어." 토니가 말하고는 몸을 돌려 나를 봤다. "눈동자 말이야, 클레이. 해나는 눈을 피하지 않았어. 물끄러미 바라보았어. 똑바로 내 눈을 보더니… 그러더니 울기 시작하는 거야. 날 빤히 바라보면서 눈물을 하염없이 떨어뜨렸어."

토니는 자기 눈에 고인 눈물을 훔치고는 윗입술을 손으로 닦았다. "뭔가 손을 썼어야 했는데."

징후는 사방에 있었다. 누구나 알아차릴 정도로.

"걔가 뭘 부탁했어?"

"나더러 테이프를 어떻게 녹음했냐고 묻더군. 차에서 틀던 테이프 말이야." 토니는 머리를 뒤로 기대고 심호흡을 했다. "그래서 우리 아버지의 구식 녹음기를 말해주었지." 토니가 잠시 말을 멈췄다. "그러자 걔가 목소리를 녹음하는 것도 있냐고 묻더라."

"맙소사!"

"소형 녹음기 같은 것. 콘센트에 꽂지 않고 들고 다닐 수 있는 휴대용 녹음기가 있냐고. 나는 이유를 묻지 않았어. 잠깐 기다리라고 말한 뒤에 가져다주었지."

"이걸 걔한테 주었다고?"

토니는 나를 보았다. 그의 얼굴은 굳어 있었다. "그걸 어디에 쓸 건지 나는 몰랐어, 클레이."

"아, 널 탓하는 게 아니야, 토니. 그게 어디에 필요한지 해나가 한 마디도 안 했어?"

"내가 물어봤으면, 걔가 대답했을 것 같아?"

아니. 토니의 집에 들렀을 때, 해나의 마음은 이미 확정되어 있었다. 누군가 구해주길 원했더라면, 손을 내밀었겠지. 나는 거기에 있었다. 파티에서. 그녀도 알았다.

나는 고개를 내저었다. "대답할 리가 없지."

"그러고는 며칠이 지났어. 학교에서 집에 와보니 꾸러미가 현관에 놓여 있더라. 내 방으로 갖고 가서 테이프를 들었어. 나는 별거 아닌 줄 알았어."

"걔가 쪽지 같은 걸 남겼던?"

"아니, 그냥 테이프만. 그래도 나는 별일 아니라고 생각했지.

왜냐하면 해나랑 3교시 수업을 함께 듣는데, 해나가 그날 학교에 왔었거든."

"뭐?"

"그래서 나는 테이프를 빨리 돌리며 들었어. 빨리감기를 해서 내가 테이프에 나오는지 찾아봤어. 없었어. 그제야 나한테 복사본 테이프를 보냈다는 걸 깨달았어. 부랴부랴 전화번호부를 뒤져서 해나 집으로 전화를 했어. 아무도 안 받더라. 그래서 해나 부모님의 가게로 전화를 했어. 해나가 거기에 있냐고 다짜고짜 묻자, 부모님들은 오히려 무슨 일이냐고 되물었어. 내가 생각해도 미친 놈 같았거든."

"뭐라고 말했는데?"

"뭔가 잘못 되었으니까 해나를 찾아야 한다고 말했지. 이유까지는 차마 내 입으로 말하지 못하겠더군." 토니는 맥없이 숨을 쌕쌕 들이마셨다. "그런데 이튿날, 학교에 해나가 오지 않았어."

토니에게 안됐다는 말을 할 뻔했다. 무슨 일이 생겼는지 상상도 못 하고. 그러나 내일 가야 할 학교가 떠오른 순간, 나는 깨달았다. 테이프에 나온 사람들과 처음으로 마주쳐야 한다는 걸.

토니가 말을 이었다.

"그날 집으로 일찍 돌아갔어. 아프다고 둘러댔어. 그런데 그 변명대로 끙끙 앓아누웠고, 추스르는데 며칠이나 걸렸어. 학교에 돌아갔더니 저스틴 폴리가 죽을상이었어. 다음엔 알렉스. 나는 그들이 죄를 받아 마땅하다고 생각했어. 그래서 해나의 부탁을 들어주겠다고 마음먹었어. 걔가 했던 말을 너희들 모두 똑똑히 듣도록 하겠다고."

내가 물었다. "어떻게 추적했는데? 내가 테이프를 갖고 있는 건 어떻게 알았냐?"

토니가 대답했다. "넌 쉬웠어. 워크맨을 훔쳐갔잖아, 클레이."

우린 둘 다 웃었다. 그러자 기분이 다소 풀렸다. 안도감. 장례식에서 웃는 것 같았다. 실없겠지만 나에게는 그런 안도감 같은 게 너무 절실했다.

토니가 말했다. "다른 사람들은 좀 까다로웠어. 마지막 수업 종이 울리면 난 뛰어나가서 학교 앞 잔디밭 가까이 차를 대고 기다렸어. 내가 아는 테이프를 들은 마지막 사람을 안 이틀 뒤에 다음 사람을 보면 이름을 부르고 손을 흔들었지."

"테이프 받았냐고 물었어?"

"아니. 그럼 딱 잡아뗄 거야. 난 테이프를 들어 보이며, 들려주고 싶은 노래가 있으니 타라고 말해. 그리고는 걔들의 반응으로 짐작하는 거지."

"해나 테이프를 틀어주는 거야?"

"아니. 걔들이 달아나지 않으면 노래를 들려주는 거야. 아무 노래나. 이 노래를 왜 틀어주나, 하면서 얼떨떨해 하는 애들도 있었지. 네가 앉아 있는 바로 그 자리에서. 그러나 내 예감이 적중했다면, 그들의 눈빛이 확연히 흐릿해지거든. 마치 자신이 나와 백만 마일쯤 떨어져 있는 것처럼."

"그런데 왜 너야? 해나가 왜 너에게 테이프를 주었지?"

"몰라. 아무리 생각해봐도, 걔한테 녹음기를 준 것 말고는 모르겠어. 내가 조금이나마 관련되었으니 테이프를 들을 거라고 짐작했나 봐."

"테이프에 나오진 않지만 너 역시 한 부분을 차지한 거네."

토니는 차 앞유리를 바라보며 핸들을 꽉 잡았다.

"가야겠어."

내가 말했다. "다른 의도로 말한 건 아니었어. 알지?"

"알아. 늦었어. 아버지가 걱정하실 거야. 또 차가 어디에서 퍼졌을까 봐."

"아버지가 보닛 아래에서 또 이것저것 들쑤셔 귀찮게 할까 봐 걱정이구나?"

차 손잡이를 잡았다가 생각나는 게 있어서 손을 떼고 전화기를 꺼냈다. "좀 도와주라. 우리 엄마한테 인사만 잠깐 해 줘."

"그래."

나는 휴대폰에서 이름을 죽 검색하다가 발신을 눌렀다. 엄마가 바로 받았다.

"클레이?"

"엄마."

"클레이, 어디니?" 목소리에 근심이 묻어났다.

"늦을 거라고 말했는데."

"알아. 그랬지. 그래도 연락이 오기만 기다렸어."

"죄송해요. 시간이 더 많이 걸릴 것 같아요. 오늘 밤에는 토니네 집에서 자려고요."

바로 그 순간. "안녕하세요, 아주머니." 토니가 말했다.

엄마는 혹시 술 마시는 건 아니냐고 물었다.

"엄마, 아니에요. 맹세해요."

"걔 역사 숙제, 도와주는 거 맞지?"

나는 흠칫했다. 엄마는 내 변명을 무조건 믿고 싶은 거다. 내가 거짓말을 늘어놓을 때마다 엄마는 늘 믿으려고 안간힘을 썼다.

"널 믿는다, 클레이."

등교하기 전에 집에 잠깐 들러서 가방을 챙기겠다고 말하고는 전화를 끊었다.

"어디에서 있을 건데?" 토니가 물었다.

"모르겠어. 집에 갈지도 몰라. 엄마한테 너무 걱정 끼치는 것 같아서."

토니는 자동차 열쇠를 돌려 엔진을 켜고 전조등 스위치를 눌렀다. "내가 데려다줄까?"

나는 손잡이를 잡고 집을 보며 고개를 흔들었다. "내가 테이프에서 등장하는 곳이 여기잖아. 어쨌든 고마워."

토니의 시선은 정면을 향했다.

"진심이야. 고마워." 내가 말했다. 그냥 그저 자동차를 태워준 것 때문은 아니었다. 모두 다 고마웠다. 내가 좌절해서 흐느껴 울 때 그가 보여준 태도. 내 생애에서 가장 끔찍한 밤에 웃음을 던져준 토니가 너무 고마웠다.

내가 듣거나 겪은 걸 누군가 이해해준다니 마음이 놓였다. 아직도 들어야 할 테이프가 남아있다는 사실이 그리 끔찍하지 않았다.

나는 차에서 내려 문을 닫았다. 차가 떠났다

시작 버튼을 눌렀다.

▶

파티로 돌아가자, 모두. 그러나 분위기에 너무 휩싸이진 마. 금방 떠날 거니까.

반 블록 떨어진 곳에서 토니의 무스탕이 교차로에 잠깐 섰다가 좌회전을 하며 멀어졌다.

시간이라는 끈으로 너희 이야기들을 연결한다면, 파티는 모든 것의 매듭이 되는 셈이야. 매듭은 점점 커지고 점점 뒤얽히며 뒷이야기들을 끌고 나가거든

나는 저스틴과 끔찍하고 고통스러운 시선을 나누었어. 그러나

나는 결국 눈길을 바닥으로 떨어뜨린 채 파티로 돌아갔어. 뚜벅뚜벅. 걸음이 갈지자로 흔들렸어. 술 때문이 아니야. 다른 모든 것 때문이었지.

나는 갓돌에 앉았다. 구토물과 몇 걸음 떨어지지 않았다. 여기에 누가 사는지 모르겠다. 누구 파티인지 몰랐으니까. 아무튼 아무나 나와서 썩 꺼지라고 말해주면 좋겠다. 정말 그렇게 해주면 진심으로 고맙겠다.

거실의 피아노를 꽉 잡았어. 그리고 피아노 의자를 꺼내 털썩 주저앉았어.

난 떠나고 싶었어. 그런데 어디로 가야 할까? 집에 갈 순 없어. 아직 아니야.

설령 가고 싶은 곳이 있더라도, 어떻게 가지? 힘이 없어서 걸을 수 없었어. 난 그저 기운이 빠진 줄만 알았어. 그러나 사실은 뭔가 할 엄두가 나지 않는 것이었어. 내가 분명하게 아는 것은 한시라도 빨리 여기를 벗어나고 싶다는 거야. 그게 뭐든, 누구도 생각하고 싶지 않았어.

그런데 손길이 느껴졌어. 누군가 내 어깨를 지그시 잡았어.

제니 커츠였어.

우리 학교의 치어리더.

제니, 이번엔 네 차례야.

나는 고개를 무릎에 떨어뜨렸다.

집에 가고 싶니, 하고 묻는 제니의 물음에 난 자칫 웃을 뻔했어. 내 마음이 그렇게 눈에 띌 정도였나? 내가 그렇게 비참해 보였나?

난 제니에게 팔짱을 끼었고 제니가 일으켜 세웠어. 그게 좋았어. 누군가에게 의지한다는 게. 우리는 현관 밖으로 나왔어. 아이들은 현관에서 취해 널브러져 있거나 뜰에서 담배를 피우고 있었지.

나는 길을 따라 걸으며 파티를 떠나야 했던 이유를 곰곰이 따져보았다. 나와 해나 사이에 일어났던 일을 정리하고 어떻게든 이해하려고.

길바닥은 젖어 있었어. 나는 마비되고 무거워진 발을 질질 끌었어. 걸음을 옮길 때마다 자갈과 나뭇잎의 소리가 들렸어. 그 소리만 듣고 싶었어. 내 뒤를 따라오는 음악과 시끄러운 목소리는 깨끗이 지워버리고.

몇 블록 떨어졌는데도, 음악소리는 여전했다. 멀리에서. 소리를 죽인 소음. 도저히 벗어날 수 없는 것처럼 음악소리는 따라붙었지.

그때 흘러나오던 음악을 아직도 기억한다.

제니, 넌 한 마디도 안 했어. 내게 어떤 말도 묻지 않았어. 얼마나 고맙던지. 너 역시 파티에서 안 좋은 일을 당했거나 목격했니? 차마 입에 담기 싫은. 적어도 그 당시에는. 나 역시 마찬가지였어. 이제껏 입에서 꺼내지도 못할 만큼.

아…아니야…꺼내려고 했지. 한 번 시도는 했지만, 그 사람은 듣지 않았어.

열두 번째 이야기인가? 열세 번째? 완전히 다른 내용? 막상 종이에 적긴 했지만 우리에게 털어놓지 못하는 것?

제니, 넌 나를 차로 데려갔어. 생각은 다른 곳을 맴돌았고 눈길은 공허하게 떠돌았지만, 네 손길을 느낄 수 있었어. 부드럽게 팔을 잡으면서 조수석에 앉혔어. 안전벨트를 채워준 뒤에 넌 자리로 돌아갔고, 우린 떠났어.

그 다음에 있었던 일은 잘 기억나지 않아. 신경을 곤두세우지 않았거든. 네 차에서 난 편안했어. 차 안의 공기는 더할 나위 없이 따뜻하고 아늑했지. 와이퍼는 느린 속도로 움직이면서, 생각에 잠겨 있던 나를 자동차 안으로 끌고 왔어. 현실세계로.

비는 내려치지 않았지만 창문이 흐릿해서 모든 게 꿈처럼 느껴졌어. 난 안도감이 들었어. 지나치게 빨리 돌아가는 현실에서 분리된 것 같았어.

그러다가…부딪혔어. 세상이 뒤집힐 정도의 사고는 아니었어.

사고? 또 다른? 하룻밤에 두 건의 사고? 난 왜 못 들었지?

내가 앉은 쪽의 앞바퀴가 쿵 소리를 내며 갓돌을 들이받았어. 나무기둥이 앞 범퍼와 충돌하면서 이쑤시개처럼 뒤로 꺾였고.

맙소사, 안 돼.

정지표지판은 헤드라이트 앞에 나동그라졌어. 표지판이 차 밑에 걸리자 넌 비명을 지르며 브레이크를 밟았어. 사이드 미러로 보니 도로에 불꽃이 튀었고 우린 미끄러지다 멈췄어.

그래, 지금도 또렷해.

우린 한동안 앉아서 물끄러미 차 앞 유리를 보았어. 우린 말 한마디, 눈길 한 번 주고받지 않았어. 와이퍼가 싸악 싹 빗물을 닦고 있었어. 난 안전벨트를 꼭 쥐고 있었지. 표지판만 쓰러졌으니 천만다행이었어.

노인과 관련된 사고. 그리고 우리 학교 학생. 해나는 알았나? 제니가 원인을 제공했다는 걸?

넌 문을 열고 차 앞으로 다가갔고, 자세히 살피려고 헤드라이트 앞에서 몸을 구부렸어. 부딪힌 곳을 만지다가 고개를 떨어뜨렸어. 화가 났던 걸까? 아니면 울고 있었나?

어쩌면 그날 밤이 지긋지긋해서 웃었는지도 모르지.

나는 그 장소를 안다. 지도는 필요 없다. 이번엔 별이 붙어 있을 곳을 정확히 안다. 거기로 가야겠다.

부딪친 곳은 심하지 않았어. 그렇다고 멀쩡하다는 뜻은 아니야. 하지만 넌 가슴을 쓸어내렸을 거야. 더 끔찍할 수도 있었으니까. 최악의 상황. 다시 말해서…다른 것과 부딪칠 수도 있었어.

해나는 알았다.

생명이 있는 것과.

네 머릿속에 처음으로 무엇이 떠올랐던 간에 넌 태연하게 몸을 일으켰어. 그냥 서서 부딪친 곳을 바라보며 고개를 내저었어.

그러다 나와 눈이 마주쳤어. 찡그린 표정이 얼핏 스쳤어. 0.5초 정도. 그러나 찡그림은 이내 미소로 변했어. 어깨를 으쓱거리며.

차에 올라탔을 때 네가 꺼낸 첫 마디가 뭐였더라? "진짜 열 받네." 넌 열쇠를 시동장치에 꽂았고…난 널 말렸어. 네가 운전하게 놔둘 수는 없었어.

토니가 왼쪽으로 돌아간 교차로에서 난 오른쪽으로 걸음을 옮겼다. 두 블록 떨어진 곳으로, 거기가 분명하다. 정지표지판.

넌 눈을 감고 말했어. "해나, 난 취하지 않았어."

음주를 상기시키려는 게 아니었어, 제니. 왜 차를 길가에 대지 않는지 의아했어.

"비가 오잖아." 네가 말했어.

그래, 사실이었어. 보슬보슬 내리는 정도.

난 차를 세우라고 말했어.

넌 차분히 설명했어. 우린 가까이 살고 있어서 너는 이 주택지역을 손금 보듯 잘 안다고. 그 외 뭐가 중요하냐는 듯.

보인다. 표지판을 달고 있는 철제기둥. 글자가 빛을 발하고 있어서 멀리서도 잘 보인다. 그러나 사고가 발생한 그날 밤에는 그렇지 않았다. 글자는 반사체가 아니었고, 표지판은 나무기둥에 바짝 붙어 있었다.

"해나, 걱정 마." 그러고는 까르르 웃었지. "이젠 누구도 정지신호를 위반하는 사람은 없겠네. 무조건 통과해도 되겠어. 아예 없어졌으니 불법이 아니잖아. 그치? 사람들이 고마워할 거야."

다시 한 번, 난 차를 세우라고 말했어. 파티에 온 아이들 차를 얻어 타고 집으로 가자고. 아침에 내 차로 네 차 있는 곳까지 데려다주겠다고.

그러나 넌 막무가내였어. "해나, 들어 봐."

"차를 세워. 부탁이야." 내가 사정했어.

넌 나더러 내리라고 했어. 그러나 난 내리지 않았어. 어떻게든 널 설득하려고 했지. 표지판이어서 다행이라고. 집까지 운전하다가 또 사고가 발생할 수 있다고.

그러나 소용없었어. "내려." 네가 말했어.

난 눈을 감은 채로 한참이나 앉아 있었어. 빗줄기와 와이퍼 소리를 들으며.

"해나! 어서…내려."

결국, 시킨 대로 따라야 했어. 난 차 문을 열고 나갔지. 그러나 문을 닫진 않았어. 넌 와이퍼 너머 창밖을 뚫어져라 내다봤지. 핸들을 움켜쥔 채.

아직 한 블록이나 떨어졌지만 내 시야에 들어오는 것이라곤 정면에 있는 정지신호판이었다.

난 네 전화기를 쓸 수 있는지 물었어. 스테레오 바로 아래에 놓여 있었거든.

"왜?" 네가 물었어.

내가 왜 솔직히 말했을까. 둘러댈 수도 있었는데. "표지판이라도 신고해야지."

넌 내 눈을 똑바로 보았지. "추적할 거야. 전화를 추적한단 말이야, 해나." 넌 차의 시동을 걸며 문을 닫으라고 했지.

난 닫지 않았어.

넌 차를 후진시켰고 난 문에 부딪칠까 봐 펄쩍 물러섰어.

너는 차 밑의 금속표지판이 찌그러지든 망가지든 아랑곳하지 않았어. 네가 그 위를 통과하자 표지판이 내 발치에 떨어졌어. 구겨지고 긁힌 채.

넌 엔진의 속도를 높였고, 난 겁이 나서 갓돌 위로 올라섰어. 네가 돌진하자 차문이 쾅 소리를 내며 닫혔어. 차는 쏜살같이 내달렸고…넌 멀어졌지.

넌 표지판만 뭉개고 떠나간 게 아니었어, 제니.

또 한 번의 다른 기회도, 나는 멈추게 했어야 했는데…어쨌든.

우린 모두 막을 수 있었다. 우리 모두는 뭔가를 막을 수 있었지. 루머들. 강간.

너까지.

다시 사정해볼걸. 자동차 열쇠라도 뺏던지. 아님, 네 전화기를 훔쳐서 경찰서에 전화했다면.

어쨌거나, 곤란한 상황은 벌어지지 않았어. 너야 한 번에 길을 찾아 집으로 갔지. 문제는 그게 아니었어. 쓰러진 표지판, 바로 그게 문제였어.

지도의 B-6. 파티장소에서 두 블록 떨어진 곳의 정지표지판. 그러나 그날 밤, 잠깐이나마 표지판이 사라졌어. 공교롭게 비도 내리고 있었어. 누군가 시간에 맞춰 피자를 배달하려고 했지. 다른 누군가는 반대쪽에서 차를 돌리던 참이었어.

노인.

모퉁이에 정지표지판은 없었다. 그날 밤에만 없었다. 운전자 둘 중에 하나는 죽었다.

아무도 원인을 몰랐다. 우리도. 경찰도.

그러나 제니는 알았다. 그리고 해나도. 어쩌면 제니네 부모님도 알았겠지. 범퍼를 삽시간에 고쳐놓은 걸 보면.

난 차 안에 탄 사람을 몰랐어. 그는 3학년이야. 신문에 사진이 실렸지만 나는 그가 누군지 모르겠더라. 그저 학교에서 지나치는 수많은 얼굴 중의 하나였지. 나와 잘 알던 사이가 아니고…앞으로도 그럴 수 없는.

난 장례식에 가지 않았어. 그래, 가는 게 마땅했겠지만 난 가지 않았어. 갈 수 없었어. 이제는 그 이유가 분명해진 셈이지.

해나는 몰랐다. 저쪽 차에 탄 남자에 대해서는 전혀. 자신의 옛집에 사는 노인이라는 걸 전혀 몰랐다. 그나마 다행이었다. 앞에서 해나는 노인이 차고에서 나오는 모습을 보았다. 노인은 그녀에게 눈길도 주지 않고 쏜살같이 내달렸다.

너희 중 몇몇은 장례식에 참석했지.

칫솔을 돌려주러 나선 길. 노부인이 나에게 설명한 내용이었다. 우리는 소파에 앉아서 노인이 경찰과 동행하여 오도록 기다렸다. 노인은 시내 끝에 사는 손녀에게 칫솔을 갖다 주겠다며 차를 몰고 나갔다. 노부부는 휴가 중인 손녀의 부모를 대신하여 손녀를 돌보았다. 그러다 손녀가 칫솔을 빠뜨리고 집으로 돌아갔다. 손녀의 부모는 그깟 일로 시내를 가로질러 올 필요 없다고 말렸다. 어차피 칫솔이 여러 개 있다며. "그런데도 영감은 기어코 고집을 피웠어." 부인이 덧붙였다. "성격이 원래 그렇다네."

바로 그때 경찰이 도착했다.

장례식에 참석한 사람들은 그날 학교의 분위기를 전혀 짐작 못할 거야. 한 마디로…적막감이 흘렀어. 전체 학생 중 사분의 일이 오전수업을 빠졌거든. 물론, 대개는 3학년들이었지. 우리들 몇몇은 학교로 갔어. 집에서 결석사유서를 가져오는 것을 깜박한 사람들이지. 선생님들은 장례식에 참가하는 학생들은 결석처리를 하지 않겠다고 했어.

포터 선생님은 장례식이란 치유과정의 일부라고 말했어. 그러나 나로서는 받아들일 수 없었어. 내게 해당되는 말이 아니거든. 그날 밤, 모퉁이에 정지표지판은 없었어. 누군가 쓰러뜨렸지. 우리, 소위 친구들은 사고를 막아야 했어.

경찰관 두 명이 노인을 부축하여 집 안으로 들어왔다. 노인은 덜덜 떨었다. 부인은 일어서서 남편에게 다가갔다. 두 팔로 남편을 안아주었고, 함께 흐느꼈다.

나는 문을 닫고 나오면서 거실 중앙에 서 있던 두 사람을 마지막으로 돌아보았다. 그들은 서로 부둥켜안았다.

장례식 날, 조문객들은 수업을 놓치지 않았어. 남아 있던 우리 역시 아무것도 하지 않았거든. 수업시간마다 선생님들은 자유 시간을 주었어. 마음껏 쓰고. 마음껏 읽고.

마음껏 생각하고.

그럼 난 뭘 했을까? 처음으로 내 장례식을 생각했어.

그동안 막연하게나마 내 죽음을 생각했어. 그저 죽는 것에 대해서만. 그러나 그날부터는 너희들 모두가 참석한 내 장례식을 그려보았어.

난 정지표지판에 이르렀다. 팔을 쭉 뻗어서 손가락으로 차가운 철제기둥을 만졌다.

학교에서건 어디에서건 나 없는 세상을 그릴 수 있었어. 그러나 내 장례식은 그릴 수 없었어. 전혀. 누가 참석할지, 과연 무슨 말이 오갈지 상상할 수가 없었어.

나를 어떻게 생각하는지 몰랐고…지금도 모르지만.

나 역시 남들이 널 어떻게 생각할지 모르겠어, 해나.

너를 발견하고도, 네 부모님이 이 도시에서 장례식을 치르지 않기 때문에, 아무도 우리는 그것에 대해서 말할 수 없었어.

그렇지만, 곳곳에 너는 존재했어. 모두 느낄 수 있었어. 너의 텅 빈 책상. 그건 네가 다시는 돌아오지 않는다는 사실을 뜻해. 그러나 어디에서 시작하면 좋을지 아무도 몰랐어. 이야기를 어떻게 풀어나가야 할지 모두 난감했어.

파티가 있고 몇 주 지났어. 지금까지도 제니, 넌 날 잘 피해 다니더라. 이해할 것 같아. 우리가 했던 일, 네 차와 정지표지판 사이에 일어났던 일을 잊고 싶겠지. 그로 인한 파장들.

그러나 절대 쉽지 않을 거야.

남들이 너에 대해 어떻게 생각하는지 모를 테지. 그들 역시 너에 대한 자신들의 생각을 모르거든. 너는 우리에게 충분한 기회를 주지 않았던 거야.

그 파티가 없었더라면 나 역시 네 참 모습을 발견하지 못했겠지. 너는 웬일인지 나에게 그런 기회를 주었어. 정말 고마워. 아주 짧은 순간이었지만 기회를 주었으니까. 나는 그날 밤에 만났던 해나가 좋았다. 심지어 해나를 사랑할 수도 있었는데.

그러나 너는 그쪽을 고르지 않았어. 다른 길을 선택한 건 바로 너야, 해나.

어쩌나, 난 단 하루만 더 생각하면 되는데.

난 정지표지판에서 몸을 돌렸고 발걸음을 뗐다.

차 두 대가 모퉁이에서 충돌할 줄 알았더라면, 난 파티장소로 달려가서 당장 경찰에게 전화했을 거야. 그러나 그럴 줄은 꿈에도 몰랐어. 그런 사고가 일어날 줄은.

그래서 그냥 걸어갔어. 파티가 벌어지는 곳으로 돌아가지 않았어. 내 마음을 걷잡을 수 없었어. 나는 똑바로 생각하지도 못했고 똑바로 걷지도 못했어.

돌아보고 싶다. 어깨 너머로 보고 싶다. 발광하는 커다란 글자의 정지표지판. 해나를 향한 애원. 정지!

그저 길을 따라갔다. 다른 의미를 찾고 싶지는 않다. 그건 표지판이니까. 길모퉁이의 정지표지판. 그 이상 아무것도 아닌.

어디로 가는 줄도 모르는 채 모퉁이를 돌고 돌았어.

우린 그 거리를 함께 걸었구나, 해나. 같은 시간에 다른 길을, 같은 밤에. 우린 그 거리를 벗어나고자 걸음을 뗐던 거야. 난 너에게서. 넌 파티에서. 그러나 네가 벗어나려던 것은 단지 파티만은 아니었겠지. 네 자신이었겠지.

바로 그때 자동차 바퀴의 비명이 들렸고, 돌아서보니, 차 두 대가 충돌한 상태였다.

이윽고 주유소에 도착했어. 지도 C-7. 난 수신자부담으로 경찰서에 전화를 했어. 전화벨이 울리는 순간 수화기를 꽉 움켜잡았어. 마음 한구석으로는 전화받는 사람이 없기를 바랐어.

난 그대로 있고 싶었어. 전화벨이 계속 울리기를 빌었어. 삶이 거기에서 멎길 원했어…정지 상태로.

해나의 지도를 찾아보지 않았다. 주유소에 갈 생각은 처음부터 없었으니까.

드디어 누군가 전화를 받기에, 난 눈물을 삼키며 젖은 입술로 설명했어. 탱글우드 남쪽….

여자가 내 말을 가로막았어. 진정하라며. 그제야 내가 얼마나 눈물범벅인지 깨달았어. 얼마나 숨을 급하게 몰아쉬는지도.

나는 길을 건넜고 파티가 열린 집에서 차츰 멀어졌다.

지난 몇 주 동안, 나는 다른 길로 돌아다녔다. 그 집을 지나가기 싫어서. 해나 베이커와 함께 보낸 그날 밤의 고통과 추억을 회피하려고. 이제 와서 하룻밤에 두 번이나 보는 건 질색이다.

여자는 경찰들이 전화를 받고 이미 출동했다고 설명했어.

난 가방을 앞으로 돌려서 지도를 꺼냈다.

난 어리둥절했어. 네가 전화를 했다니, 믿어지지 않았어, 제니.

지도를 펴서 마지막으로 들여다봤다.

그렇게 놀랄 필요는 없었는데. 알고 보니, 네가 전화한 게 아니었거든.

그러고는 지도를 구겨서 내 주먹정도의 크기로 뭉쳤다.

이튿날 학교에서, 모두들 전날 밤에 일어났던 사건을 끊임없이 리플레이했어. 그제야 누가 전화했는지 알았어. 표지판을 신고한 게 아니었어.

나는 지도를 덤불 깊은 곳으로 던지고는 길을 걸었다.

사고를 신고한 전화였어. 부러진 표지판 때문에 생긴 사고. 그

때까지…까맣게 몰랐던 사고.

사고가 있던 밤, 전화를 끊은 뒤에도 난 한동안 계속 길거리를 헤매고 돌아다녔어. 울음을 그쳐야 했으니까. 집에 가기 전에 마음을 추스려야지. 눈물을 줄줄 흘리며 들어가다가 엄마아빠에게 들키면 질문이 쏟아질 테니까. 대답할 수 없는 질문들을 해댈 테니.

나도 지금 마찬가지다. 그래서 배회하고 있다. 파티가 열리던 밤에는 눈물을 쏟지 않았다. 그러나 지금은 자제하기가 버겁다.

그래서 집으로 갈 수 없다.

이리저리 막무가내로 쏘다녔어. 기분이 약간 풀렸지. 냉기. 안개. 빗줄기가 잦아들더니 옅은 안개로 변했어.

몇 시간 넘게 걸으면서, 자욱한 안개가 나를 깡그리 삼켜버리는 장면을 상상했어. 그처럼 깨끗이 사라져 버리면 너무 행복할 것 같았어. 그러나 그런 일은 결코 일어나지 않아.

■

난 워크맨을 열어서 테이프를 꺼냈다. 이젠 거의 끝까지 온 셈이다.

죽을 맛이군. 난 숨을 몰아쉬며 눈을 감았다. 끝.

테이프 6 : B면

▶

두 번만 더 하자. 이제 와서 날 포기하지 마.

미안해. 말하고 나니 좀 야릇하네. 내가 하려는 게 그거 아닌가? 포기하는 거.

사실이야. 그게 가까워졌어. 날…나에 대해서…포기하는 거.

내가 이제껏 무슨 탓을 했든, 누구 이야기를 꺼냈든, 귀착점은 결국 나야.

해나의 목소리는 차분했다. 자신의 이야기에 만족하는 듯.

파티 전에도, 포기하는 것에 대해 많이 생각했어. 사람에 따라서 다른 사람들에 비해 그걸 더 생각하게 되나봐. 힘겨운 일이 벌어지면 나도 모르게 그쪽으로 마음이 쏠렸어.

뭐냐고? 좋아, 말해줄게. 난 자살을 생각했어.

분노, 비난. 모두 게 해나의 마음 속에서 한순간에 사라진 느낌이었다. 해나의 마음은 정해졌다. 그 단어를 말하는 그녀의 목소리가 힘겹지 않다.

모든 것. 즉, 이제까지 테이프에 말했던 모든 일, 그런 일을 겪으면서 자살을 숙고하기 시작했어. 예전에는 그냥 스쳐지나갔는데.

죽었으면 해.

나도 생각이야 여러 번 했다. 그러나 차마 입 밖으로 꺼내지는 못했다. 네가 자살 비슷한 것을 언급만 해도 무서웠으니까.

그러다가 가끔은 더 구체적으로 모색하고, 어떻게 시행할지 곰곰이 궁리하기에 이르렀어. 이불을 뒤집어쓰고 누워서 집에서 사용할 뭐가 있는지 따져보았지.

총? 안 돼. 집에 그런 건 없어. 어디에서 사야 하는지도 모르고.

목을 매는 건? 그런데, 뭐로 하지? 어디에서 하나? 설사 내가 도구나 장소의 문제를 해결하더라도 바닥에서 몇 센티미터 떨어진 곳에 대롱대롱 매달린 내 모습을 남에게 보이긴 싫어.

그런 짓을 엄마아빠에게 보일 수는 없어.

그렇다면 어떤 모습으로 발견되었지? 너무 많은 억측이 떠돌아다녔다.

자살할 방법을 상상하는 게 잔인한 취미가 되었어. 기발하고 창조적인 방법도 떠올랐지.

넌 알약을 먹었어. 우린 그렇게 들었어. 엉망진창으로 취해서 물이 가득 찬 욕조에 빠졌다는 이야기도 있었지.

나는 두 가지 생각에 매달렸어. 사고사라고 믿도록 차를 낭떠러지 아래로 돌진할까? 도저히 살아남을 가망이 없는 곳으로. 도시 외곽에는 그런 곳이 수두룩해. 지난 몇 주간, 차로 그런 곳에 수십 번이나 가 봤어.

욕실의 수돗물이 네 방까지 차올랐고, 넌 그때까지 침대에 누워 자고 있었다는 소문도 떠돌았어. 네 엄마와 아빠는 집에 와서 욕실물이 넘치는 걸 보고 네 이름을 불렀고. 넌 대답이 없었대.

그러고는 테이프를 준비했어.

너희 열두 명은 비밀을 지켜줄까? 우리 부모님에게 시시콜콜 떠벌이지는 않겠지? 이런저런 이야기가 떠돌더라도 우리 부모님이 사고로 믿게끔 입을 다물어줄까?

그녀가 말을 그쳤다.

모르겠어. 확신이 안 가.

해나는 우리가 사실을 퍼뜨릴까 봐 염려한다. 친구들과 걸으면서 수군댈 것이라고 여긴다. "너, 비밀을 아니?"

난 가장 덜 고통스러운 방법을 택하기로 결정했어.

알약.

뱃속이 뒤집혔다. 내 몸 전체에 더덕더덕 붙어 있는 모든 것을 제거하고 싶었다. 음식. 생각들. 감정들.

그럼 어떤 알약으로 하지? 얼마나 많이? 아직 모르겠어. 고민할 시간은 많지 않아. 왜냐하면 내일…할 거니까.

나는 어둡고 고요한 교차로의 갓돌에 앉아 있었다.

난 존재하지 않을 거야…내일이면.

거리를 따라 길게 늘어선 집들 가운데, 안에서 인기척이 느껴지는 집은 거의 없다. 늦은 밤 텔레비전 불빛만이 창문에 희미하게 어렸다. 삼분의 일 정도만 현관에 불을 켜놓았다. 나머지 집들을 보면 다듬어진 잔디밭이나 주차된 자동차 외에는 사람 사는 흔적을 찾기 어려웠다.

내일, 난 일어나서 옷을 입고 우체국으로 걸어가야지. 거기에서 테이프 한 묶음을 저스틴 폴리에게 보낼 거야. 그 즉시, 집으로 돌아오진 않겠어. 1교시 수업을 놓치겠지만, 학교에 가서 마지막 날을 함께 보내고 싶어. 다른 점이라면, 난 그 날이 마지막 날이라는 걸 안다는 거지.

너희들은 모르고.

기억해낼 수 있을까? 내가 마지막 날에 해나를 복도에서 만났던가? 그녀를 마지막으로 보던 순간을 기억해내고 싶다.

너희들은 여느 때와 다름없이 날 대하겠지. 나에게 마지막으로 했던 말을 기억하니?

기억나질 않아.

나에게 마지막으로 했던 행동은?

나는 웃었다. 분명해. 파티 이후로 널 만날 때마다 웃었어. 넌 고개도 들지 않았어. 네 마음은 이미 확고했으니까.

네가 고개를 들었으면 웃음으로 답했을지 모르지. 그러나 아니었어. 모든 걸 끝내기로 마음먹었으니.

내가 남긴 말은 무엇이었을까? 그 말을 던진 순간, 난 마지막이란 걸 알았는데.

아무 말도 없었어. 나더러 방에서 나가라고 요구했고 그게 끝이었어. 그 뒤로 넌 날 무조건 무시했어.

내가 보낸 마지막 주말로 함께 돌아가 보자. 사고 이후 주말. 새로운 파티가 열린 주말. 난 파티에 가지 않았어.

그래, 난 여전히 외출금지였어. 그 이유 때문에 파티에 안 간 건 아니었어. 사실, 마음만 먹는다면 저번보다 훨씬 쉬웠겠지. 남의 집을 지키고 있었으니까. 아빠의 친구 한 분이 출장을 가, 내가 대신 개도 돌보고 집도 지켜야 했어. 얼마 떨어지지 않은 곳에서 한바탕 난리법석이 벌어질 참이라 집안단속이 필요했거든.

바로 거기였어. 지난번 파티처럼 거창하지 않았지만, 결코 얌전한 파티도 아니었지.

네가 거기에 있는 걸 알아도, 난 집에서 나가지 않았을 거야.

학교에서도 날 외면했는데, 거기라고 달라지지는 않을 테니까. 직접 몸으로 확인하기엔 너무 아픈 이론이었다.

테킬라(알코올 도수 40도 정도의 무색투명한 멕시코 고유의 술이다-옮긴이)를 마시고 고생했던 사람들은 냄새만 맡아도 구역질을 한대. 파티가 다시 열렸다고 토한 건 아니지만, 가까이 있다는 것만으로도, 음악소리가 들리는 것만으로 뱃속이 꼬이는 것 같았어.

지난 파티의 후유증을 털어내기란, 일주일은 너무 짧았어.

개는 누가 창문 밖을 지나가기만 해도 미친 듯 왈왈 짖어댔어. 나는 몸을 웅크리고, 개를 향해 창문 앞에서 떨어지라고 소리쳤어. 누군가 담을 넘어서 개를 데려갈까 봐 겁이 났어. 날 알아보고 내 이름을 부를까 봐 걱정되었어.

난 개를 차고에 넣고 마음껏 짖도록 내버려뒀어.

잠깐, 이제야 떠올랐다. 마지막으로 널 보았던 순간.

동네 전체로 음악소리가 울리는 바람에 문을 닫는 게 의미가 없었어. 그렇다고 가만히 있을 수는 없었어. 집 곳곳을 뛰어다니며 커튼을 치고 블라인드를 아래까지 바싹 내렸어.

마지막으로 나눈 대화도 기억났다.

난 안방으로 들어가서 텔레비전의 볼륨을 최대한 높였어. 그러자 소리는 들리지 않는데, 내 마음 속에서는 여전히 음악소리가 쿵짝쿵짝 울렸어.

난 눈을 질끈 감았어. 텔레비전은 시청하지 않았어. 내가 있는 장소는 그 방이 아니었어. 예전처럼 옷장 속이었어. 재킷에 둘러싸여 숨어 있던 곳. 이번에도, 몸을 앞뒤로 연신 흔들었어. 그리고 이번에도 누구 한 사람 내가 흐느끼는 소리를 듣지 못했어.

포터 선생님의 영어수업시간에 네 책상은 비어 있었다. 종이 울려서 복도로 나갔는데, 네가 서 있었지.

드디어, 파티가 막을 내리는 시각. 사람들이 다시 창문 옆을 지나서 돌아갔고, 개의 울부짖음도 끝났어.

난 집 안을 돌아다니며 커튼을 열었어.

우리는 자칫하면 부딪칠 뻔했어. 너는 눈을 내려뜨고 있어서 나를 제대로 보지 못했어. 동시에 우리는 말했지. "미안해."

오랫동안 문을 닫았기에 잠시 바람이라도 쐴 작정이었어. 아니면 갑자기 용감해지고 싶었던지.

넌 눈을 들었어. 나를 보았지. 그때, 네 눈 속에 있던 게 뭐였어? 슬픔? 고통? 넌 머리를 쓸어 올리며 나를 비켜 갔지. 네 손톱은 군청색으로 칠해져 있었어. 넌 복도를 따라 계속 걸어갔고, 사람들은 나를 툭툭 건들며 지나갔어. 난 눈길을 떼지 못했어.

거기에 서서 네가 사라지는 모습을 보았지. 영원히.

자, 다시 한 번 D-4. 코트니 크림슨의 집. 파티가 열린 장소.

아니, 이 테이프는 코트니에 관한 게 아니야. 물론 코트니도 한 역할 하지. 하지만 내가 밝히려는 내용을 잘 모를 거야. 사건이 벌어지려던 순간에 자리를 떴으니까.

나는 몸을 돌려서 코트니의 집과 반대 방향으로 걸어갔다.

난 잠시 걸을 생각이었어. 술에 취해 차 문에 열쇠를 못 꽂아 헤매는 아이들이 있으면 집까지 태워다 주거나.

나는 코트니네로 가지 않겠다. 아이젠하워 공원, 해나의 첫 키스 장소로 가련다.

그러나 거리는 텅 비어 있었어. 모두 가고 없었어.

아니, 그런 줄 알았어.

그때, 누군가 내 이름을 불렀어.

코트니 집의 높다란 나무울타리 위로 머리통 하나가 쑥 올라왔어. 과연 누구의 머리였을까? 브라이스 워커.

빌어먹을, 안 돼. 보나마나 뻔하다. 해나의 삶에 똥칠을 한 인간이 있다면 그건 바로 브라이스다.

"어디 가냐?" 브라이스가 물었어.

여자들의 손목을 걸핏하면 움켜쥐거나 비틀어대던 브라이스. 내 두 눈으로 본 것만도 몇 번인지. 여자들을 고깃덩어리처럼 취급하던 놈.

그것도 사람들이 모인 곳에서.

몸과 어깨와 모든 것이 그 집을 그냥 지나쳐 가려고 했어. 그럼 발걸음도 계속 움직여야겠지. 그러나 고개가 그쪽으로 돌아갔어. 그가 얼굴을 내민 울타리 위로 수증기가 모락모락 피어났어.

"야, 이리로 와." 그가 말했어. "우리는 술 좀 깨려고."

그때 옆에서 고개를 쑥 내민 게 누구였을까? 코트니 크림슨 양이었어.

참 묘한 인연이야. 걔는 날 운전기사 삼아 파티에 갔지.

코트니는 아는 사람도 없는 곳에 나를 유기하고 사라졌어. 그런데 이번엔 내가 거기에 있어, 더는 숨을 곳도 없는 그녀의 집에.

그게 이유는 아니지, 해나. 고작 그까짓 이유로 그들과 어울리진 않았겠지. 너는 일부러 최악의 선택을 했던 거야. 누구보다 잘 알면서.

이번에 내가 칼날을 겨누는 상대는?

그게 바로 네 이유였어. 너는 네 주변의 세상이 무너지길 바랐어. 모든 것이 아예 어두움에 휩싸이길 원했어. 바로 브라이스가 도움이 될 거란 걸 직감했지.

그는 워워, 릴랙스! 라고 말했어. 그러자 코트니 네가 입을 열었지. 나중에 집까지 태워다주겠다고. 겨우 두 블록 떨어진 곳에 집이 있다는 걸 전혀 모르면서 말이야. 어쩐지 빈 말이 아닌 느낌이라 오히려 당황스러웠어.

다소 죄책감이 들기는 했어.

그때 널 용서하기로 마음먹었어, 코트니. 이제는 앙금도 남아 있지 않아. 사실, 너희 모두를 용서했어. 그렇지만 끝까지 들어줘. 아직 알려줄 게 남았으니까.

젖은 풀밭을 가로질러 울타리의 빗장을 당기자 문이 살짝 열렸어. 수증기가 피어올랐던 건…바로 붉은 목재로 된 뜨거운 욕조 때문이었어. 수도꼭지를 잠가 욕조 가장자리에서 찰싹이는 물소리가 들렸어. 두 사람 사이에서.

둘 다 욕조의 가장자리에 기댄 채 머리를 뒤로 젖히고 있었어. 눈은 감겨 있었고. 얼굴에 떠오르는 미소가 물과 수증기 때문에 아주 매력적으로 보였어.

코트니는 눈을 감은 채로 나에게 고개를 돌렸어.

"우린 속옷 차림이야." 코트니가 말했어.

난 잠시 머뭇거렸어. 꼭 이래야 하나?

아니지…그렇지만 난 결심했어.

너는 네가 들어가는 곳이 어디인지 알고 있었어, 해나.

난 웃옷을 벗고 신발과 바지도 마저 벗었어. 그리고 나무계단을 올라갔지. 그 다음에는? 물속으로 들어갔어.

긴장이 탁 풀리는 게, 아늑했어.

뜨거운 물을 손으로 퍼 올려서 얼굴을 씻었어. 머리카락에 물을 적셨어. 눈을 감은 채 몸을 미끄러뜨리고는 머리만 욕조에 기댔어.

잔잔한 물이 갑자기 소름을 돋게 했어. 여기에 있어서는 안 돼. 코트니를 믿다니. 브라이스를 믿어서도 안 돼. 그들의 처음 의도가 무엇이든, 그 의도는 얼마든지 쉽게 변할 테니까.

그러나 그들을 믿어서가 아니라…이젠 끝내고 싶었어. 난 싸움을 끝내고 싶었어. 눈을 뜨고 밤하늘을 올려다보았어. 수증기를 통해 본 세상은 꿈 같았어.

난 눈을 가늘게 뜨고 걸었다. 두 눈을 다 감아버리고 싶었다.

금세 물속이 불편해졌어. 너무 뜨거웠거든.

눈을 떴을 때 공원 앞에 서 있으면 좋겠다. 길거리를 보고 싶지도 않았다. 파티가 열렸던 밤, 해나가 걸어갔던 거리는 눈에 담기도 싫었다.

그런데 윗몸을 일으켜 앉아, 상체를 밖으로 내밀자 젖은 브래지어 때문에 가슴이 드러났어.

나는 다시 물속으로 들어갔어.

그러자 브라이스가 다가왔어… 슬금슬금…욕조의 의자를 가로질러서. 그러고는 어깨를 나에게 기댔지.

코트니가 눈을 뜨고 우리를 바라보다가 다시 눈을 감았어.

녹슨 철조망 울타리에 주먹을 휘두르자 덜컹거렸다. 나는 눈을 감고 철조망을 움켜잡았다.

브라이스는 나긋나긋하게 말을 걸었어. 낭만적인 분위기를 조성하고 싶었던 모양이야.

"해나 베이커."

세상 사람들 모두는 네가 어떤 놈인지 알아, 브라이스. 네 되먹지 못한 짓거리도 모두들 다 잘 알지. 그러나 나는, 기록을 위해, 너를 막지 않았어.

넌 파티가 즐거웠냐고 물었어. 코트니는 내가 파티에 안 왔다고 속삭였지만, 넌 코트니의 말에 크게 신경 쓰지 않는 듯 했어. 그러기는커녕 허벅지에 네 손을 슬쩍 얹었어.

난 눈을 뜨고 울타리에 다시 한 번 주먹을 날렸다.

내가 이를 앙다물자, 넌 손가락을 치웠어.

"파티가 너무 빨리 종쳤어." 아쉬운 듯 말하고 곧장 네 손가락이 내 허벅지에 돌아왔어.

난 울타리에 바싹 붙어서 앞으로 나아갔다. 손가락을 철조망에서 떼는 순간 살갗이 벌어졌다.

손 전체가 돌아왔지. 내가 뿌리치지 않자 넌 배를 어루만졌어. 엄지손가락이 내 브래지어 아래를 더듬었고 새끼손가락은 속옷 윗부분을 스쳤어.

난 고개를 비틀며 외면했어. 내 얼굴에 웃음기는 싸악 가셨어.

넌 손가락을 모두 동원해서 내 배에 대고 커다란 원을 서서히 그렸어. "기분 끝내주네." 네가 말했어.

물결이 흔들려서 잠깐 눈을 떴어.

코트니가 걸어서 욕조 밖으로 나가버렸어.

이 정도면 널 미워할 이유가 충분하지 않나, 코트니?

"너 신입생 때 기억 나냐?" 네가 물었어.

손가락으로는 내 브래지어를 계속 어루만졌어. 그러나 와락 움켜잡지는 않았어. 내 의중을 떠보려는 속셈이었겠지. 엄지손가락이 가슴 아래쪽을 따라 미끄러졌어.

"네가 그 리스트에 올랐잖아? 1학년 최고의 엉덩이."

브라이스, 넌 내가 이를 악물던 모습을 보았어. 내 눈물도 똑똑히 보았지. 그런 꼴을 보니 더 흥분되던?

브라이스가? 맞아. 그러고도 남을 놈이야.

"사실이군." 네가 말했어.

난 될 대로 되라 싶었어. 내 어깨가 축 늘어졌어. 다리가 벌어졌어. 내가 무슨 짓을 하는지 나 스스로 정확히 알고 있었어.

너희들이 온갖 소문을 만들어 나를 붙들어 맸지만, 난 단 한 번도 그렇지 않았어. 단 한 번도. 때때로 그게 너무 심하다 싶었지만. 나와 사귀려는 애들에게 마음을 빼앗겼을 때도 있었지만, 내 소문을 들은 애들이었기에 나는 거절했어. 언제나!

그때까지는.

축하해, 브라이스. 네가 뽑혔어. 난 주변의 평가에 걸맞은 행동을 하려고 해. 내 소문에 딱 맞는 내가 되는 거야. 어때?

잠깐. 대답하지 마. 내가 먼저 말할 테니. 난 너한테 털끝만큼도 끌리지 않았어, 브라이스. 사실대로 말하자면 역겨워 죽을 뻔했어.

내가 널 묵사발 내주겠어. 맹세해.

넌 날 만졌고…난 널 이용했어. 난 네가 필요했어. 그래야 내 자신을 죽일 수 있으니까, 철저히.

너희들에게 한 가지는 분명히 해두고 싶어. 난 싫다고 하지 않았고, 그 자식 손을 뿌리치지도 않았어. 난 그저 고개를 돌리고, 이를 악물고, 눈물을 삼킨 것뿐이야. 그 자식도 그걸 보았어. 나더러 걱정 말라고 워워, 릴랙스라고 했거든.

"걱정 마. 다 좋은 게 좋은 거야." 그러고는 내 모든 문제를 풀어주겠다는 듯 손가락으로 날 어루만졌지.

결국, 난 너에게 집어치우라고 소리치지 않았고…넌 손을 떼지 않았어.

배를 쓰다듬던 손길이 멈췄어. 이번에는 내 허리를 만지기 시작했어. 새끼손가락이 내 팬티 속으로 들어오는가 싶더니 양쪽 엉덩이를 어루만졌어. 다른 손가락이 따라 들어왔고 새끼손가락은 점점 아래로 향했어.

넌 하고 싶은 대로 했어, 브라이스. 내 어깨와 목에 키스를 했고, 손가락으로 여기저기 더듬었지. 넌 거기에서 멈추지 않았거든.

미안해. 너무 적나라하게 묘사했니? 저런.

네가 다 끝냈을 때, 브라이스, 난 욕조에서 나와 두 블록이 떨어진 집으로 걸어갔어. 밤이 끝났어.

나도 끝났어.

■

주먹 쥔 손을 얼굴 가까이 들어올렸다. 눈에는 눈물 범벅이었지만, 피투성이 손가락들이 보였다. 살갗 여기저기가 깊게 베였다. 녹슨 철조망에 찢긴 상처.

해나가 다음은 어디로 가라고 하든, 나는 오늘 밤을 보낼 곳을 정했다. 우선 손을 씻어야 한다. 상처가 쓰라리긴 했지만, 피를 보는 순간 안 되겠다 싶었다.

가까운 주유소로 향했다. 한두 블록 떨어진 곳이라 내 항로에서 많이 벗어나진 않았다. 손을 몇 번 털어내자 보도로 검은 핏

방울이 떨어졌다.

주유소에 도착하여 다친 손을 주머니에 찔러 넣고 주유소 편의점 유리문을 잡아당겼다. 소독용 알코올과 일회용 밴드를 집어 든 다음, 계산대에 돈을 놓으며 화장실 열쇠를 부탁했다.

"화장실은 돌아가면 뒤쪽에 있어요." 계산대의 아주머니가 말했다.

열쇠를 돌리고 어깨로 화장실 문을 밀었다. 차가운 물에 손을 씻으며 피가 세면대 배수관으로 빠져나가는 걸 지켜보았다. 그러고는 소독약의 뚜껑을 열어서 단박에 들이부었다. 이것저것 생각하다가는 할 수 없다는 것을 알았기에, 단숨에 부었다.

온 몸이 팽팽해졌다. 난 소리를 지르며 온갖 욕을 쏟아냈다. 살갗이 다 벗겨진 느낌이었다.

한 시간 가까이 흐른것 같았다. 나는 마침내 손가락을 구부리고 움직일 수 있었다. 앞니와 멀쩡한 손을 이용하여 다친 손에 가까스로 밴드를 붙였다.

열쇠를 돌려주자 아주머니는 필요한 게 더 없냐고 물었다.
"잘 가요." 아주머니가 말했다.

보도에 이르러서 난 달렸다. 이제 남은 테이프라고는 단 하나다. 구석에 13이라는 파란 숫자가 적혀 있었다.

테이프 7 : A 면

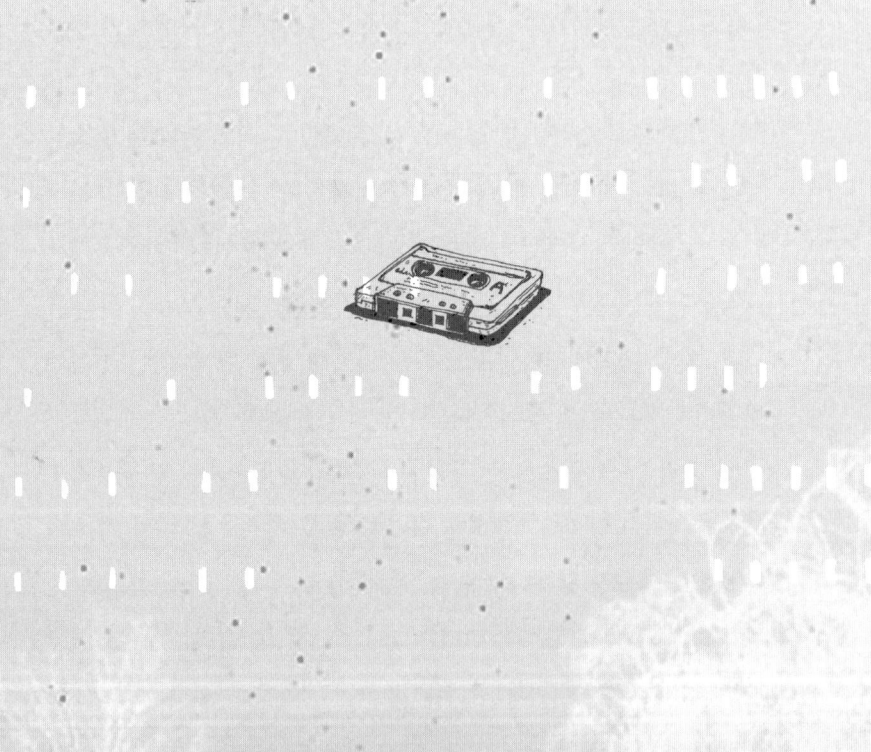

아이젠하워 공원은 텅 비어 있었다. 나는 입구에 우두커니 서서 공원전체를 둘러보았다. 여기에서 밤을 보내야 한다. 잠들기 전에 해나 베이커의 마지막 말을 들어야 할 곳이다.

가로등이 곳곳에 세워져 있으나 전구의 필라멘트가 타버렸거나, 전구가 깨져 있었다. 로켓 미끄럼틀의 아래쪽 반은 어두움에 잠겨 있었다. 그래도 로켓 위쪽은 나무나 그네보다 높이 솟아 있어서 달빛이 로켓의 쇠창살과 꼭대기를 비춰주었다.

로켓 바닥에 깔린 모래 위로 발을 내디뎠다. 세 개의 커다란 금속 날개가 받치고 있는 바닥 아래로 몸을 숙이고 들어갔다. 가운데에 맨홀 크기의 통로가 있어서 올라갈 수 있었다. 철제사다리가 모래바닥까지 이어졌다.

허리를 펴고 똑바로 서자 통로에 어깨가 닿았다. 다치지 않은 손으로 통로의 가장자리를 붙잡고 일층으로 올라갔다.

재킷 주머니로 손을 넣어서 재생 버튼을 눌렀다.

▶

한 번…마지막으로…시도.

해나가 속삭였다. 녹음기를 입 가까이 대어 중간 중간 숨소리까지 들렸다.

나에게 한 번 더 기회를 주려고 해. 이번엔 도움을 받으려는 거야. 나 스스로 기회를 줄 수 없으니, 도움을 청하려고. 한 번 더.

넌 그런 적이 없었어, 해나. 나는 거기에 있었고 너는 나에게 떠나라고 했잖아.

물론, 이 테이프를 너희들이 듣고 있다면, 난 실패한 거야. 아니면 그가 실패했거나. 실패로 끝나면, 거래는 봉인되는 거야.

목이 꽉 잠긴 채로 다음 사다리를 타고 올라갔다.

너희들과 테이프를 연결해 줄 단 한 사람. 포터 선생님.

안 돼! 선생님은 이걸 알면 안 돼.

나는 해나와 함께 1교시에 포터 선생님의 영어수업을 들어왔다. 그래서 선생님을 매일 만났다. 선생님까지 이걸 알지 않았으면 했다. 나에 대해서. 다른 누구에 대해서도. 이 일에 어른을, 학교의 어떤 어른이라도 끌어들인다면, 이건 정말 내 상상을 뛰어넘는 일이 된다.

포터 선생님이 어떤 식으로 반응할지 보자.

벨크로(신발끈 대신에 흔히 쓰는 접착천-옮긴이)를 떼는 소리. 부스럭부스럭. 녹음기를 어디엔가 넣고 있었다. 가방? 주머니?

해나가 문을 두드렸다.

다시 똑똑.

−해나, 왔구나.

목소리가 불분명하지만, 선생님이 맞다. 다정한 저음.

−들어와. 어서 앉아라.

고맙습니다.

영어선생님인 동시에, 성이 A에서 G에 해당하는 학생들의 상담선생님이기도 하다. 따라서 해나 베이커의 상담선생님이다.

−편하게 앉아. 물 한 잔 줄까?

괜찮아요. 고맙습니다.

−해나, 뭘 도와줄까? 무슨 문제가 있니?

그게…사실 잘 모르겠어요. 온통 뒤죽박죽이에요.

−시간이 좀 걸리겠구나.

이어지는 침묵. 너무 길다.

−괜찮아. 시간은 충분하니까. 천천히 말해도 돼.

그냥…이런저런 일인데요. 갑자기 모든 게 힘에 부쳐요.

해나의 목소리가 떨렸다.

뭐부터 시작해야할지 엄두가 나질 않아요. 진짜로요. 너무 복잡

해서 어떻게 정리해야할지 모르겠어요.

―한꺼번에 정리할 필요는 없어. 우선 오늘 네 기분부터 먼저 말해볼까?

지금요?

―지금.

뭔가 빠진 느낌이요. 공허함 같은 것.

―어떻게 공허한데?

그냥 공허해요. 텅 비었어요. 이젠 신경을 껐어요.

―어디에?

해나가 설명하도록 놔두세요. 질문하는 건 좋지만, 해나 스스로 말하도록 해 주세요.

이것저것이요. 학교. 내 자신. 아이들.

―네 친구들은 어때?

"친구"가 정확히 무슨 뜻인 것 같아요?

―친구가 없다는 건 아니겠지, 해나? 복도에서 사람들과 자주 어울리던데.

뜻을 알고 싶어요. 친구가 뭔데요?

―어려움이 닥쳤을 때 의논할 수 있는….

그렇다면 전 없어요. 그래서 여기로 온 거에요. 선생님에게 의논하려고요.

―그렇구나. 이렇게 와줘서 기쁘다, 해나.

나는 이층바닥을 엉금엉금 기어 쇠창살 출입구로 가서 무릎을 꿇었다. 출입구를 엎드려 지나가니 미끄럼틀이 나왔다.

오늘 선생님이랑 만나기까지 힘들었어요.

―이번 주에는 내가 시간이 한가한 편이었는데.

시간 때문이 아니라요. 여기까지 오기가 쉽지 않았다고요.

달빛이 반질반질한 미끄럼틀에서 어른거렸다. 해나가 여기에 있던 모습을 상상했다. 이 년 전, 주르륵 미끄러져 내려오던.

―그랬구나, 아무튼 와줘서 반갑다, 해나. 말해보렴. 이 사무실을 떠날 때, 뭐가 달라지면 좋겠니?

그러니까, 저에게 어떤 도움이 필요하냐는 건가요?

―그렇지.

제 생각엔…몰라요. 제가 기대하는 게 뭔지도 모르겠어요.

―그럼, 지금 당장 네가 바라는 게 뭐지? 거기서 시작하자.

그걸 멈추고 싶어요.

―뭐를?

모든 거요. 사람들. 삶.

나는 미끄럼틀에서 뒤로 물러섰다.

―해나, 그게 무슨 뜻인지 알고 하는 말이야?

선생님, 해나는 자기 말이 무슨 뜻인지 알아요. 해나는 선생님이 자기 말을 알아듣고 도와주길 바라는 거예요.

―인생을 끝내고 싶다는 거야, 해나? 네 인생?

묵묵부답.

―그게 무슨 뜻인지 알아, 해나? 그건 너무 끔찍한 말이야.

해나도 무슨 뜻인지 정확히 안다니까요, 선생님. 그게 끔찍한 말이란 것도 알고요. 그러니 어떻게 좀 해주세요!

알아요. 그건 끔찍해요. 죄송해요.

사과하지 마. 선생님에게 모두 털어놔!

제 삶을 끝내고 싶진 않아요. 그래서 여기에 온 거예요.

―도대체 무슨 일이지, 해나? 어쩌다 우리가 이 지경에 이르렀지?

우리요? 저 말씀이신가요?

―그래, 해나. 어떻게 그렇게 생각하게 되었니? 아까 한꺼번에 정리할 수 없다는 말을 했지. 눈덩이 효과구나. 맞지?

그래. 눈덩이 효과. 해나도 그렇게 말했는데.

―엎친 데 덮친 상황인가 보다. 아주 힘겹지?

너무 힘겨워요.

―사는 게?

다시 침묵.

나는 저만치 떨어져 있는 로켓의 쇠창살을 잡고 몸을 일으켰다. 밴드를 붙인 손이 아파왔다. 체중이 실리자, 찌를 듯 고통스러웠다. 그러나 상관없었다.

―여기. 이거 받아라. 이 티슈 한 통을 다 써도 돼. 한 장도 안 쓴

거야.

웃음소리. 선생님이 해나를 웃게 했다!

고맙습니다.

―학교 이야기 좀 해 볼까, 해나? 우리가, 아 미안, 네가 어쩌다 그런 상황에 이르렀는지 알고 싶구나.

그럴게요.

나는 꼭대기 층으로 올라갔다.

―학교를 떠올리면 가장 먼저 뭐가 생각나지?

공부인 것 같아요.

―오, 듣기 좋은데.

농담이에요.

이번에는 선생님이 웃었다.

여기서 공부를 하지만, 저에게 학교는 공부만 하는 곳은 아니에요.

―그렇다면 어떤 곳이지?

공간이요. 제가 어울려야만 하는 사람들로 가득 찬 공간.

나는 꼭대기 층에 앉았다.

―그게 힘드니?

가끔이요.

―어떤 특정의 사람들 때문에 그러니, 아니면 일반적인 모든 사람들 때문에?

어떤 특정의 사람들 때문인데요. 그렇지만 결국…모든 사람들에 해당해요.

―좀 더 자세히 말해 줄래?

나는 주춤주춤 물러서서 금속운전대에 몸을 기댔다. 나무 가지 사이로 보이는 반달이 눈부실 정도로 환했다.

다음번에 누가 날 흔들지 알 수 없어서 불안해요. 어떻게 흔들릴지 걱정되고요.

―넌 '흔든다'는 건 무슨 뜻이지?

음모나 공모 같은 게 아니라요. 무슨 일이 벌어졌는데 저만 까맣게 모를 때 드는 기분이요.

―그게 널 흔드니?

좀 황당하게 들리실 거예요.

―그럼 설명해주겠어?

제 소문을 들은 적이 없으시면 설명하기 곤란해요.

―못 들었는데. 교사가, 그것도 상담교사가 학생들의 소문을 듣기란 하늘에 별 따기거든. 물론 그렇다고 소문을 전혀 못 듣는 것은 아니지만.

선생님 소문도 못 들으셨어요?

선생님이 웃었다.

―글쎄. 뭐 들은 거 있나?

없어요. 농담이에요.

―앞으로 듣게 되면 꼭 말해다오.

약속할게요.

농담은 그만이요, 선생님. 해나 좀 도와주세요. 해나를 돌아오게 해주세요. 제발.

―마지막으로 소문이…퍼진 건 언제지?

그런데요. 다 소문이라고는 볼 수 없어요.

―좋아.

우선. 들어보세요….

제발 잘 들어주세요.

몇 년 전에 제가 뽑혔어요. 그러니까 투표 같은 거요. 사실, 진짜 투표한 것도 아니었어요. 어떤 바보가 작성한 엉터리 리스트였어요. 누가 짱이고 꽝이냐, 라는.

선생님은 아무 대꾸가 없다. 이미 알고 있었나? 해나가 무슨 말을 하는지 짐작하나?

그런데 그 뒤 리스트를 보고 사람들의 반응이 이어졌어요.

―마지막이 언제야?

해나가 티슈 통에서 한 장 꺼내는 소리가 들렸다.

최근에요. 파티에서요. 제 인생에서 최악의 밤이었어요.

―소문 때문에?

꼭 소문 때문에 그랬던 건 아니었어요. 그래도 부분적으로는 그래요.

―파티에서 벌어진 일을 말해 줄래?

파티 도중에 생긴 일은 아니었어요. 파티 이후에 있었죠.

―좋아, 해나. 우리 스무고개 해볼까?

뭔데요?

―때때로 상담선생님에게도 솔직히 털어놓기 곤란하거나, 말하기 힘들 때 도움이 되는 방식이야.

좋아요.

―그럼 스무고개를 시작할까?

예.

―네가 말한 파티 도중에 남자애와 무슨 일이 있었어?

예, 다시 말씀드리지만 파티 도중은 아니었어요.

―무슨 말인지 알겠다. 그 장소를 확인하려는 것뿐이야.

맞아요.

선생님은 숨을 길게 내쉬었다.

―널 판단하진 않겠다, 해나. 그날 밤, 후회되는 일을 했어?

예.

나는 일어서서 로켓의 쇠창살 쪽으로 걸어갔다. 두 손으로 쇠창살을 하나씩 잡고 그 사이로 얼굴을 갖다 댔다.

―그 아이와 뭔 일이 있었니? 해나, 가급적 솔직히 말해다오. 그 아이와 있었던 일이 법적인 문제가 될 수 있니?

성폭행을 말씀하시는 건가요? 아니요. 그런 것 같진 않아요.

―왜 아니라고 생각하지?

분위기가 그랬거든요.

―술을 마셨니?

어쩌면요. 그러나 전 마시지 않았어요.

―약이 있었니?

아니요. 그냥 분위기가 그랬어요.

―고발하고 싶어?

아니요. 전…아니에요.

나는 숨을 한껏 내쉬었다.

―그럼 어떻게 하면 좋을까?

모르겠어요.

선생님, 말해주세요. 해나가 선택할 수 있는 방법을 제시해주세요.

―이 문제의 해결을 위해서 우리가 할 수 있는 일이 뭘까, 해나? 함께 말이야.

없어요. 끝났어요.

―뭔가 방법이 있을 거야, 해나. 너도 달라지길 원하잖아.

알아요. 제가 선택할 수 있는 게 있나요? 그럼 선생님이 알려주세요.

―법적인 처벌을 원하지 않는다면, 처벌이 가능하지도 모르겠다. 그렇다면 남은 방법은 두 가지야.

뭐요? 어떤 거요?

해나의 목소리에서 희망이 묻어났다. 선생님의 대답을 잔뜩 기대하는 음성이다.

―하나는, 그 남자애와 얼굴을 맞대는 거야. 여기로 불러내어, 파티에서 벌어진 일을 함께 이야기하는 거지. 너희 두 사람을 불러서….

두 가지 방법이 있다고 하셨잖아요.

―그럼 두 번째. 돌려서 말하지 않을게, 해나. 그냥 툭툭 털어버려.

그러니까, 그대로 놔두라고요?

나는 쇠창살을 잡고 눈을 꽉 감아버렸다.

―여러 가지 가능성 중의 하나를 말한 거야. 물론 다른 식으로 대응할 수도 있겠지. 그런데 네 말대로 무슨 일이 벌어졌어. 나를 믿지? 그런데 넌 처벌을 원하지도 않고 그 애와 대면할 마음도 없어. 그렇다면 싹 무시하고 네 길을 가야겠지.

그럴 자신이 없다면요? 그럼 어쩌라고요? 다시 한 번 생각해보세요, 선생님. 해나는 그렇게 못 해요.

제 길을 가라고요?

―걔가 네 반 학생인가, 해나?

3학년이에요.

―그렇다면 내년에는 학교를 떠나가겠구나.

선생님은 제가 그냥 제 길을 가기를 바라시나요?

이건 질문이 아니에요, 선생님. 그대로 흘려듣지 마세요. 해나는 속마음을 큰 소리로 부르짖는 거예요. 그렇지만 그 방법은 해결책이 아니에요. 해나로서는 할 수 없는 것이니까요. 선생님이 도와주겠다고 말해주세요.

바스락 바스락.

감사합니다, 선생님.

안 돼!

―해나, 잠깐만. 왜 갑자기 서두르지?

나는 창살 사이로 비명을 질렀다. 나무 위로. "안 돼!"

더 말씀 드릴 게 없어서요.

해나를 그냥 보내지 마세요.

많은 도움이 됐어요.

―좀 더 이야기하고 가지 그래, 해나.

아니요. 제 생각엔 해결책을 찾은 것 같아요. 전 그 일을 덮어두고 앞으로 나아가야죠.

―그대로 덮으라는 게 아니야, 해나. 도저히 어쩔 수 없을 때면 그 자리에서 벗어나라는 거지.

해나를 그 상태로 떠나게 하면 안 돼요.

선생님 말씀이 맞아요. 이젠 알겠어요.

―해나, 이렇게 급히 가야 하는 이유가 뭐야?

할 일이 있어서요, 선생님. 아무것도 바꿀 수 없다면 굳이 머뭇거릴 필요가 없을 것 같아요.

―해나, 그게 무슨 소리지?

제 인생을 말씀드린 거예요, 선생님.

문에서 딸깍 소리가 났다.

―해나, 기다려.

다시 딸깍. 이번에는 벨크로 떼는 소리.

발소리. 점점 빨라졌다.

언덕을 내려가는 중이야.

목소리가 맑고 더 커졌다.

선생님 사무실 문은 닫혀 있어. 여전히 닫혀 있어.

침묵.

선생님은 따라 나오지 않았어.

나는 얼굴을 창살에 대고 사정없이 눌렀다. 해골을 고정기구로 죄는 느낌이었다.

선생님은 나를 가도록 내버려뒀어.

동공 안쪽이 쑤시는 듯 아팠지만 손대지 않았다. 문지르지도 않았다. 그저 펄떡거리도록 내버려두었다.

나는 확실히 표현을 했는데. 그러나 아무도 내 앞을 가로막지 않았어.

다른 사람은, 해나? 네 부모님은? 나는? 나한테는 분명히 밝히지 않았잖아.

다들 나름대로 호의를 베풀었지만, 내가 원하던 만큼은 아니었어. 진작…그걸 알았더라면 좋았을걸.

난 네가 고통스러워하는 줄도 몰랐어, 해나.

그런데 이제야 확실히 알았어.

발걸음은 이어졌다. 더 빠르게.

그래서 미안해.

녹음기가 꺼졌다.

얼굴을 쇠창살에 대고 펑펑 울었다. 누군가 공원을 걷고 있었다면 내 흐느낌을 들었겠지. 그러나 남들이야 듣거나 말거나 아무 상관없었다. 해나 베이커에게 들었던 마지막 말을 이렇게 또 들을 줄 몰랐으니까.

"미안해." 다시 한 번 귓전에 맴돌았다. 이제 누군가 미안해, 라고 말하면 난 해나를 떠올리겠지.

우리 중 몇몇은 그 말을 꺼내고 싶지 않을 거다. 해나가 여러 사람을 비난하며 자살했다는 사실에 불쾌해하면서.

나는 해나를 기꺼이 도와주었을 텐데. 해나가 나에게 말했더라면. 왜냐하면 그녀가 살아있기를 바랐으니까 꼭 도왔을 텐데.

테이프의 스풀이 끝까지 돌아갔는지 워크맨 안에서 테이프가 떨었다.

테이프 7 : B면

테이프가 저절로 되감기면서 소리를 재생했다.

해나의 목소리는 사라졌고, 그동안 줄기차게 그녀의 말밑에 깔리던 잡음만 커졌다. 일곱 개의 테이프와 열세 개의 이야기가 나오는 동안 잡음은 나지막한 배경음처럼 해나의 목소리를 계속 따라다녔다.

그 소리에 온 몸을 맡긴 채, 쇠창살을 붙잡고 눈을 감았다. 달이 잠시 사라졌다. 흔들리던 나무꼭대기도 사라졌다. 산들바람이 살갗을 스쳐갔고 손가락의 통증은 희미해졌다. 테이프 감기는 소리를 듣고 있자니 좀 전까지 들었던 모든 이야기가 하나둘씩 떠올랐다.

숨소리가 잦아들었다. 뻣뻣하던 근육이 조금씩 풀렸다.

그런데, 헤드폰에서 찰칵거렸다. 느린 호흡.

나는 밝은 달빛을 향해 눈을 떴다.

해나, 따스한 목소리로 불렀다.

고마워.

다음 날,
테이프를 부친 뒤에.

몸 마디마디가 드러누워야겠다고 아우성을 쳤다. 학교에 가기 싫다고 투정을 부렸다. 다른 곳에 가서 내일까지 숨어 있자고. 그러나 시간이 흘러도 사실이 변할 리 없고, 어차피 테이프에 등장한 사람들과 대면해야 한다.

나는 주차장 입구로 다가갔다. 담쟁이덩굴이 우거진 석판에는 학교에 온 걸 환영한다는 문구가 새겨져 있다. 93 동기생 기증. 지난 2년 동안, 셀 수 없이 석판 앞을 지나갔지만 주차장에 자동차가 빼곡히 들어찬 건 처음 본다. 이렇게 늦은 시간에 등교한 적이 없어서다.

오늘 빼고는.

두 가지 이유 때문에.

허니 : 우체국 앞에서 기다렸다. 문 열기를 기다리다가 카세트 테이프들이 담긴 신발상자를 부쳤다. 갈색 포장봉투와 테이프로

꼼꼼히 싸고 나서 발신자 주소를 내 맘대로 생략했다.

그러고는 소포를 제니 커츠에게 보냈다. 삶을 바라보는 태도나 세상을 향한 시각이 달라지겠지. 영원히.

둘 : 포터 선생님. 1교시 수업시간에 앉았다면 선생님이 판서를 하건, 교탁 앞에 서 있건, 내 머릿속에선 교실 한가운데의 왼쪽 책상만 맴돌 테니까.

해나 베이커의 텅 빈 책상.

교실에 있는 사람들 모두는 매일 해나의 책상을 본다. 그러나 오늘, 내 눈에는 하나하나가 어제와 달리 새롭게 다가온다. 그러니 사물함 앞에서 시간을 때워야겠다. 화장실에 있거나. 아니면 복도에서 바장이던지.

학교주차장을 끼고 보도를 따라 죽 걸어갔다. 잔디밭 사이로 길을 지나 이중유리문을 통해 학교본관으로 들어섰다. 텅 비어 있는 복도를 따라 걸으려니 기분이 야릇한 게 금세 우울해졌다. 뚜벅뚜벅 발소리가 너무 처량하다.

트로피 전시관 뒤로 다섯 개의 사물함이 있으며, 양쪽으로는 사무실과 화장실이 늘어서 있다.

지각한 학생들이 책을 꺼내고 있는 걸 봤다.

내 사물함으로 다가가서 머리를 차가운 철제문에 대고 쉬었다. 어깨와 목덜미에 바싹 들어간 긴장을 억지로라도 풀어야겠다. 호흡이 가라앉도록 마음을 진정시켜야지. 이젠 다이얼을 5로 돌리는 거야. 좌로 4, 이어서 우로 23.

바로 이곳에서 생각에 생각을 거듭했지. 해나 베이커와 사귀는 건 이제 물 건너갔나?

해나가 나에 대해 어떻게 생각하는지 전혀 몰랐다. 그녀가 어떤 사람인지 몰랐다. 오히려 남들이 그녀에 대해 떠드는 이야기를 믿었다. 내가 해나에게 호감을 갖고 있는 걸 주변에서 알아차리면 뭐라고 수군거릴지 염려스러웠다.

나는 다이얼을 돌려서 번호를 맞추었다.

5.

4.

23.

파티 그 뒤로도, 여기에서 참 많이도 서성거렸다. 해나가 아직 살아있을 때. 그녀와 사귈 기회가 영영 사라졌나 싶어 조바심을 내면서. 혹시 무례한 말이나 불쾌한 행동을 한 건 아닌지 곱씹기도 했다. 해나에게 말을 걸기가 너무 두려웠다. 선뜻 다가서려니 가슴이 떨렸다.

그런데 그녀는 죽었고, 기회는 영원히 사라졌다.

고작 몇 주 전에 있었던 일인데. 그리고 내 사물함 틈으로 들어온 지도 한 장.

해나의 사물함에는 무엇이 있을지 궁금하다. 비어 있나? 수위 아저씨가 모두 상자에 담아서 창고에 갖다 두었을까? 부모님이 찾아가길 기다리며. 아니면 아직 해나가 둔 그대로 놔두었나?

이마를 쇳덩이에 붙인 상태에서 고개만 돌려 복도를 살펴보았다. 1교시에는 항상 열려 있는 문. 포터 선생님의 교실.

바로 저기, 교실 밖에서 살아있는 해나 베이커를 마지막으로 보았다.

난 눈을 감아버린다.

오늘은 과연 누굴 보게 될까? 나 말고도 이 학교의 애들 여덟 명이 이미 테이프를 들었다. 오늘, 여덟 명은 내가 테이프를 들은 뒤에 어떤 꼬락서니를 하고 있을지 궁금할 거다. 다음 주쯤에 테이프가 전달되고 나면, 나 역시 다음 차례의 사람들에게 그런 시선을 보내겠지.

멀찍이 떨어지고, 교실 벽으로 막혔는데도 귀에 익은 목소리가 흘러나왔다. 나는 스르르 눈을 감는다.

"이것 좀 앞쪽 사무실로 갖다 놓고 올 사람."

선생님의 목소리가 복도를 지나 나를 향해 슬금슬금 밀려온다. 어깨에 바싹 힘이 들어가면서 근육이 뻐근했다. 나는 주먹으로 사물함을 쿵쿵 내리쳤다.

의자가 끼익 소리를 냈고, 교실을 빠져나오는 발소리가 이어졌다. 무릎이 후들거렸다. 아이들이 왜 수업을 빼먹었냐고 물어볼 것 같았다.

저쪽 사물함에서 누군가 탁 소리를 내며 문을 닫았다.

스티브 올리버가 포터 선생님의 교실에서 나오다가, 나를 향해 고개를 끄덕이며 웃음을 지었다. 사물함 앞에 있던 학생이 모퉁이를 돌아 복도로 향하다가 스티브와 부딪칠 뻔했다.

여자애가 소곤거렸다. "실례." 그러고는 스티브를 비켜서 지나갔다.

스티브는 여자애를 무시할 뿐 대꾸도 하지 않았다. 발걸음을 늦추지 않고 곧장 다가왔다. "있잖아, 클레이!" 스티브가 외쳤다. 그러고는 웃음을 터뜨렸다. "범생이가 수업에 늦을 때도 있단 말이지?"

스티브 뒤쪽 복도에서 여자애가 고개를 돌렸다. 스키에.

목덜미에서 땀이 났다. 스키에가 두세 발걸음을 걸으며 나에게 시선을 보냈다. 그리고 바로 고개를 돌려서 계속 가던 걸음을 옮겼다.

스티브가 코앞으로 다가왔지만, 나는 쳐다보지 않았다. 스티브에게 비켜달라는 몸짓을 보였다. "나중에 이야기하자."

지난 밤, 버스에서 스키에와 몇 마디 못 나누고 내렸다. 스키에와 이야기 할 생각도 잠깐 스쳤으나 대화를 이어가지 못했다. 지난 몇 년간, 스키에는 사람들을 교묘하게 피하는 요령이라도 터득한 것 같다.

나는 스키에가 가는 쪽을 바라보며 발걸음을 재촉했다.

이름이라도 부르고 싶었으나 목이 꽉 잠겼다.

마음 한 구석으로는 그냥 모른 체하고 싶었다. 몸을 돌려서 빨리 2교시 수업을 준비해야 하는데.

그러나 2주 전, 해나가 사라지던 곳으로 스키에의 발길이 향하고 있다. 바로 그날, 해나는 학생들 틈으로 사라졌고 테이프에 작별 인사를 남겼다. 이번에는 스키에 밀러의 발소리가 들린다. 앞으로 나아갈 때마다 점점 희미해지는 발소리.

난 스키에를 따라 걸어갔다.

포터 선생님 교실의 열린 문을 지나다 흘낏 고개를 돌린 순간, 고스란히 눈에 들어왔다. 교실 한가운데에 놓여 있는 텅 빈 책상. 지난 2주 동안 비어 있었고, 앞으로도 학년이 끝날 때까지 비어 있겠지. 또 다른 책상, 내 책상은 단 하루 비었다. 아이들 몇몇이 나에게 고개를 돌렸다. 그들은 날 알아봤지만, 그들은 아무것도 몰랐다. 교실에 포터 선생님도 있었으나 나는 얼른 시선을 외면하며 뛰어갔다.

감정이 확 밀려들었다. 고통과 분노. 슬픔과 동정심. 그러나 무엇보다 가장 놀라운 건 희망이었다.

나는 계속 걸었다.

스키에의 발소리가 조금씩 커졌다. 가까이 다가갈수록, 빨리 걸음을 옮길수록 마음이 가벼워졌다. 목청이 서서히 풀렸다.

두 걸음 떨어진 곳에서 그녀의 이름을 불렀다.

"스키에."

한국어판을 내며 〈작가의 말〉

왜 작가들은 자살에 대한 책을 쓰는가? 그에 대한 대답은 '나도 모른다.'이다.

처음에 이 책을 구상했을 때, 독특한 방식으로 풀어낸 자살 이야기를 쓰려던 건 아니다. 단지, 긴박한 상황에 놓인 사람의 이야기를 다루고 싶었을 뿐이다. 나는 상상해 봤다. 한 소년이 수업을 마치고 자기 집 현관에 도착한다. 자기 이름이 적힌 소포가 문가에 놓여 있다. 안을 들여다보고 경악을 금치 못한다. 그렇게 놀랄만한 물건은 과연 무엇일까?

정답: 자살한 여자의 목소리가 녹음된 테이프. 그녀는 자살 이유 중 하나로 그를 꼽는다.

그 아이디어가 떠오르는 순간, 온몸에 전율이 일었다. 소설로 꼭 써야겠다고 결심했다.

결국 그 아이디어 덕분에 자칫 설교조로 흐르기 쉬운 민감한 이야기를 다른 방식으로 풀어나갈 수 있었다(설교만 잔뜩 늘어놓는

책을 좋아할 사람은 없으니까). 몇 년 전, 나와 가까운 친척이 주인공인 해나 베이커와 같은 나이에 자살을 시도했다. 그녀는 기적적으로 살아났다. 그녀는 어떤 심경이었을까? 나는 그녀와 그 문제를 두고 여러 해 동안 이야기를 나누었다. 물론, 그녀의 삶에는 감당하기 어려운 문제들이 놓여 있었다. 그렇지만 그녀가 사리분별이 정확하지 못했던 것도 사실이다. 예를 들어, 그녀는 누구도 자기에게 관심이 없다고 여겼다. 자기가 고통 받고 있다는 사실을 주변에 넌지시 알렸지만 눈치 챈 사람이 없었기 때문이다. 그녀는 어느 누구도 자기의 마음을 몰라준다고 확신했다.

하지만 그건 사실이 아니었다. 자살은 매우 안타까운 일이다. 대부분은 감정이 극도로 치달은 상태에서 희망이 전혀 없다고 단정 지으며 자살을 저지른다. 낙심한 사람들은 미약하나마 깜박이는 희망의 빛을 놓쳐버린다.

나의 친척이 마음을 굳히게 된 사건들을 종합해보니 모든 게 연결되어 있었다. 아주 조금씩이지만. 사실, 사건을 하나하나 따로 떼어놓으니 전혀 심각해 보이지 않았다. 낙숫물이 바위를 뚫듯 쌓이고 쌓여서 커졌을 뿐이다.

그리고 보면 문제는 사소한 것에서 시작된다. 희망을 잃은 사람들은 어떤 긍정적인 신호도 받아들이지 않는다. 사소한 일도 크게 해석하고, 루머 하나에 모든 게 무너질 수 있다. 사람들이 하찮은 루머로 인해 안면을 싹 바꿔버리면, 이미 지칠 대로 지친 사람은 버틸 힘이 없어진다.

책 속의 해나 베이커 역시 모든 게 루머에서 시작되었다.

여러분이 〈작가의 말〉을 읽기 시작한 순간, 새로운 루머가 학교에서, 사무실에서 모락모락 피어날지도 모른다. 이 책을 덮을 즈음에는 과연 얼마나 많은 사람들이 그 루머를 듣게 될까? 현실세계에서만 루머가 판을 치는 것은 아니다. 여러분이 인터넷에서 유명인에 대해 들었던 것들도 그저 루머에 불과할 수 있다.

한국의 유명 여배우가 한국에서 사회적 문제가 되고 있는 악의적인 온라인 루머 때문에 자살했다는 기사를 뉴욕타임스에서 봤다. 한국이 비록 가장 활발한 온라인 커뮤니티를 형성하고 있다고 하더라도, 타인에 대한 배려가 더 많은 사회였더라면 어땠을까 하는 아쉬움이 있었다.

이 책을 읽고서, "모든 사람들에게 잘 대해주고 싶다."는 내용으로 편지를 보내 준 독자들이 있었다. 손에 땀을 쥐며 책을 읽었다는 후기도 좋지만, 타인을 어떻게 대해야 할지 한 번쯤 사색에 잠겨준다면, 나한테는 더할 수 없는 기쁨이겠다.

한국의 모든 독자께 감사드린다.
제이 아셰르